Mo Malø vit en France. Auteur publiant sous d'autres identités, sa série des enquêtes de Qaanaaq Adriensen (*Qaanaaq*, *Diskø*, *Nuuk* et *Summit*), a été traduite dans de nombreux pays et repérée par plusieurs prix littéraires : finaliste des Prix du meilleur polar des lecteurs de Points, du prix Michel-Lebrun et du Grand Prix de l'Iris noir, il a été nommé lauréat du prix Découverte des Mines Noires et du Coquelicot noir. *La Breizh Brigade* est son premier roman de cosy mystery.

DU MÊME AUTEUR

Les enquêtes de Qaanaaq Adriensen

Qaanaaq
La Martinière, 2018
et « *Points Policiers* », *n° P4978*

Diskø
La Martinière, 2019
et « *Points Policiers* », *n° P5167*

Nuuk
La Martinière, 2020
et « *Points Policiers* », *n° P5380*

Summit
La Martinière, 2022
et « *Points Policiers* », *n° P5934*

La Mélancolie de l'ours polaire
Paulsen, 2023

L'Inuite
La Martinière, 2024

La Breizh Brigade

1. Bienvenue chez les Corrigan !
Les Escales, 2023
et « *Points Cosy mystery* », *n° P6503*

2. Ni Français, ni Breton…
Les Escales, 2023

3. L'Ombre des remparts
Les Escales, 2023

MO MALØ

Bienvenue chez les Corrigan !

La Breizh Brigade 1

Les Escales

ISBN 979-10-414-1320-1

Principaux personnages récurrents :

Maggie Corrigan : née Maggie O'Connell, 69 ans, fête son soixante-dixième anniversaire au cours de ce tome-ci, gérante de la maison d'hôtes le *Manoir des Corrigan*, veuve de Constant Corrigan.

Louise Corrigan : 44 ans, divorcée, fille unique de Maggie et Constant, institutrice à l'école primaire Saint-Joseph et aide bénévole au *Manoir des Corrigan*.

Énora Corrigan : 22 ans, célibataire, élève vétérinaire, fille unique de Louise et petite-fille de Maggie, elle aussi aide bénévole au *Manoir*.

Christophe Guilloux : 42 ans, célibataire, commissaire de police de Saint-Malo, originaire de Vannes, en poste depuis peu.

Emma Lobo : 37 ans, divorcée, mère de deux enfants, capitaine de police judiciaire, adjointe de Christophe Guilloux.

Fanny Horvais : 23 ans, employée de Guy Le Divellec, amie d'enfance (et compagne secrète) d'Énora Corrigan, gérante de l'annexe Beauregard du *Repaire des corsaires*.

Alain Le Divellec : 46 ans, divorcé, ex-mari de Louise Corrigan, photographe au *Pays malouin* et gérant de l'atelier photo « Le Divellec ».

Guy Le Divellec : 56 ans, frère d'Alain, gérant de la maison d'hôtes *Le Repaire des corsaires*, marié à Aline, sans enfant.

Sophie Kervazo : 23 ans, amie d'enfance d'Énora et femme de ménage au *Manoir des Corrigan.*

Jacques Gaillard : 70 ans, retraité, marié, amant de Maggie Corrigan.

Fabienne Leroy : 34 ans, célibataire, responsable de l'office de tourisme de Saint-Malo.

Dodik Cadiou : 67 ans, veuve, voisine du *Manoir des Corrigan* et commère attitrée de la rue du Puits-Sauvage.

Malo : 22 ans, ami d'enfance d'Énora et amoureux transi de celle-ci, porteur de journaux pour le quotidien *Le Pays malouin.*

Autres personnages de ce tome :

Paul Le Tohic : 63 ans, retraité de la compagnie de bus BreizhGo, ex-amant de Maggie Corrigan, premier sonneur de cornemuse du Briac Breizh Bagad.

Solène Le Tohic : 48 ans, épouse de Paul Le Tohic, trésorière du Briac Breizh Bagad.

Julie Le Tohic : 15 ans, fille de Solène et fille adoptive de Paul Le Tohic.

Yann Guesnet : chef du Briac Breizh Bagad.

Arwen Caroff : tambour débutante au Briac Breizh Bagad et maîtresse de Paul Le Tohic.

Maël : deuxième sonneur au Briac Breizh Bagad.

Loïc : tambour au Briac Breizh Bagad et petit ami de Julie Le Tohic.

Horaires des marées
à Saint-Malo

07 juillet	
Marée haute	00 h 45
Marée basse	07 h 38
Marée haute	13 h 19
Marée basse	20 h 03

Prologue

7 juillet, Saint-Malo, annexe Beauregard de la pension Le Repaire des corsaires, *10 h 25.*

De la quiétude du matin, embaumée de café et de tartines, au drame qui l'attendait derrière la porte, il n'y avait guère qu'un pas que Fanny franchit après deux nouveaux toc-toc appuyés. Depuis plus d'une minute déjà, elle tentait d'obtenir une réponse de son pensionnaire paresseux, jusque-là sourd à ses appels.

– Monsieur Le Tohic ? Ce n'est pas pour vous déranger, mais j'arrête le service du petit-déjeuner dans moins de cinq minutes.

L'heure, c'était l'heure, même sur un lieu de vacances. Et depuis un an qu'elle gérait seule l'annexe Beauregard du *Repaire des corsaires*, Fanny Horvais ne faisait d'exception pour aucun de ses clients. C'est à cette condition expresse, la rigueur, que Guy Le Divellec avait accordé autant de responsabilités et d'autonomie à sa jeune employée, tout juste âgée de vingt-trois ans. Depuis lors, celle-ci s'employait chaque jour à honorer la confiance ainsi donnée, ne comptant ni son temps ni son énergie pour entretenir ce petit manoir champêtre et ses trois chambres d'hôtes. Une au rez-de-chaussée, voisine de sa propre piaule, et deux à l'étage. « Grand jardin, piscine extérieure chauffée, cuisine en libre-service, les remparts de Saint-Malo à moins de quinze minutes, le charme bucolique des Malouinières en prime ! » précisait la page web promotionnelle qu'elle avait bricolée de ses propres mains.

– Monsieur Le Tohic, tout va bien ?

Des gros dormeurs, elle en avait connu plus d'un. La tranquillité de la campagne mêlée à l'air marin exerçait sur les voyageurs un pouvoir lénifiant des plus réparateurs. Il n'était pas rare de ne voir émerger certains que longtemps après l'heure du déjeuner, sautant non pas *un* mais *deux* repas. « Ça, c'est la magie du Clos-Poulet, entre Saint-Malo et Cancale, le meilleur de la terre et de la mer réunies », vantait-elle les charmes de la région à sa clientèle. Mais le premier sonneur du Briac Breizh Bagad s'était montré on ne peut plus clair : « Si vous ne me voyez pas au petit-déj', n'hésitez pas à venir me secouer, on doit commencer notre dernière répétition avant midi. »

– Attention, je vais rentrer… prévint-elle, la main sur la poignée. J'espère que vous êtes présentable ?

Vu la nature grivoise du sexagénaire – la veille au soir, il l'avait complimentée de manière tout sauf #MeToo sur sa beauté de « déesse black », avant de préciser qu'il serait sans femme ni enfant durant tout son séjour sur place – la précaution oratoire s'imposait.

Une sculpture moderne et surréaliste, née d'un esprit malade.

C'est l'impression que lui fit la scène dès qu'elle eut poussé la porte, la laissant d'abord sans voix – son absence de cri la surprit elle-même. Presque fascinée. La tête penchée sur le côté, elle apprécia la posture du corps et ses étonnants attributs comme un amateur d'art jauge la dernière facétie d'un Jeff Koons ou d'un Damien Hirst. Plus intrigué par la prouesse technique du performeur que réellement ému.

Ce que Fanny avait à présent sous les yeux entrait selon elle dans cette catégorie d'« œuvres » si particulières. Nu de la tête aux pieds, assis sur une chaise et les mains liées dans le dos, Paul Le Tohic affichait une carnation bleutée. Ses yeux exorbités semblaient chercher le salut dans les poutres apparentes du plafond. Et son immobilité totale finissait de dissiper les doutes sur son état.

Mais le plus étonnant, ce qui attrapait le regard et muait ce tableau somme toute assez classique en une composition vraiment originale, quoique macabre, était ce qui dépassait de la bouche du mort : une cornemuse entière, la poche d'air et ses quatre tuyaux reposant sur la poitrine velue et grisonnante. Sidérante fusion entre le musicien et son instrument. En effet, le chalumeau mélodique, cette longue flûte noire qui concluait le réservoir en cuir, disparaissait pour sa part dans la gorge de Paul Le Tohic, au moins sur la moitié de sa longueur. On eût dit l'un de ces gobeurs de sabres des cabarets d'autrefois, les fringues ringardes en moins, le côté donjon SM en plus. Les lèvres ourlées sur le conduit en bois sombre laissaient entrevoir des dents ébréchées par une introduction qu'on ne pouvait imaginer que brutale. Si c'était un spectacle pour épater la galerie, il avait plutôt réussi son coup… Mais à quel prix ?

Pourtant, tout autour, la pièce baignée d'un soleil franc respirait le calme et la sérénité. Pas de traces de lutte particulières. Rien de cassé ni même de renversé sur le parquet luisant de cire. La petite valise à roulettes, rangée dans un angle, demeurait close, indiquant a priori que le pensionnaire n'y avait pas touché depuis son arrivée. De fait, aucun objet ne traînait, excepté une petite bouteille d'eau de source fournie par la maison et qui gisait sur la table de nuit, encore scellée.

Détail étrange, les vêtements de la victime reposaient sur le petit bureau collé à l'unique fenêtre, bien pliés. Une fois de plus, Fanny eut le sentiment que tout dans cette chambre avait fait l'objet d'une savante mise en scène. Que rien n'y cédait au tumulte, à la précipitation ou à l'improvisation. Ce contraste entre ordre et chaos la dérangeait presque plus que l'aspect morbide du dispositif.

Ses pensées chamboulées furent certes traversées d'un « merde, qu'est-ce que va dire Guy de tout ça ? », avant qu'elle ne se ressaisisse et ne dégaine son portable d'un geste réflexe. D'une pression répétée du pouce, elle immortalisa la scène en trois clichés, puis quitta enfin ce qu'elle se résolut à désigner par son nom, aussi douloureux fût-il de l'admettre : une scène de crime.

Depuis quand n'y avait-il plus eu de meurtre aussi dingue à Saint-Malo ? Avant ou après son adoption par les Horvais ? Pas depuis Énora, ça, elle en était certaine. Non, pas depuis son installation à l'annexe et ses « vrais débuts » avec Énora.

1

7 juillet, Saint-Malo, Manoir des Corrigan, *chambre de Maggie, trois heures plus tôt.*

« Well done, Ron ! » s'écria Maggie Corrigan, 69 ans et 364 jours au compteur.

Ce disant, elle s'étira hors du drap blanc, et révéla cette poitrine encore alerte qui adressait un pied de nez au temps qui passe et à la gravité. Le carré grisonnant de sa chevelure flottait dans les rayons matinaux, illuminant un sourire repu.

L'homme dont la tête disparaissait entre ses cuisses l'instant d'avant se redressa. Puis il la considéra, avec plus de surprise que d'envie. Il n'y avait pourtant là rien que de désirable à ses yeux. Sa propre femme affichait certes dix ans de moins, mais aussi dix tonnes de plus. Le jeune septuagénaire mesurait sa chance de partager de temps à autre la couche d'une telle créature.

– Rassure-moi… Tu te souviens quand même que je ne m'appelle pas Ron ?

– Oh ça va, la ramène pas, reprit-elle, en bon français teinté d'accent anglais. C'était pas non plus si well done que ça !

– Charmant. Ce n'est pas ce que tu disais il y a…

– Allez, Jacques, shoo ! Fous-moi le camp avant que tout le monde se lève.

Déjà, elle était debout, silhouette impudique dans le cadre de la fenêtre, tellement femme et si peu vieille dame.

Le visiteur s'exécuta en ronchonnant pour la forme, un œil rivé au fessier de sa maîtresse. Après tout, voilà plusieurs mois qu'il acceptait de bonne grâce le rôle de l'amant du placard. Il n'en était plus à un départ à l'aube près.

Il enfila alors ses vêtements de la veille comme on se glisserait dans la peau de sa dernière mue. Inconfortable et obsolète. L'alliance qu'il passa pour finir à l'annulaire gauche lui fit l'effet d'une chaîne.

– Tu sais qu'il ne tient qu'à toi que je ne la remette plus jamais ? dit-il en secouant sa main de manière ostensible.

– Tu me prends pour qui, le mont de pitié ?!

– Piété, c'est le mont-de-piété, pas de pitié.

– Bordel de fuck ! fit-elle mine de s'insurger. Tu vas pas me donner des leçons de français, en plus !

Résigné, il n'insista pas, et préféra rester sur la bonne impression de leur récente ferveur. Il lança, presque enjoué :

– Tu n'oublies pas, hein : j'ai besoin de toi demain matin, à huit heures, dans la cour ?

À ces mots, il désigna l'espace au-delà des carreaux, cet enclos pavé séparant la somptueuse malouinière du XVIe siècle transformée en maison d'hôtes et les dépendances où logeait depuis toujours la famille Corrigan.

– Je n'oublie pas, je n'oublie pas, soupira-t-elle en s'habillant à son tour.

Marinière bleu et blanc, pantalon à pinces assorti, chic et sobre à la fois. À l'image de cette chambre à la décoration spartiate. « Le meilleur des styles, c'est la qualité », aimait-elle dire, pour justifier ses goûts pour le moins austères.

– Tu pars directement au boulot ? demanda-t-elle en rajustant sa coiffure, l'air absent.

– On est samedi, Maggie. Et je te rappelle que je suis retraité de la régie depuis bientôt huit ans.

La régie, c'était la Régie malouine de l'eau, où Jacques Gaillard avait exercé durant près de vingt-cinq années en tant que responsable qualité, garant de la potabilité.

– Ah oui, c'est vrai !

Ce fut dit dans un sourire si désinvolte que celui-ci acheva de le désarmer. La gérante du *Manoir des Corrigan* avait toute sa tête. Mais elle mettait un point d'honneur, par ces menus oublis, à signifier à ceux qui partageaient son lit qu'ils n'occupaient pas non plus toutes ses pensées. Sa façon à elle de poser des limites (des barbelés ?) autour de son cœur.

Tandis qu'elle achevait de se maquiller devant le miroir, une psyché sur pied récupérée dans le grenier d'en face, Jacques avisa sur une commode le dépliant promotionnel du festival Folklores du monde qui se tenait ce week-end-là à Saint-Malo. Le clou de l'événement serait le spectacle donné le lendemain, à quinze heures dans la cour du château, par le BBB, le Briac Breizh Bagad, l'ensemble de musique bretonne de Saint-Briac.

Sous la photo d'un joueur de cornemuse, aux cheveux blonds et mi-longs, une légende spécifiait : « Paul Le Tohic, premier sonneur du BBB, et l'un des tout meilleurs au monde ».

– C'est parce que tu as peur qu'*il* nous surprenne ensemble, que tu me fous dehors comme un malpropre ?

D'un regard oblique sur la surface réfléchissante, elle comprit de qui il était question.

– Ne dis pas de bêtise. Je n'ai pas croisé Paul depuis au moins quinze ans. Et de toute manière, il ne loge pas ici.

– Ah bon, et où ça ?

– Chez ces pourritures du *Repaire des corsaires*, à l'annexe Beauregard.

– Mouais, conclut un Jacques peu convaincu. À deux cents mètres d'ici, quoi. Et je remarque que tu es bien informée, pour quelqu'un qui n'a plus vu son ex-amant depuis aussi longtemps…

Elle effaça les quelques pas qui les séparaient sans un mot, puis, collant ses lèvres à celles de Jacques, elle souffla :

– Darling dear, ta jalousie est très mignonne, mais là tout de suite tu m'emmerdes. J'ai la moitié de son bagad qui squatte au *Manoir* et le service de petit-déjeuner commence dans moins de vingt minutes. Alors si tu veux bien aller te faire cuire un œuf ailleurs, ça m'arrangerait.

Elle avait prononcé « couirre » et non « cuire », roulant les *r*. Sa voix grave distillait une tonalité typiquement irlandaise, où seules des oreilles averties savaient déceler la rocaille du gaélique sous les vagues chantantes de l'anglais. Jacques ne releva pas le vocabulaire de soudard, il s'y était fait, et quémanda plutôt :

– Je ne peux pas au moins prendre mon café avec tes clients ?

– Du balai ! tonna-t-elle en le gratifiant d'une caresse sur la nuque.

Et comme il quittait pour de bon la pièce, la mine basse, elle attrapa la note manuscrite reçue la veille au soir, qu'elle chiffonna d'une main. Par chance, Jacques ne l'avait pas remarquée. D'une écriture illisible, Paul l'y invitait à le rejoindre à 21 heures précises, dans sa chambre de l'annexe Beauregard, située en effet à quelques pas seulement, en aval de la rue du Puits-Sauvage.

Si on lui avait dit, quelques jours plus tôt, que Paul Le Tohic allait réapparaître à Saint-Malo et dans sa vie... Une onde creusa son ventre, entre nausée et volupté. Elle le savait d'expérience : ce que l'esprit voulait oublier, le corps s'en souvenait à sa place. C'est pour cette raison qu'elle avait succombé. Qu'elle s'était rendue au lieu du rendez-vous proposé, dans le repaire maudit de ses concurrents, les Le Divellec, aussi tremblante qu'une jeune fille.

*

* *

Le nez collé à sa fenêtre, de l'autre côté de la rue du Puits-Sauvage, Dodik Cadiou ne perdit pas une miette de la scène : Jacques Gaillard quittant le *Manoir des Corrigan* au petit matin. Voilà qui lui ferait la journée.

Depuis la cuisine de sa maisonnette grise, aussi moderne que la malouinière voisine était ancienne, la vue sur la porte dérobée sur rue, percée dans l'enceinte de pierres, était imprenable. Elle ne manquait d'ailleurs aucune des allées et venues de ses exaspérantes voisines.

Pas plus la sortie subreptice de l'insupportable Maggie, la veille un peu avant 21 heures, ou son retour une vingtaine de minutes après. Que celle, plus tard dans la nuit, de la dernière-née du clan, la rouquine Énora.

Une fois encore, cette dernière avait rejoint sa copine à l'angle de la rue, avant de disparaître bras dessus, bras dessous. Toujours fourrées ensemble, ces deux-là. Que pouvaient-elles donc manigancer ? Dieu seul savait à quelles tentations de Saint-Malo intra-muros, cette Babylone de granit, les jeunes dindes vingtenaires pouvaient se livrer.

Décidément, les femmes Corrigan recelaient bien des secrets. Et, elle, Dodik Cadiou, veuve et oisive, avait cent fois raison de tout noter dans son grand carnet. Noms, heures, attitudes suspectes ou juste équivoques. Qui sait, tout cela pourrait servir un jour. Et en attendant, rien ne lui échappait. Sauf peut-être un sens à sa propre existence…

2

7 juillet, Saint-Malo, Manoir des Corrigan,
salle commune, 8 heures.

La canne à pommeau d'argent virevoltait dans l'air comme la baguette d'un chef d'orchestre enivré de Wagner. Autoritaire et énergique. Depuis vingt ans que Constant, son défunt mari, lui en avait fait cadeau, peu avant sa disparition, Maggie ne quittait plus cet objet, baromètre de ses humeurs et arme de ses plus homériques colères.

En la circonstance, il lui servait à coordonner l'action des deux femmes qui s'affairaient à l'installation des tables du petit-déjeuner, dans la grande salle commune de la malouinière.

– Loulou, ils sont combien ce matin ? Tous les musiciens du bagad ont pris leurs quarticrs ?

Loulou, c'était sa fille Louise, cette jolie quadra aux longs cheveux bruns nattés en tresse, occupée à disposer tasses et couverts avec autant de soin que si elle eût servi la reine d'Angleterre en personne.

– Les sept chambres sont occupées, répondit-elle en papillonnant des cils. Dix personnes au total, dont trois couples. Enfin, j'imagine qu'ils sont en couple…

Elle pinça des lèvres pudibondes à cette évocation. Puis un gargouillis sonore s'échappa de son ventre un peu replet.

– Maman ! Je suis sûre que t'as encore sauté ton p'tit-déj. Combien de fois faut que je te le dise : *toujours* manger avant de s'occuper des clients.

Celle qui la reprenait ainsi, surgissant dans la pièce aux murs lambrissés de grands panneaux d'acajou, les bras chargés d'un immense plateau, n'était autre qu'Énora. Crinière d'un roux cuivré, éphélides en pagaille, yeux d'un bleu-vert profond et plusieurs tatouages dans le cou et sur les bras. Une sorte d'elfe révolté, en somme.

Tout en continuant à rabrouer sa mère, la cadette des femmes Corrigan s'employait à débarrasser les ultimes reliefs des beuveries de la veille. Dans les grands verres à bière, des nappes de mousse séchée collaient aux parois, telle l'écume de mer aux rochers.

– Dis donc, c'est bien aujourd'hui, le concert du BBB ? demanda-t-elle à sa grand-mère.

– Non, c'est demain, dimanche après-midi. Pourquoi ?

– J'espère pour eux qu'ils ne se lâcheront pas tous les jours comme ils l'ont fait hier soir au pub, dit la jeune femme rousse en désignant les rangées de bocks vides. S'ils font autant de fausses notes qu'ils éclusent de pintes, ça promet !

Le pub en question n'était autre que cette même salle de réception, qui chaque jour, dès le début de la soirée, se muait en bar clandestin. Simple maison d'hôtes, le *Manoir des Corrigan* n'avait jamais obtenu la licence 4 l'autorisant à faire commerce de boissons alcoolisées. Mais dès la création du lieu, Constant avait « pris le gauche », selon son expression, afin d'étancher la soif des pensionnaires du lieu comme celle d'une poignée d'habitués des environs, bien contents de ne pas avoir à courir jusqu'à l'intra-muros et sa « rue de la soif ». Ainsi, certains jours, bières et liqueurs y coulaient jusqu'au bout de la nuit, dans l'allégresse et la plus parfaite illégalité.

Or, depuis sa tombe, Constant veillait au maintien de cette tradition rebelle.

– Granny ? On ne pourrait pas ranger ce *truc* à la cave ?

D'un mouvement de menton, Énora indiqua le mannequin de cire accoudé au comptoir, juché sur un tonneau. Un œil attentif eût remarqué que son visage reproduisait trait pour trait celui du portrait en noir et blanc placardé à proximité. « Constant Corrigan, Plage de Bon-Secours, Été 1986 », précisait la légende manuscrite.

L'artiste responsable de cette « œuvre » n'était autre que Roland, ancien artisan du musée Grévin installé dans la région, et ex-amant épisodique de Maggie.

– Holy crotte ! s'indigna celle-ci. T'es sérieuse ? Tu veux coller mon mari avec les vieilles bouteilles et les araignées ? C'est ça ton idée de la fidélité, ton sens de la famille ?

Remiser le pantin à l'effigie de Constant ne serait pas qu'une injure faite à la mémoire du patriarche Corrigan. Cela reviendrait ni plus ni moins, aux yeux de Maggie, à effacer une nouvelle fois feu son époux de la surface de la Terre. Les circonstances de sa disparition, deux décennies plus tôt, demeuraient très obscures. Et elle ne se voyait pas ajouter plus d'ombre encore à cette nuit-là.

– Je pense juste qu'on pourrait éviter d'épouvanter la clientèle… répliqua Énora. On n'a pas un festival tous les jours pour remplir les réservations.

– Eh bien si c'est vraiment ça ton souci, ma chérie, commence donc par te débarrasser de cette odeur de bergerie. C'est une infection !

Sa petite-fille plongea son nez dans l'épaisseur de son pull, au creux du coude, puis lui opposa une moue dubitative. Mais elle était assez mal placée pour évaluer son propre parfum, elle qui adorait plus que tout les effluves de moutons. Sa formation en école vétérinaire tout juste finie, elle avait décidé de s'accorder deux mois de vacances avant de débuter son stage de fin d'études dans un cabinet de la région. Dans l'intervalle, outre son travail bénévole au *Manoir*, elle avait tout loisir pour visiter ses amis éleveurs des environs… et entretenir la fragrance entêtante accrochée à ses vêtements.

« On peut entrer ? Vous servez déjà ? »

Un homme et une femme venaient de passer une tête par la double porte entrebâillée. Un peu ébouriffés et hagards – ah, l'air de la campagne malouine ! – ils attendaient manifestement qu'on les invite à s'attabler. Ils devaient avoir grande faim. Leur intervention mit un terme brusque à la tendre chamaillerie familiale.

– Bien sûr, je vous en prie, entrez ! lança Maggie, en accompagnant son offre d'un moulinet de canne.

Elle leur indiqua un emplacement proche des immenses fenêtres à croisillons, donnant sur le parc et la fontaine la plus proche. Une fois installés, et en attendant le thé et les viennoiseries demandés, ils purent admirer le décor intérieur, plutôt sombre et chargé, comme le panorama extérieur, aussi lumineux qu'un matin de juillet en Bretagne.

Côté malouinière, Constant avait mis dès l'origine l'accent sur la conservation à la bâtisse, érigée en 1720, de son cachet hérité de l'âge d'or des armateurs malouins : tapis, tentures et vaisselles importés par la Compagnie des Indes, boiseries et huisseries restaurées avec soin, portraits d'époque de la famille Nouel de la Baronnie et de leurs descendants, etc. À ce vernis ancestral, Maggie avait ajouté quant à elle, au fil du temps, sa touche irlandaise. Outre une aquarelle intitulée « General view of Baltimore Harbour, Cork County », on pouvait relever plusieurs petites bibliothèques, lesquelles abritaient les plus impérissables chefs-d'œuvre de la littérature nationale : le *Gulliver* de Swift, le *Dorian Gray* d'Oscar Wilde, l'*Ulysse* de Joyce, ou encore le *Godot* de Beckett. Un observateur plus accoutumé des lieux et de Maggie Corrigan, née Maggie O'Connell, eût relevé quant à lui la surreprésentation sur les étagères d'une certaine L. T. Meade, largement méconnue sur le continent, mais célébrée en Irlande comme la première véritable « reine du crime », bien avant Agatha Christie. Figuraient là plusieurs tirages originaux de ses œuvres, dont un tome dédicacé de la main de l'auteure, *Eyes of Terror*, une rareté.

Côté jardin, le spectacle n'était pas en reste : parterres à la française, allées bordées de tilleuls ou de cerisiers, roseraie, chapelle, serre vitrée du XIXe siècle, et même une étonnante piscine à chevaux, unique en son genre parmi la grosse centaine de malouinières de la région. Le domaine du Puits sauvage, rebaptisé *Manoir des Corrigan* par Constant, était un écrin sans pareil au souvenir de ces temps bénis.

– Et un petit-déjeuner consistant pour redonner des forces ! annonça Énora en posant le plateau sur la table du couple, qu'elle gratifia d'un clin d'œil.

En sus de la commande passée, elle leur servit à chacun une pleine assiette de *potato farl*, du pain de pommes de terre, le plat fétiche de Maggie et ce faisant la spécialité de la maison Corrigan. « Sans supplément », précisa-t-elle. Ah, les patates et les Irlandais, une histoire d'amour et de haine multiséculaire…

– Et un *Pays malouin* du jour, tout juste imprimé ! lança le jeune homme brun qui surgit dans son dos.

– Salut, Malo !

– Salut, beauté.

Ami d'enfance et éternel amoureux transi d'Énora, Malo se dispersait depuis le lycée entre mille petits jobs alimentaires, le plus pérenne d'entre eux étant cet emploi de porteur de journaux pour le compte du canard local.

– Y'a quoi de beau à la une, aujourd'hui ?

– Bof, à part Folklores du monde, pas grand-chose… Que des trucs chiants comme la mort.

– Dis toujours…

– Trop d'apparts loués en Airbnb intra-muros… La mairie annule le projet de musée de la Marine… La Régie malouine augmente le taux de chlore dans l'eau de la ville pour anticiper la prochaine pandémie… Tu vois le genre, la grosse grosse éclate !

– Je peux te le piquer ? demanda Louise, qui passait par là, sans attendre la réponse.

La feuille de chou aussitôt en mains, elle la feuilleta à toute allure, la tête penchée sur le côté et l'œil aimanté par les crédits photographiques. Chaque jour ou presque, Louise sacrifiait à ce même rituel : traquer les images prises par Alain, son ex-mari et le père d'Énora, reporter à temps partiel pour *Le Pays malouin*. Le couple avait beau avoir divorcé dix-huit années auparavant, chacun d'entre eux persistait à considérer l'autre comme son meilleur(e) ami(e). Et la moindre publication d'un cliché signé « Alain Le Divellec » emplissait encore Louise de fierté.

Sept des huit autres convives consignés dans le registre se présentèrent les uns après les autres, tout aussi affamés et émerveillés par le cadre que leurs deux prédécesseurs. Pour une fois, Solène, la trésorière du bagad, ne s'était pas fichue d'eux dans le choix de l'hébergement. Cosy, classe et chargé d'histoire, ça changeait des hôtels impersonnels en bordure de voie rapide et des croissants sous blister.

La matinée fila ainsi, entre boissons chaudes, confidences et rires sonores. Malgré leurs excès de la veille, les musiciens semblaient plutôt en forme et bien réveillés. Les plaisanteries et les cancans fusaient au rythme des échanges de confitures maison, framboise, cassis, coing ou rose. Les trois femmes Corrigan, fort occupées, ne prêtaient qu'une oreille distraite à ce joyeux brouhaha.

Mais le volume baissa brusquement d'un ton quand, vers dix heures trente, soit à l'heure de la fin de service, se présenta un petit homme chauve et courtaud, le sourcil aussi broussailleux et chafouin que son humeur du moment.

– Dis donc, il a chargé la mule le Yann… murmura l'une des femmes attablées près de l'entrée.

La remarque éveilla la curiosité d'Énora, absente du pub le soir précédent. C'était Louise, dispensée de classe à l'école primaire Saint-Joseph les samedis matin, qui avait secondé Maggie et Sophie, leur aide-à-tout-faire attitrée.

– C'est qui ?

– Yann Guesnet, notre *penn-soner*.

– Votre premier sonneur, c'est ça ? demanda-t-elle.

– Non, le *penn-soner*, c'est plutôt le chef d'orchestre du bagad. En principe, il ne joue d'aucun instrument, il se contente de les accorder. Et notre premier sonneur de cornemuse, c'est Paul, Paul Le Tohic.

– Sonneur ou pas, il n'a pas l'air commode en tout cas.

Le gnome grincheux avait pris place sans un mot pour les autres membres de son ensemble, et sans se soucier de l'heure tardive. D'un geste impérieux, il réclamait la dose de caféine requise un lendemain de cuite.

– Disons plutôt que c'est la bouteille qui n'est pas très commode avec lui.

– Je confirme, s'immisça Maggie. J'avais rarement vu une telle descente. Et pourtant…

« Des alcooliques, j'en ai croisé plus d'un », s'abstint-elle d'ajouter par égard pour ses clients.

À dire vrai, elle ne se souvenait plus bien comment s'était achevée cette soirée ô combien arrosée. Certains des musiciens y étaient allés de leur petit air au biniou ou à la bombarde. Et elle-même s'était laissée glisser dans l'une de ses crises de narcolepsie légère, qui plusieurs fois par jour l'emportaient loin du monde réel. La seule chose qu'elle revoyait avec précision, c'était Jacques la secouant et l'entraînant vers sa chambre au premier étage des communs.

– Nono !

Une jeune femme venait de faire irruption à l'entrée de la salle. Blême. Le souffle court. Avec dans ses yeux le voile lugubre des pires nouvelles. Depuis le seuil, Fanny Horvais tentait de capter l'attention d'Énora. Au bout d'une poignée de secondes, cette dernière l'avisa et trotta jusqu'à son amie, saisissant bientôt les deux bras tremblants :

– Qu'est-ce qu'il y a ?

Le regard effaré de la visiteuse s'échappa une seconde dans les lointains du parc, avant de revenir au présent du visage familier :

– Il est mort, murmura-t-elle. Il est mort, putain. Et c'est *moi* qui l'ai trouvé !

3

7 juillet, Saint-Malo, Manoir des Corrigan,
salle de jeu attenante, 10 h 40.

« Viens par là ! » intima Énora, en tirant son amie d'enfance vers la salle de jeu attenante. Fanny obtempéra sans broncher, aussi docile qu'un paquet. Mais à peine eurent-elles refermé la porte sur elles deux, qu'elle fut secouée de lourds sanglots. Tempête dans un mouchoir de poche.

Ainsi protégées des regards, les deux jeunes femmes s'étreignirent un moment assez long pour tarir la première vague des pleurs. Le lieu y était peut-être aussi pour quelque chose. Au sein de la malouinière, presque exclusivement dédiée à la clientèle, la salle de jeu au rez-de-chaussée demeurait l'ultime refuge des Corrigan. Là où Constant invitait autrefois ses amis les plus proches, pour une partie de cartes ou de billard. La grande table en feutrine verte trônait d'ailleurs toujours en son centre. C'était là aussi que Maggie conservait ses ouvrages les plus précieux, dans ces hautes bibliothèques tapissant les murs. Là enfin que les trois femmes se réunissaient, autour d'un thé ou d'un whiskey irlandais – à ne pas confondre avec ces infâmes tord-boyaux écossais – pour échanger leurs grandes joies ou leurs petites misères, et vice versa.

Des boiseries émanaient des senteurs d'alcool et de cigare mêlées, ainsi que le parfum tenace des souvenirs qu'on convoque au coin du feu. Cette pièce chaude et rassurante disposait au repos, parfois même aux confidences, dans tous les cas à la paix.

En un mot : un havre.

« Tu m'as parlé d'un mort... *Qui* est mort ? » finit par demander Énora, de sa voix la plus enveloppante.

Mais Fanny n'avait pas répondu que déjà déboulaient dans la pièce les deux autres femmes de la maisonnée. L'une affichait un air furibard, l'autre une mine désolée.

– Qu'est-ce que c'est que ce cirque ? s'enquit Maggie, sur son habituel ton rogue. Tu es venue faire fuir nos derniers clients, c'est ça ?! C'est ton patron qui t'envoie ?

Ce ne serait pas la première fois que Guy Le Divellec emploierait des méthodes contestables pour affaiblir la concurrence. Comme à l'époque où il avait acquis l'annexe Beauregard au nez et à la barbe de Constant, puis le petit bois séparant sa nouvelle propriété du *Manoir des Corrigan*. Un vrai filou doublé d'un entrepreneur dénué de scrupules, voilà qui était l'employeur de Fanny, le frère d'Alain et le beau-frère de Louise.

– Merde, granny ! Lâche-la un peu, tu veux ? Manifestement, elle a trouvé un corps sans vie dans l'une de ses chambres à la location...

– Fecking Hell ! s'écria Maggie.

Quand l'émotion la prenait pour de bon, son accent irlandais ressortait de plus belle, et avec lui les jurons fleuris de feu son père.

– Comme tu dis… Donc si on pouvait se calmer deux secondes sur les agressions gratuites, ce serait pas mal.

– Tu as prévenu la police ? demanda Louise, sur son ton d'institutrice habituée à consoler les plus gros chagrins.

Énora roula des yeux impuissants. Mais, entre deux reniflements aussi tonitruants que des coups de clairon, Fanny sortit enfin de son mutisme :

– Oui, je les ai appelés… On m'a passé le nouveau commissaire.

– C'est quoi, déjà son nom ? s'interrogea Maggie. Christophe… Giroux ? Garou ?

– Guilloux. Christophe Guilloux.

– Il a pris son poste il y a trois mois, compléta Louise, toujours très au fait de l'actualité locale. Il vient de Vannes. Célibataire et sans enfants. Très pro, très rigoureux, paraît-il.

Au vu de l'urgence, passer le CV du flic au crible paraissait presque déplacé. Elle dut s'en rendre compte d'elle-même, car elle piqua du nez sur sa robe à fleurs.

– Qu'est-ce qu'il t'a dit ? Il est en route ? insista Énora.

– Je crois… Il m'a demandé de ne toucher à rien.

– Et tu l'as fait, n'est-ce pas ?

– Je ne suis même pas entrée dans la chambre. Par contre…

Se libérant des bras de son amie, elle dégaina son portable glissé dans la poche arrière de son jean.

– J'ai pris des photos.
– Pourquoi t'as fait ça ?! C'est une scène de crime !
– Je ne sais pas. Un réflexe…
– Tu nous la montres, ta paparazzade, ou tu comptes chouiner ici toute la matinée ? la pressa Maggie.
En deux survols du pouce sur l'écran, Fanny révéla un premier cliché de la scène, assez conforme à l'aperçu qu'elle en avait eu quelques minutes plus tôt. Elle tendit l'appareil vers les trois Corrigan.
En dépit du léger contre-jour, on devinait bien la silhouette dénudée et ligotée, assise sur sa chaise, le chalumeau d'une cornemuse plongée dans sa gorge jusqu'à la garde. La deuxième vue était assez similaire, quoique cadrée un peu plus serré. Quant à la troisième, un plan zoomé sur la dépouille, elle permettait de mieux apprécier sa posture, ainsi que certains détails, comme la dentition saillante du sujet ébréchée par le passage du tuyau, ou ce banal lien en nylon noué autour de ses poignets.
N'était sa canne à laquelle elle s'agrippait telle une bitte d'amarrage, Maggie eût sans doute vacillé et chuté. Toute sa hargne ordinaire s'était envolée. Un souffle funeste balaya son regard azur et son carré gris. Bien qu'elle parût imperturbable, presque indifférente à ce tableau, une crispation traversa sa mâchoire et courut tout le long de sa nuque et de son échine, jusqu'à ce sol qu'elle sentait peu à peu se dérober sous ses pieds.

« La vache ! C'est qui, ce mec ? » s'exclama Énora.
– Paul Le Tohic…

– … Le premier sonneur du BBB, compléta-t-elle sur la foi des informations glanées auprès des musiciens.

– Un fecking bon joueur de cornemuse, dit à son tour Maggie, sur un ton admiratif qui ne lui ressemblait guère.

– Et aussi… un sacré coureur de jupons. On peut même dire un don Juan.

Celle qui venait de refaire ainsi le portrait de la victime était une nouvelle fois Louise.

Elle était certes encore jeune à l'époque, mais elle ne pouvait oublier comment sa mère avait failli convoler avec le beau sonneur de Saint-Briac, quinze ans plus tôt. Venu à Saint-Malo avec son bagad, il avait rencontré Maggie, de six ans son aînée, à qui il avait pourtant fait une cour des plus pressantes. La veuve Corrigan avait d'abord résisté, puis cédé l'espace de quelques nuits brûlantes, avant de repousser les offres d'épousailles de Paul. De l'avis général comme de celui de Louise, elle avait bien fait. La vie ne l'avait pas privée d'un mari volage dans sa grande sagesse, pour qu'elle épouse en secondes noces un homme au profil identique, sur un coup de folie. De ce point de vue, Paul ressemblait beaucoup trop à Constant pour qu'elle lui confiât son cœur meurtri. Non, vraiment, Maggie avait trop souffert de l'infidélité chronique de feu son époux pour envisager de revivre pareil calvaire. D'ailleurs, elle n'avait jamais regretté son choix depuis lors, reprenant le cours (plus paisible) de ses conquêtes éphémères. Comme elle aimait à le dire elle-même, mieux valait quelques coups vite faits bien faits que de grands coups de couteau dans un contrat sans valeur.

– En tout cas, lança-t-elle pour dissiper le malaise, il n'a pas rajeuni, le Paulo ! Dire qu'il se moquait de notre différence d'âge et qu'il m'appelait sa « vieille bique »...

L'ironie du ton ne dupa personne. Elle la première. Il était évident que cette découverte la dévastait.

Renoncer volontairement à un homme était une chose – elle pratiquait ce sport plus souvent qu'à son tour, avec ses amants successifs. S'en faire priver par la providence se révélait autrement plus douloureux. Là encore, elle était déjà passée par ce chemin de peine et de souffrance.

« Remontre voir un peu la dernière ? » réclama-t-elle à Fanny d'une voix blanche. Celle-ci s'exécuta sans discuter.

De nouveau, Maggie s'abîma dans la contemplation de celui qu'elle avait aimé un été durant. Celui qu'elle avait revu en coup de vent, la veille au soir.

Un aspect de cette macabre composition la frappa cette fois aussi fort qu'une gifle. Paul était certes un coureur invétéré, mais sa première maîtresse, celle qui éclipsait toutes les autres, était à n'en pas douter sa cornemuse. Avec elle, il s'était produit dans le monde entier, avait connu les plus grands succès et des sensations plus intenses que toutes les « petites morts ». Il ne l'avait jamais trahie ni quittée pour une autre. Elle resterait à jamais LE grand amour de sa vie d'homme. Paul Le Tohic était bien plus qu'un simple musicien. C'était un forcené, capable de jouer des journées entières, jusqu'à se brûler les lèvres et rendre fou son entourage.

En un sens, il était mort par là où il avait péché par excès. De sa plus longue et vibrante passion, celle qui l'unirait à jamais à son instrument.

4

7 juillet, Saint-Malo, Manoir des Corrigan,
chambre d'Énora, quelques minutes plus tard.

Partout, des moutons.

En affiches, en cartes postales, en peluches, en figurines ou en mugs. Placardés ou alignés. Moutons barbarine du Maghreb, moutons à tête noire d'Afrique du Sud, Linca d'Argentine ou Red Madras du sous-continent indien. La chambre d'Énora, au premier étage des communs du *Manoir*, n'était qu'une ode à la race ovine. Au cœur de ce culte, trônaient les inévitables agneaux de prés-salés sur fond de Mont-Saint-Michel, lesquels occupaient tout le pan de mur derrière son lit, et une place privilégiée dans son cœur de vétérinaire. Un jour prochain, elle l'espérait, elle soignerait de semblables bêtes. Mais une ambition en cachant toujours une autre à cet âge encore tendre, Énora voyait plus loin que la baie voisine. Lorsqu'elle aurait accumulé assez de savoir et d'expérience auprès des éleveurs de la région, alors elle s'aventurerait peut-être dans le Saint des saints, en Irlande, terre de ses origines et des moutons Galway.

Un rêve verdoyant qu'elle entretenait dans le plus grand secret. Inutile d'alarmer sa mère et sa grand-mère tant qu'elle ne passait pas aux actes.

« Ça va mieux ? » demanda-t-elle à Fanny, après l'avoir embrassée sur le front.

Enlacées sur le petit lit une place, les deux jeunes femmes avaient jusque-là échangé plus de baisers que de mots. C'était bien la première fois qu'elles prenaient le risque de telles effusions au sein du foyer Corrigan. D'ordinaire, elles se voulaient plus discrètes, s'attrapant au détour d'un bosquet du petit bois ou sur un pan de plage désert. Dans tous les cas, le plus loin possible des yeux indiscrets. Mais ce matin-là la déflagration provoquée par l'annonce de Fanny occuperait sans doute assez les autres femmes de la maison pour qu'elles jouissent de quelques instants d'impunité.

– Ça va… Heureusement que tu es là, répondit l'autre en se blottissant entre les bras tatoués.

– Je suis *toujours* là pour toi, tu sais bien.

Le serait-elle éternellement ? Énora songea qu'elle se montrait assez prudente, en évitant l'emploi du futur. Elle ne trompait pas son amoureuse, puisqu'elle ne s'engageait qu'au présent.

Comme si elle pressentait néanmoins le danger, Fanny resserra son étreinte autour d'elle, le nez plongé dans la tignasse couleur feu, puis murmura :

– Tout à l'heure… Y'a un truc que je n'ai pas raconté devant Maggie et Louise.

– Un truc à propos de ta… ta découverte ?

– Oui. D'ailleurs je ne te l'ai pas dit hier soir non plus, quand on est parties au Java.

Le Java, c'était le *Java Café*, l'un des rares bars gay-friendly de l'intra-muros et leur QG depuis plus d'un an qu'elles se fréquentaient sur une base régulière. Là au moins, au milieu des poupées anciennes qui faisaient la réputation de l'établissement, elles pouvaient se comporter sans crainte des regards ou des ragots. Les risques de se faire surprendre main dans la main par des proches « conventionnels » flirtaient avec le néant. Tout du moins, elles s'en persuadaient, et cela suffisait à leur bonheur.

– Vas-y, l'encouragea Énora en fourrageant à son tour dans les cheveux noirs et crépus de son amie.

– On s'est rejoints à quelle heure, toi et moi, 21 h 20, dans ces eaux-là non ?

– Ouais, entre vingt et vingt-cinq. Pourquoi ?

– Parce que quand j'ai quitté ma chambre, vers 21 h 10, j'ai fait un tour rapide à la salle de bains de l'étage.

– Pas à la douche du rez-de-chaussée ? s'étonna l'autre.

Elle-même ne s'était risquée qu'en de rares occasions dans la maison d'hôtes rivale, mais elle en visualisait malgré tout le plan dans ses grandes lignes.

– Non, c'est là que je laisse mon maquillage, y'a plus de place.

– OK, heureuse de savoir que tu te pomponnes quand tu dois me retrouver, mais en quoi ça… ?

– J'ai vu quelqu'un qui sortait de la chambre de Paul, coupa son amante.

– Quelqu'un ?! Ça ne veut rien dire, « quelqu'un » !

– Ta grand-mère. Je suis certaine que c'était ta grand-mère.

Énora accusa le coup, reculant son visage de quelques centimètres pour mieux jauger l'expression de son vis-à-vis. Mais celle-ci ne plaisantait pas.

– T'es sûre de toi ?

– Oui. Elle était de dos, mais j'ai reconnu ses cheveux. Et aussi sa canne.

Certains individus, Maggie en faisait partie, pouvaient se résumer en effet à quelques attributs identifiables au premier coup d'œil. Y compris de loin ou dans la pénombre. Charlie Chaplin, sa moustache et son chapeau. Arsène Lupin, son haut-de-forme et son monocle.

Maggie Corrigan, son casque gris et sa canne.

– Mais putain, pourquoi t'as gardé ça pour toi ?! explosa-t-elle en sourdine.

– Parce que sur le moment, ça m'a paru sans importance. Je pouvais pas imaginer que j'allais retrouver Paul en mode Picasso quelques heures plus tard !

La remarque fit fleurir un sourire fugace sur les lèvres d'Énora.

– Pas faux… Et ce matin ? Pourquoi t'en as pas parlé non plus ? T'as bien vu comment l'annonce de la mort de Paul secouait Maggie…

– Ben justement. Elle me fout les jetons, ta grand-mère. Déjà, elle me déteste.

– Elle ne te déteste pas. Elle vomit ton patron, ce n'est pas la même chose.

– Si tu le dis… De toute façon, je me voyais mal la confronter.

Elle n'était pas la seule. Hormis Énora, sa petite-fille adorée, rares étaient les gens extérieurs à leur clan assez fous pour tenir tête à Maggie Corrigan et à sa canne magique. D'aucuns prétendaient qu'elle savait s'en servir comme d'un sabre ou d'une masse, et pour une fois d'aucuns avaient raison. Chaque jour ou presque, elle s'exerçait à son maniement, dans la salle de jeu quand le temps était à la pluie, ou sinon dans les allées du parc.

Un coup de pommeau d'argent bien placé pouvait tuer net un cheval ou même un bœuf, prétendait la presque septuagénaire à qui voulait l'entendre. Et à ceux qui se demandaient à quoi pouvait bien lui servir un tel art, elle expliquait qu'une femme qui aimait comme elle les hommes, de très nombreux hommes, n'était jamais assez armée pour assurer sa protection face à ces bestiaux.

– Mais tu ne l'avais pas entendue arriver ? demanda Énora après un silence.

– J'ai pas fait gaffe, j'étais en train de me préparer.

– Et après, à ton retour, aucun bruit suspect au-dessus de ta tête ?

À l'annexe Beauregard, la chambre de Fanny se situait à la verticale de celle occupée par Paul Le Tohic, Énora le savait.

– Non. Rien du tout. Tout le monde semblait dormir comme un bébé.

– D'accord. Moi j'ai dîné avec maman et elle entre 20 heures et 20 h 30, 35 max. Donc même si Maggie a filé rejoindre Paul juste après, elle n'est pas restée avec lui bien longtemps. Probablement moins d'une demi-heure.

« Assez de temps tout de même pour lui fourrer un chalumeau de cornemuse dans la gorge », crut-elle lire dans les yeux noirs de sa belle.

– Tu as déjà raconté tout ça à Guilloux ? embraya-t-elle aussitôt.

– Non, non... Tu sais, on a échangé trois mots. Je n'étais pas vraiment en état de lui balancer tous les détails. J'ai juste parlé du corps.

– Parfait. Alors tu ne dois surtout rien lui dire à ce sujet, ordonna Énora, redressée sur ses coudes. Tu n'as vu *personne* sortir de chez Paul. C'est bien compris ?

Une hésitation déferla sur les traits de Fanny, comme un bateau qui tangue :

– OK, OK... bredouilla-t-elle.

– Mais ? Je me trompe ou j'entends un « mais » dans ton OK ?

– Disons qu'en règle générale, les gens comme moi évitent d'embrouiller les flics, surtout quand ils n'ont rien à te reprocher.

– Les gens comme toi... Tu veux dire les petites orphelines adoptées ou les filles canon ?

D'un large sourire, Fanny sut gré à Énora de sa délicatesse. Puis s'assombrit à nouveau.

– Je suis sérieuse. Je peux te garantir que face à des poulets en tenue, avec ma tronche, je pars avec dix points de moins que toi. Alors je ne te raconte pas s'ils découvrent que je leur ai caché un truc pareil.

– Ça tombe bien, les commissaires n'en portent pas, d'uniforme.

Fanny allait se récrier derechef, quand résonna la sonnerie de son portable. Au numéro de Christophe Guilloux, enregistré à l'issue de leur premier échange, elle avait associé le simple mot « Police », qui clignotait à présent sur l'écran avec l'insistance d'un gyrophare.

Il lui fallait répondre.

Il lui faudrait mentir. Elle n'avait plus le choix. Énora l'implorait de ce regard bleu-vert qui l'avait fait sienne dès leur enfance. Dès les premiers seaux et coquillages partagés sur la plage de Rochebonne.

Ce qu'on ne ferait pas, pour sa meilleure amie (la seule véritable).

5

7 juillet, Saint-Malo, annexe Beauregard du Repaire des corsaires, *11 h 30.*

« Désolé, mesdemoiselles, mais personne n'est autorisé à pénétrer à l'intérieur pour le moment. »

Les deux techniciens de l'Identité judiciaire, scaphandriers emballés dans la cellophane blanche de leur combinaison, s'interposaient devant l'entrée du domaine Beauregard, un petit manoir de granit et d'ardoise restauré avec goût. L'entrelacs délicat des roses trémières en façade parachevait l'image idyllique. « C'est plus une maison d'hôtes, c'est une bonbonnière pour vieilles anglaises ! » s'était moquée Maggie à l'époque de l'ouverture de cette adresse concurrente du *Manoir*.

– C'est chez moi, s'agaça Fanny. J'habite ici.

– Ordre du commissaire. Ça vaut pour tout le monde.

Dès leur arrivée dans la cour, Énora et elle avaient noté la présence d'une camionnette bleu nuit coiffée d'un gyrophare. Preuve que l'intervention de la police n'avait guère tardé après son appel.

Un homme trapu, en polo rose bonbon et le visage d'une teinte similaire, sortit de la dépendance toute proche et fonça vers les deux jeunes femmes. Il paraissait aussi remonté qu'un coucou.

– Qu'est-ce que tu fichais ? lança-t-il à Fanny sans un salut. T'étais où, bon sang ?

– Bonjour…

– On a un mort dans la maison et toi tu pars te balader ?! gronda-t-il. Je rêve !

Énora esquissa une main tendue vers Guy Le Divellec, mais celui-ci, les yeux braqués sur son employée, paraissait ignorer jusqu'à son existence.

En vérité, la plus jeune des Corrigan n'avait jamais compris les raisons du conflit opposant sa famille à celle des Le Divellec. Il y avait certes ce petit différend foncier sur les conditions d'acquisition de Beauregard et du petit bois attenant, ou le divorce de ses parents, Alain et Louise. Mais rien qui justifiât a priori une haine aussi durable.

Toutefois, si Guy apprenait que Maggie était venue la veille au soir dans sa propriété, peu avant la mort de Paul Le Tohic, Dieu sait ce qu'il ferait d'une telle information. C'était d'ailleurs pour s'assurer que son amie tiendrait sa langue qu'Énora avait tenu à accompagner Fanny.

Celle-ci encaissait la dégelée sans broncher, apparemment habituée à essuyer de tels grains. Son patron trimballait une réputation de tête de lard mal embouchée, y compris avec ses plus proches. Qu'il engueulât sa salariée, dans des circonstances aussi terribles était lamentable, mais pas si surprenant.

Mais soudain Guy remarqua la présence de deux hommes en civil, papotant ensemble à l'autre bout de la cour et, rompant là sa colère, il trotta vers ceux-ci, tout sourire.

– Je te parie qu'il va leur proposer une nuit gratuite « pour le dérangement », souffla Fanny à l'intention de sa compagne. Il n'a vraiment honte de rien.

– Business is business, darling. C'est qui, les deux ? Tes autres pensionnaires ?

– Oui. Le petit moustachu c'est Maël, le deuxième sonneur du bagad, la doublure de Paul, si tu préfères. Et le grand s'appelle Loïc, joueur de tambour si je me souviens bien.

Le duo avait des faux airs de Laurel et Hardy, ou bien d'une moitié de fratrie Dalton, tendance Joe et Averell. Visiblement très affectés, l'œil embué et la mine longue, ils roulèrent des yeux incrédules lorsque le maître des lieux leur baratina son offre commerciale pour le moins déplacée.

– Fanny… ?

La voix de stentor qui s'était invitée dans leur dos fit sursauter les deux jeunes femmes. Un quadragénaire de haute stature, cheveux châtains bien coupés et bien peignés, allure sportive et veste en lin de couleur crème, leur décocha un sourire empreint de respect.

– Oh, bonjour, commissaire, bredouilla l'intéressée.

– Bonjour. Je peux te parler seul à seul ?

– Oui, bien sûr.

« C'est quoi ce délire ?! Il te tutoie ? Vous vous connaissez ? » sembla s'écrier le regard d'Énora, traversé d'un éclair de jalousie. « Je t'expliquerai », lui répondit tout aussi muettement celui de Fanny.

– J'aimerais que tu me fasses le récit de ce que tu as vu et entendu heure par heure, depuis hier soir jusqu'à maintenant. Tu te sens en état pour ça ? Tu as le droit de me dire non. On peut faire ça plus tard à la « boutique ».

– Ça va aller. Enfin, je pense.

Posant une main prévenante sur l'épaule de son témoin, il l'entraîna alors vers le jardin, en direction de la piscine. Au passage, il adressa un petit signe aux techniciens, qui valait semblait-il pour ordre d'action. De fait, ceux-ci s'engouffrèrent aussitôt dans la bâtisse, leurs énormes valises de matériel à bout de bras.

Dès leur entrée dans le corps principal de la maison, les spécialistes notèrent de légères traces de pas boueuses, désormais séchées. Celles-ci filaient dans l'escalier vers l'étage, puis tout le long du couloir jusqu'à la chambre qu'on leur avait désignée comme la scène de crime proprement dite.

– T'as vu ? dit le plus expérimenté des deux, chaussé de lunettes. Il y a deux sillages distincts. Donc a priori deux visiteurs. Tu remarques autre chose ?

– Non…

– Là, et là aussi, pointa-t-il du doigt diverses zones sur le carrelage en tomettes. Les empreintes se chevauchent un peu. T'en déduis quoi ?

Le maître et l'élève, les rôles étaient distribués sans ambiguïté aucune.

– Je sais ! s'écria l'autre avec un air de triomphe un peu benêt. Que les individus en question ne sont pas passés ici au même moment.

– Exact. Par contre, si tu regardes bien le sens de la marche, il semblerait qu'au retour ils soient repartis ensemble, cette fois-ci. Y'a environ cinquante centimètres d'écart entre eux.

Forts de cette première découverte, ils se présentèrent alors sur le seuil de la chambre « Cézembre » – chaque pièce ouverte à la location portait le nom d'un lieu emblématique du pays malouin.

Ils avaient beau voir des horreurs plus souvent qu'à leur tour, les deux hommes tressaillirent en apercevant l'assemblage monstrueux du cadavre nu et de la cornemuse qui le chevauchait. On eût dit une allégorie monstrueuse échappée de l'enfer de Dante. Ou bien un bizutage étudiant qui aurait dégénéré. Pourtant, la victime avait passé l'âge de telles âneries.

« Je t'écoute », l'encouragea Christophe Guilloux, une fois posé sur l'un des transats en bord de bassin. L'instant d'avant, il avait sorti un petit carnet de la poche intérieure de sa veste, ainsi qu'un beau stylo à plume en laque noire.

– Je commence par quoi ? demanda Fanny, un peu confuse.

– Le début. La prise en charge de tes clients, hier après-midi.

Il posa la pointe chargée d'encre sur une page vierge, son poignet droit légèrement cassé. Et, sans qu'elle sache pourquoi, cette attitude de gaucher contrarié, presque enfantine, attendrit la jeune femme, qui se livra alors sans retenue.

– Ils m'avaient prévenue de leur heure d'arrivée, et à peu de chose près ils ont tenu leur horaire, vers 17 h 30.

– C'est toi qui les as reçus ?

– Il n'y a que moi, ici. Depuis que Guy m'a confié la gestion de Beauregard, je m'occupe de tout. Sa femme Aline et lui se concentrent sur la « maison mère », *Le Repaire des corsaires.*

– C'est où ?

– Rue Godard, à Saint-Servan, en plein centre-ville.

– D'accord. Donc ils débarquent à l'heure prévue et tu les accueilles. Et ensuite ?

– Je leur ai attribué leurs chambres. Paul et Loïc au premier, respectivement dans la « Cézembre » et la « Solidor ». Et Maël au rez-de-chaussée, dans la « Chateaubriand ».

La plume volait à présent sur la surface nacrée. Mais l'angle particulier imprimait un balayage de l'auriculaire sur l'encre fraîche. Voilà d'où venait cette tache noire persistante sur la tranche de sa main. « Un vrai môme », songea Fanny.

– Bien, approuva-t-il. Est-ce que tu as noté quelque chose de bizarre, ou juste d'inhabituel, lors de ce premier contact ? Les gens pensent contrôler leur attitude lorsqu'ils se présentent pour la première fois, mais souvent ils dévoilent malgré eux des aspects très révélateurs de leur personnalité.

– Paul... Il m'a ouvertement draguée. Il a même été assez lourd.

– C'est-à-dire ?

– Il a pris la peine de préciser qu'il était venu seul, *sans* femme ni enfant, et qu'il espérait bien en profiter.

– Et tu lui as répondu quoi ?

– Rien, j'ai fait celle qui ne captait pas le message. En règle générale, c'est encore ce qui fonctionne le mieux pour moucher les mecs comme ça.

D'un battement de cils, elle paraissait indiquer qu'elle ne l'incluait pas dans ce sinistre club.

– Vous vous êtes revus après ça ?

– Non. Paul a joué de la cornemuse dans sa chambre jusqu'à environ dix-neuf heures. Honnêtement, c'était beau. Je n'y connais pas grand-chose en musique bretonne, mais je pense qu'il est… qu'il était une sorte de virtuose, dans son genre. Et puis je les ai juste vus sortir tous les trois pour aller dîner. On ne fait table d'hôtes qu'au petit-déjeuner.

– Tu sais où ils sont allés ?

– Forcément, c'est moi qui ai passé la réservation pour tout le bagad. Vingt-deux personnes à table au total, pour 19 h 15. Ce n'était pas simple de leur trouver un restau qui accueille un groupe de cette taille.

– Quel restau ? insista-t-il de sa voix grave et enveloppante.

– La *Brasserie du Sillon*, au début de la digue.

Le flic ébaucha le rictus de celui qui fouille ses souvenirs visuels. Décidément, il avait encore beaucoup à apprendre et à retenir sur la région. On sentait pourtant qu'il faisait de réels efforts d'intégration dans sa ville d'adoption. Par exemple, le fait qu'il prenne lui-même cette enquête en charge, plutôt que de la déléguer à l'un de ses officiers de police judiciaire.

« Tu sais pourquoi il a mis autant d'empressement à être là ce matin ? » demanda le chef des IJ à son jeune confrère, tandis qu'ils déballaient leur matériel d'observation avec toutes les précautions d'usage.

– Non... Parce qu'il aime le terrain ? Ou alors les scènes de crime bien tordues ? C'est un gros pervers, c'est ça ?

– Ah ah ! Ni l'un ni l'autre. Figure-toi qu'à titre personnel il n'a jamais résolu une affaire criminelle de grande envergure. Des règlements de comptes à la petite semaine, quelques crimes passionnels de base... Mais aucun dossier qui fasse la une de la presse nationale.

– Faut dire que Vannes, c'est pas Marseille ou Chicago...

– Tu m'étonnes. En tout cas, ça t'explique pourquoi il se jette sur le premier cadavre venu comme un mort de faim.

– Miam miam ! s'esclaffa l'autre en désignant la dépouille, la langue pendante.

Mais avant même de s'attaquer à l'observation du corps, ils commencèrent par détailler les divers effets personnels de la victime de leurs mains gantées, en vue de l'identifier. Les vêtements de Paul Le Tohic étaient soigneusement pliés et rangés sur l'unique table de la pièce. Dans la poche avant-gauche de son jean, ils trouvèrent un portefeuille en cuir élimé, dont ils sortirent une carte d'identité en cours de validité. La photo correspondait bien au sujet. Elle paraissait même assez récente. Un détail ne trompait pas, achevant de valider la correspondance entre le cliché et son modèle : ces deux incisives si proéminentes qu'eût dit un castor fait homme.

– Paul Le Tohic, énonça à voix haute le technicien à lunettes. Né à Dinan. Soixante-trois ans. La taille colle aussi, un mètre soixante-douze, pas vraiment un géant.

– Il habite où ?

– Si ça dit toujours vrai, Saint-Briac.

– Rien d'autre dans le larfeuil ?

– Attends voir... dit-il en extrayant un à un les rectangles plastifiés. Ouais, carte de mutuelle, il est retraité depuis pas très longtemps, apparemment. Et y'a encore sa carte professionnelle, chauffeur de bus à la BreizhGo.

La compagnie de liaisons interrégionales sur la côte d'Émeraude.

– On passe aux photos, ou direct aux prélèvements ?

« Ils sont rentrés vers quelle heure ? » enchaîna le flic.

Cette fois, sa main était maculée de mouchetures et traînées noires.

– Je dirais 20 h 45, ou peut-être 20 h 50.

– Ils l'ont expédié, dis-moi, leur dîner. Tu leur as parlé de nouveau ?

– Non. Je les ai juste vus depuis la cuisine. C'est idiot, mais j'étais contente, parce que sur le moment j'ai cru qu'ils avaient tous les trois respecté la consigne que je leur avais donnée.

– Qui consiste en quoi ?

– À se déchausser dans l'entrée, plutôt que dans leurs chambres. Les tomettes sont d'époque et elles sont assez fragiles. Donc on demande de préférence aux clients de retirer leurs chaussures avant de se promener à l'intérieur. Généralement les gens réagissent bien, ça donne un petit côté « comme à la maison ».

Du peu qu'il savait de Guy Le Divellec, croisé une paire de fois, il reconnaissait bien là la maniaquerie du gestionnaire de biens. Un vrai tyran domestique, en plus d'être mal aimable.

– Je vois. Rien d'autre de notable à ce moment-là ?

– Non… Si ! se corrigea-t-elle aussi sec. Quand je suis repassée par l'entrée pour aller me maquiller dans la salle de bains du haut, la pointure des chaussures de l'un d'entre eux m'a sciée.

– Tu veux dire… Parce qu'elles étaient immenses ?

– Non, au contraire, minuscules ! À vue de nez un 37 ou un 38.

– Plus une pointure de femme que d'homme, si je te suis bien ?

– On peut dire ça comme ça, oui, approuva-t-elle en plissant les lèvres, un peu blessée par le sexisme ordinaire de la remarque.

– Elles appartiennent à qui, ces chaussures ?

– Aucune idée.

– Après ça ? Plus rien jusqu'à ce matin ?

– Si, si… Quelques minutes plus tard, pendant que je me préparais, j'ai entendu des voix d'hommes dans la cuisine, mais sans éclats, juste une conversation tranquille.

– Combien de voix ?

– Deux, je crois. Je n'ai pas fait très attention. De toute façon, je leur avais dit qu'ils pouvaient aller se servir dans le frigo s'ils voulaient, et aussi en petites bouteilles d'eau. On laisse toujours des Plancoët à dispo pour la clientèle. Et quand je suis repassée par ma chambre, avant de sortir, j'ai capté des pas et une autre discussion dans la chambre « Cézembre », au-dessus de ma tête.

– La chambre occupée par Paul Le Tohic ?

– C'est bien ça.

– T'as pas reconnu l'autre voix, par hasard ?

– Non, désolé. Ils ne parlaient pas fort, et moi j'avais la tête ailleurs. J'étais déjà un peu à la bourre.

– Sans être indiscret, je peux te demander où tu as passé la suite de la soirée ?

– Au *Java Café*, intra-muros, dit-elle après un temps. À l'angle de la rue Sainte-Barbe et de la rue Sainte-Marguerite. À deux pas du marché aux poissons, si ça vous aide à situer.

Pour sa part, elle ne s'était pas encore résolue à tutoyer un aussi éminent personnage.

Elle pria juste pour que ce néo-Malouin ignorât la « couleur » bien spécifique, en l'espèce arc-en-ciel, du bar où Énora et elle avaient leurs habitudes.

– Je vois, oui. Tu étais seule ?

– Non, avec ma meilleure amie.

Elle avait dit cela avec une emphase presque excessive pour son âge, comme l'aurait formulé une enfant.

– C'est bien elle qui était dans la cour avec toi, tout à l'heure ?

– C'est elle, oui. Énora Corrigan, du *Manoir des Corrigan*, au bout de la rue.

Quelques instants plus tôt, elle avait aperçu sa bien-aimée se promener à l'autre bout du jardin, sans doute pour éviter un tête-à-tête embarrassé avec Guy.

– Vous en êtes revenues à quelle heure ?

– Autour d'une heure trente du matin.

– Rien de spécial à signaler ?

– Non. Juste les traces de boue dans l'escalier. Sur le coup, ça m'a un peu foutu les nerfs, parce que je croyais qu'ils allaient faire gaffe.

– T'en as déduit quoi ?

– Rien de particulier. J'ai juste pensé que l'un d'entre eux était sorti en griller une et qu'il avait zappé ce que je leur avais demandé de respecter.

– Plus de nouvelles d'aucun d'entre eux jusqu'au matin ?

– Jusqu'au petit-déjeuner, oui. Loïc et Maël ont débarqué dans la cuisine plus ou moins en même temps.

– Pas Paul ?

– Non, Paul… Enfin, monsieur Le Tohic ne s'est pas présenté. Mais la veille, en prenant sa chambre, il m'a demandé de venir le chercher s'il loupait l'heure du service.

– Il t'a dit pourquoi ?

– Parce qu'il avait une répétition de prévue. C'est comme ça que…

Elle aspira un grand coup pour dissiper un début de haut-le-cœur. Dans le ciel, pile au-dessus d'eux, un goéland ricanait en cercles, comme amusé par sa chronique des faits. À chaque région son corbeau.

– OK, revint-il au fil de son récit. Et tu n'as rien repéré de suspect, ni dans leur comportement, ni dans leurs propos ?

– Pas vraiment. Ils ont juste fait des blagues assez graveleuses…

– À quel sujet ?

– Sur le fait que Paul dormait rarement seul pendant leurs tournées. Et qu'il lui arrivait de se lever tard. J'étais un peu gênée, parce qu'ils m'ont laissé le soin de le secouer, et que j'avais peur de le trouver « en pleine action », si vous voyez ce que je veux dire.

– Ça n'était pas le cas ?

– Non, bien sûr que non. Comme je vous ai dit au téléphone, il n'y avait que lui dans la pièce quand... quand je l'ai trouvé. D'ailleurs, ils ont ajouté que pour une fois Paul se l'était « mise derrière l'oreille », c'était leur expression, parce qu'une certaine Arwen ne devait le rejoindre à Saint-Malo que ce midi seulement.

– Cette Arwen, c'est sa femme ?

– Je ne sais pas. Je ne connaissais ni Paul ni aucun autre membre du bagad avant leur arrivée hier.

Pas plus qu'elle ne connaissait Christophe Guilloux avant de faire sa rencontre dans le bureau de son patron, un stylo-bille à la main, trois mois plus tôt.

Les clichés d'identification achevés, ainsi que les divers relevés biologiques, pour analyses ou comparaisons ADN futures, les deux IJ s'attelèrent à la partie la plus « fun » de leur travail d'expertise : l'inventaire des objets présents dans la pièce. En l'occurrence, la tâche serait rapide et peu fastidieuse, tant leur nombre se trouvait réduit au strict nécessaire.

– Un jean taille 42, un tee-shirt blanc taille L, une paire de chaussettes basses de couleur grise, des baskets bleu marine pointure 44 et un blouson beige sans étiquette, énonça le plus jeune des techniciens.

L'autre notait les références ainsi dictées sur une tablette tactile.

– Quoi d'autre ?

– Une valise à roulettes de format cabine, fermée et cadenassée. Donc a priori pas encore ouverte, puisque rien ne semble avoir été déballé.

– C'est tout ?

– Oui, si tu exclus son portefeuille, son portable éteint, et la cornemuse qu'il a gobée je ne vois rien d'autre.

Le scaphandrier novice pivota sur ses talons, à 360 °C, pour s'assurer qu'il n'omettait aucun détail, même négligeable en apparence.

– Ah si, pardon, se reprit-il, une petite bouteille d'eau de marque Plancoët sur la table de nuit.

– Encore scellée, la bouteille ?

– Qu'est-ce que ça peut nous foutre ?

– *Tout* peut nous foutre sur une scène de crime ! Tu m'entends ? *Tout* ! Alors scellée ou pas scellée ?

– Pas scellée, maugréa l'autre. Mais il n'a pas bu grand-chose.

Et déjà son supérieur donnait le signal du départ, afin de partager leurs trouvailles avec ce nouveau commissaire affamé de gloire criminelle.

Le malheur des uns, ce n'est pas à eux qu'on l'apprendrait, faisait presque toujours le bonheur des autres. Restait à déterminer si l'autre en question méritait de profiter d'une telle infortune.

6

7 juillet, Saint-Malo, annexe Beauregard du Repaire des corsaires, *12 h 15.*

« C'est moi Maël, c'est toi Loïc, c'est toi le grand, c'est moi le petit. »

Un vieil air de générique télé traversa les souvenirs embrumés de Fanny et d'Énora. Depuis la cuisine, par la porte entrebâillée, elles observaient les deux membres du bagad. Décidément, lorsqu'on les plaçait côte à côte, leur différence de gabarit produisait un effet assez comique. Surtout si on y ajoutait la grosse moustache rétro de Maël – elle paraissait pour sa part échappée des *Brigades du Tigre* – et la mine de grand dadais ahuri arborée par Loïc. En sus des centimètres, une bonne quinzaine d'années devait séparer le premier du second.

Mais ce qui frappa le plus les deux jeunes femmes, se trouvait au niveau du sol, et ajoutait une touche de ridicule à la dégaine du plus jeune : malgré sa haute stature, le jeune tambour avait des pieds étonnamment courts. « Plus une pointure de femme que d'homme », s'était permis de commenter le commissaire Guilloux.

À peine entré dans la pièce, ce dernier fit le même double constat. Un duo burlesque et des petons minuscules.

Ses deux techniciens d'investigation judiciaire ayant fini leur ouvrage à l'intérieur – ils poursuivaient à présent leurs observations tout autour du bâtiment, en particulier sur le parking du domaine, et dans la voiture personnelle de Paul, une antique Peugeot 206 – il avait autorisé les pensionnaires à retourner dans la maison d'hôtes. « Par contre, j'aimerais vous poser quelques questions avant que vous ne regagniez vos chambres, avait précisé le flic en chef. Dans l'immédiat, je vous demanderai de ne pas quitter la salle à manger. » Maël râla pour la forme, rapport à cette répétition prévue pile à cette heure-ci, puis, encore sous le choc, les deux hommes obtempérèrent sans plus discuter. Quant au reste des occupants de la maison, le propriétaire et son employée, ils furent priés de patienter jusqu'à la fin de ces premiers entretiens pour recouvrer l'usage de leur logis.

C'est donc à l'encontre de cette consigne et à l'insu de tous que Fanny s'était glissée dans la cuisine par la porte donnant sur le jardin, une disposition architecturale courante dans ces vieilles bâtisses campagnardes.

– Bien, lança Christophe Guilloux, avec flegme. Racontez-moi plutôt la soirée d'hier.

Les deux musiciens échangèrent un premier regard interdit. L'apparente nonchalance du commissaire, ainsi que le fait qu'il les interroge de concert, et non de manière individuelle, avait de quoi dérouter. Mais sans doute était-ce le but… Un peu comme eux avec leur public, il devait se réinventer pour surprendre ceux qu'il cuisinait. Avec toutes ces séries policières en circulation sur les plateformes vidéo, le niveau de compétence du quidam devenu témoin avait sans doute grimpé en flèche. On n'auditionnait plus de nos jours comme on auditionnait il y a vingt ou trente ans.

– On est arrivés ici vers 17 h 30, se risqua Maël, l'aîné des deux. On a pris nos chambres. Personnellement, j'ai fait une sieste d'une bonne heure, j'étais claqué. Et Loïc m'a secoué vers 18 h 45, pour que j'aie le temps de me préparer pour le dîner.

– Vous confirmez ? demanda Guilloux au grand échalas.

– Oui, tout à fait.

Le policier songea que l'homme aux moustaches jouissait d'un sacré bon sommeil, ou de bouchons d'oreille ultra-efficaces, pour s'assoupir alors que Paul Le Tohic jouait de la cornemuse quelques mètres au-dessus de sa tête.

– Et vous, vous faisiez quoi, pendant tout ce temps ?

– Rien, je textotais avec ma copine. Tranquille.

– Elle n'est pas ici ?

– Non, chez nous, à Saint-Briac.

– C'est pas bien loin, elle aurait pu vous accompagner, non ?

– Bof. Le bagad, tout ça, c'est pas trop son truc, vous savez.

– Je vois. Donc ensuite, direction la *Brasserie du Sillon*. Réservation pour vingt-deux personnes à 19 h 15, c'est bien ça ?

En mentionnant autant de détails, il leur indiquait l'air de rien qu'il détenait déjà un certain nombre d'informations, et qu'on ne le baladerait pas impunément. Sous le détachement affiché en surface, une volonté aussi solide que le roc.

– C'est ça, confirma Maël.

– Et ce dîner, comment s'est-il déroulé ?

– Franchement, pas génial. C'est pour ça qu'on n'a pas traîné à table et qu'on est rentrés ici aussi tôt. Avant 21 heures, si je me souviens bien.

– Ouais, 20 h 45, 20 h 50, un truc comme ça, abonda Loïc.

– Que s'est-il passé ?

– Paul et Yann, Yann Guesnet, notre *penn-soner*. Le chef du bagad, si vous préférez.

– Eh bien quoi ?

– Yann a trop picolé, comme d'habitude. Et vers le milieu du repas, ils ont commencé à s'embrouiller sévère.

– À quel propos ?

– C'était pas très clair, éluda-t-il. Ils étaient tous les deux bien éméchés. De toute façon, ça fait un moment que c'est tendu, entre eux deux.

– Ça n'avait pas de rapport avec cette Arwen qui doit le rejoindre ici ce midi ?

Vraiment, ce Guilloux était bien renseigné. Jusqu'à leurs railleries bien innocentes échangées à la table du petit-déjeuner. Dieu sait ce que leur hôtesse avait bavé d'autre à leur sujet…

– Pas à ma connaissance, dit Maël, visiblement embarrassé par la question. Ils n'ont pas mentionné son nom.

– Ils en sont venus aux mains ?

– Non. Mais seulement parce qu'on est intervenu pour les séparer, et qu'on a écourté le dîner.

– D'accord. Et après, retour ici dans la voiture de l'un d'entre vous, c'est ça ?

– Oui, enfin, dans la voiture de Paul. C'était le seul de nous quatre à être motorisé. D'ailleurs, c'est avec lui qu'on a fait le trajet depuis Saint-Briac.

– Vous quatre ? s'étonna Guilloux.

– On a déposé Yann au *Manoir des Corrigan*, juste à côté.

« Énora Corrigan, du *Manoir des Corrigan*, au bout de la rue », lui avait dit Fanny Horvais quelques instants plus tôt.

– Malgré leur accrochage ?!

– Oui. Paul a tenu à ce qu'on embarque quand même le Yann. Il était fin bourré. On n'allait pas le laisser tout seul comme ça, à des bornes et des bornes de sa piaule.

La suite de leur récit recoupa presque mot pour mot celui de Fanny : leurs chaussures dûment retirées dans l'entrée, tel qu'exigé par la jeune maîtresse des lieux ; le passage de Paul et Loïc par la cuisine pour y attraper une petite bouteille de Plancoët ; puis chacun se retirant dans sa chambre, Maël au rez-de-chaussée, et Paul et Loïc à l'étage.

Se rapprochant d'un pas de ce dernier, Christophe Guilloux ficha son regard bleu acier dans celui du musicien dégingandé :

– Il semblerait qu'autour de cette heure-là, vers 21 heures, Paul ait reçu une visite dans sa chambre.

– Ah… blêmit l'interrogé.

– Vous êtes allé lui dire un petit bonsoir avant de vous coucher ?

D'une carnation déjà pâle, Loïc vira d'un coup au livide. D'instinct, il comprenait que cette question l'érigeait au statut ô combien indésirable de principal suspect.

– Non ! s'écria-t-il, la voix déformée par le stress. Pas du tout ! Je lui ai dit bonne nuit dans la cuisine, je suis monté dans ma chambre et je n'en suis plus ressorti jusqu'à ce matin. C'est tout !

– Très bien, enchaîna Guilloux d'un ton qui se voulait rassurant. C'était juste pour être sûr. Donc aucun de vous deux n'a plus circulé à l'étage de la maison jusqu'à l'heure du lever ?

– Exactement, répondirent-ils avec un bel ensemble.

– Et vous n'avez entendu aucun bruit suspect ? Des pas, un escalier qui craque, une porte qu'on ouvre ou qu'on referme, l'écho d'une voix inconnue de vous ?

– Non, dirent-ils cette fois l'un après l'autre.

– J'allais oublier : est-ce que l'un d'entre vous fume ?

De nouveau, les deux musiciens se regardèrent, avec dans les yeux cette peur palpable de chenapans pris en faute. Dans leurs films, Laurel et Hardy ne se dévisageaient pas autrement quand ils commettaient une bévue.

– Plus depuis dix ans, s'empressa de répliquer Maël.

– Et moi je n'ai jamais fumé, compléta Loïc, trouvant utile d'ajouter dans la foulée : mais Yann fume encore, lui.

Le flic fit mine de considérer ce détail avec la plus grande attention. Il avait encore effacé quelques centimètres le séparant de Loïc, de toute évidence le plus friable des deux compères :

– Intéressant… Vous pouvez m'en dire plus.

Sous le regard sombre de Maël, Loïc hésita, un vent de panique intérieur balayant ses yeux noisette, puis lâcha :

– Y'a un truc qu'on ne vous a pas raconté à propos du dîner.

– J'ai tout mon temps.

– À un moment, Yann est sorti fumer une clope sur la digue. Paul l'a suivi, il était bien remonté, et leur dispute a continué à l'extérieur. Avec la baie vitrée et le vent, on ne chopait pas tout, mais moi j'étais attablé assez près du carreau, j'ai entendu l'essentiel.

– Mais encore ?

– Au moment où ça chauffait le plus, Paul a menacé de quitter le bagad. « Si la situation n'est pas très vite rétablie, je me casse », il a dit.

– Quelle situation ?

– Ça, ce sont leurs affaires de grands chefs à plumes, esquiva Maël. Nous, on ne s'en mêle pas. Tant que le bagad tourne et qu'on peut jouer dans toute la France…

Il accompagna son propos d'une œillade assassine décochée à son cadct. « Tu ne pouvais pas la fermer ? » semblait-il hurler sans un seul mot.

– Paul, c'était la première fois qu'il évoquait son départ ?

– Non, mais il ne l'avait jamais fait avec autant de violence, ni devant tout le bagad réuni.

Dans la cuisine attenante, Fanny et Énora retenaient leur souffle. Immobiles. À force de se déplacer,

Guilloux avait changé d'axe par rapport à elles. Sous peu, c'était certain, son champ de vision embrasserait l'entrebâillement de la porte séparant la salle à manger et l'office. Il risquerait alors de les débusquer dans leur planque.

Ainsi, après avoir échangé un signe, elles esquissèrent une retraite vers la porte sur jardin et l'extérieur, quand un dernier échange dans la pièce voisine les figea :

– Et leur engueulade s'est achevée là-dessus ?

– Non. Yann a poussé un de ses coups de gueule dont il a le secret – c'est un sanguin, lui aussi.

– Qu'a-t-il dit ?

– « Un jour quelqu'un te fera avaler ta cornemuse, et tu arrêteras de tous nous prendre de haut ! » Quelque chose dans ce goût-là.

Avaler ta cornemuse. C'est fou l'imagination qu'on était capable de déployer, lorsqu'on se prenait le chou avec un vieux camarade…

7

7 juillet, Saint-Malo, Manoir des Corrigan,
allée des tilleuls, 12 h 30 passées.

L'avantage d'un tel château à la campagne, doté d'un aussi vaste domaine, c'était la profusion de cachettes et de recoins que celui-ci offrait. Au *Manoir des Corrigan*, ses trois occupantes disposaient d'un réservoir à peu près inépuisable de lieux où s'isoler. Qu'il s'agisse de s'y reposer, d'y méditer ou de pratiquer toute autre activité plus ou moins coupable.

Bien entendu, chacune d'entre elles avait fini par repérer le nid ou la tanière privilégiés des deux autres. Louise trouvait le plus souvent refuge dans sa serre. Maggie, dans sa roseraie. Quant à Énora, elle ne connaissait de meilleur écrin à son vague à l'âme que l'ancien fournil, édifié dans le prolongement du potager.

– Ah ! Vous êtes là ! s'écria-t-elle.

Sans s'être concertées, elles convergèrent toutes trois au croisement de l'allée des tilleuls et du petit sentier longeant la grande verrière, et manquèrent presque se télescoper.

– Vous avez vu la cour ? dit Louise, la mine défaite. Tout le bagad s'y est regroupé. Ça commence salement à s'agiter.

– Ils sont déjà au courant ? s'inquiéta Maggie en fixant Énora, soucieuse de ne pas épouvanter sa clientèle.

– Je ne crois pas, non. Guilloux a bien cloisonné. Les deux autres musiciens qui logent à Beauregard sont gardés à l'isolement. À part Fanny, Guy et moi, y'a pour l'instant que les flics à savoir pour Paul.

Pourtant, quelque part par-delà la façade pimpante de la malouinière, s'élevait l'écho de discussions pour le moins animées.

– Alors qu'est-ce qu'ils ont à s'exciter comme des cafards ?

– On dit s'exciter comme des puces, granny. Et y'a pas de quoi paniquer. D'après ce que j'ai entendu là-bas, ils doivent juste se demander pourquoi leur sonneur vedette ne s'est pas pointé à leur répétition de la mi-journée.

– Quoi ?! glapit Maggie. Ils voulaient faire leur bazar ici sans même me demander mon avis ? Ils savent ce que je risque pour tapage hors des heures autorisées ? Cette punaise de Dodik va encore appeler les flics.

– Sérieux ? C'est tout ce qui t'inquiète ? T'es sûre que la mort de Paul ne t'inspire rien de plus capital que ça ?

Mais comme sa grand-mère lui opposait sa moue pincée de châtelaine au-dessus de tout soupçon, elle se lança dans le compte rendu des éléments glanés chez leurs voisins et ennemis jurés, les Le Divellec.

Quand elle eut fini – son récit intégrait jusqu'aux propos de Maël et Loïc, captés depuis la cuisine de Beauregard – elle se tourna à nouveau vers son aïeule afin de la confronter :

– Je te pose la question une dernière fois : le film des événements tel que je viens de te le résumer ne t'évoque rien du tout à titre personnel ?

– Non, enfin ! dit-elle en frappant les graviers de la pointe de sa canne. Tu commences à m'agacer avec tes insinua…

– Fanny t'a vue, nom d'un chien ! la coupa net sa petite-fille. Elle t'a vue sortir de la chambre de Paul, après 21 heures. Alors arrête un peu ton cinoche !

Un rictus étonnant tomba sur le visage de la doyenne des Corrigan. Entre l'impassibilité d'un masque de théâtre nô et une forme de fierté revendiquée.

– Ça te fait marrer ? poursuivit Énora mezza voce. Tu comprends ce que ça signifie, au moins ? À l'heure actuelle, et si on s'en tient aux témoignages des uns des autres, tu es la dernière à avoir aperçu Paul vivant.

– Ça va, pas la peine non plus de m'insulter, se rengorgea Maggie en relevant une mèche grise derrière son oreille. Je suis peut-être dans le shit jusqu'au cou, mais je ne suis pas non plus complètement idiote.

– On est bien d'accord. Donc tu dois savoir aussi que ça fait de toi la principale suspecte d'un meurtre. Celui de ton ex-amant à qui tu as rendu visite hier soir. Tu vois un peu le tableau.

La jeune furie rousse était la première à oser prononcer ce mot à voix haute : meurtre.

– Évidemment, Fanny n'a rien dit de tout ça au commissaire. Pour l'instant, ton petit secret est bien gardé. Mais tu sais comment ça se passe. Il ne va pas tenir éternellement. Y'a toujours un moment où un détail trahit celui ou celle qui se tait.

– « Better to remain silent and be thought a fool, than to speak out and remove all doubt », cita Maggie dans le texte.

– Shakespeare ? s'enquit Louise.

– Non, Abraham Lincoln.

– Oh, on se réveille ! s'emporta Énora. Je suis en train de vous dire qu'elle pourrait être inculpée pour un crime et vous vous jouez à Trivial Pursuit ?!

– Alors si maintenant c'est mal vu d'avoir un peu de culture… feignit de se froisser Maggie.

Énora leva ses yeux bleu-vert au ciel. Puis, assumant son rôle d'adulte parmi ses aînées, parfois aussi inconséquentes que deux gamines, elle enchaîna, pragmatique :

– Faut qu'on te goupille un putain d'alibi. Pas dans deux jours. Maintenant.

– Maintenant ?

– Oui ! Après ce que les deux autres lui ont cafté sur Yann Guesnet, Guilloux va *forcément* se pointer ici dans la foulée – je suis même surprise qu'il ne soit pas déjà sur notre dos. Et il va *forcément* demander à parler à la patronne.

– OK, OK, grogna la matriarche.

Mais là où une Fanny répugnait à mystifier les forces de l'ordre, la perspective semblait plutôt réjouir la facétieuse Maggie Corrigan. Un sourire oblique fleurit sur ses lèvres. Comme si jouer avec la vérité et le feu, naviguer sur les flots si agités du mensonge, lui était une activité non seulement coutumière, mais aussi fort plaisante.

– Raconte-nous tout ce qui s'est passé entre Paul et toi hier soir, l'encouragea Énora.

Mais à peine eut-elle prononcé ces mots, qu'une jeune femme aux cheveux blonds et aux joues pivoine se mit à les héler depuis le parvis de la malouinière.

– Sophie ? Qu'est-ce que tu fais ici ? cria Énora. On est samedi, t'es pas de service…

L'intéressée se mit à trotter vers elles trois, ahanant sa réponse :

– Je sais, je sais… Mais tout le hameau parle que des flics qu'y'a à Beauregard. Alors j'ai couru ici pour voir si tout allait bien. Et dans la rue, j'ai entendu des gens qui disaient que le nouveau commissaire, là, il allait venir fourrer son nez au *Manoir*. Donc voilà, je suis venue vous prévenir.

« Je vous l'avais bien dit ! » triompha un instant le regard d'Énora, passant de sa mère à sa grand-mère.

– Granny, reprit-elle en se concentrant sur la seule Maggie. Juste un détail, mais c'est très important : quand tu es entrée dans l'annexe Beauregard hier soir, tu as gardé tes chaussures OU tu les as retirées avant de monter à l'étage ?

Les yeux aussi ronds que deux donuts bordés de glaçage, la pauvre Sophie n'y comprenait plus rien.

– Je les ai enlevées. J'ai vu que tout le monde avait fait pareil, alors ça m'a semblé naturel. Je n'y ai même pas réfléchi.

– Parfait ! Mais tes chaussures, tu ne les as pas gardées à la main, tu les as quand même déposées sur le sol, j'imagine ?

– Oui, mais j'ai fait ce que m'a appris mon papa quand j'étais petite : je ne les ai pas posées côté semelles, je les ai retournées côté cuir, comme ça on ne laisse pas de traces de boue. *Clean as a whistle !*

Le bon sens paysan de sa grand-mère l'épaterait toujours. En l'occurrence, il leur sauverait probablement la mise. À quoi, ça tenait, tout de même, l'innocence…

– C'est génial ! T'es géniale ! Un dernier truc : si tu détiens la moindre chose qui peut encore prouver que tu as rencontré Paul dans sa chambre hier soir, c'est le moment ou jamais de le détruire.

– Comme quoi ?

– Je sais pas, moi. La mention de votre rendez-vous dans le calepin de ton téléphone, un objet qu'il t'aurait donné… n'importe quoi. Toi, tu t'occupes de ça. Nous, on se charge de retenir Guilloux le plus longtemps possible à l'entrée. Sophie, sers un apéro aux clients dans la cour. Cadeau de la maison. Ça aidera à faire diversion quelques instants. Allez, go, go, go !

Elles se dispersaient déjà toutes les quatre, chacune courant vers sa mission, quand Louise, Louise la discrète, Louise l'effacée, les retint d'un « Attendez ! » où transpirait une forme d'exaltation :

– Vous savez ce qu'on est en train de faire là ?

– Sauver les fesses de granny ?

– Oui, mais pas seulement. On ressuscite la Breizh Brigade, les filles !

Un sourire de passionaria biffait son beau visage. Il n'y avait qu'une vraie introvertie, pour s'enflammer de la sorte.

– La *quoi* ? couina Sophie, de plus en plus larguée.

– Oh non, pitié, se désola Énora, pas ce vieux machin… On a passé l'âge, non ?

– Parle pour toi ! cingla en retour Maggie, piquée au vif.

– Mais c'est quoi la Breizh machin ?

La Breizh Brigade, c'était cette petite cellule d'enquêtes improvisée par Maggie et Louise, deux décennies plus tôt, peu après la disparition non élucidée de Constant. Portées par leurs amours des intrigues à la L. T. Meade, et mues par le secret espoir de lever le voile sur le mystère qui avait emporté ce dernier, Maggie et Louise s'étaient mises à passer au crible de leur jugeote les faits divers locaux, du vol de beurre baratté jusqu'au crime passionnel. La première grâce à ses innombrables informateurs dans la région, pour la plupart des habitués de son bar clandestin ; la seconde grâce à sa connaissance approfondie de l'histoire malouine et ses entrées au *Pays malouin*.

Plusieurs fois par semaine, elles débriefaient ainsi leurs trouvailles dans la salle de jeu du *Manoir*, d'abord seules, puis avec Énora sur leurs genoux, et bientôt penchées à trois sur leurs précieux dossiers lorsque la rouquine avait été en âge de participer à son tour. Certaines familles jouaient au scrabble ou au tarot. Les trois femmes Corrigan jouaient quant à elles à singer les méthodes d'investigation policière. Leur petit manège innocent – elles gardaient leurs conclusions pour elles – avait occupé leurs soirées et leurs week-ends durant près de dix ans, jusqu'à ce que la plus jeune d'entre elles, devenue adolescente, ne se lasse. La « BB » et ses rituels avaient rejoint les rayonnages poussiéreux des hautes bibliothèques, cédant la place à d'autres marottes, quoique bien moins excitantes.

– Breizh Brigade ou pas Breizh Brigade, on s'en fiche, appuya Louise. Peu importe le nom qu'on met dessus. Ce qui compte dans l'immédiat, c'est qu'il faut à tout prix disculper maman, non ?

Et pour ce faire, donner à l'assassin de Paul Le Tohic une identité et un visage. Les trois autres femmes échangèrent des regards muets, chargés d'interrogations et de doute. Rempiler pour leurs parties de Cluedo *in vivo* ? Vraiment ?

Mais, libérée du joug de sa légendaire réserve, Louise s'exclama alors, désignant la bâtisse classée monument historique qui se dressait dans leur dos, comme un constant rappel de leur héritage commun et de leurs obligations :

– Faut que je vous redonne la liste des crédits qu'on a encore sur le dos pour faire tourner cette satanée baraque ?! Vous croyez vraiment qu'on peut s'offrir le luxe d'un procès aux assises par-dessus le marché ?

– Bollocks, soupira Maggie. Je crois bien que Loulou a raison.

8

7 juillet, Saint-Malo, Manoir des Corrigan, *chambre de Maggie, autour de 13 heures.*

« Je crois bien que Loulou a raison. »

Maggie n'admettait pas cela de si bonne grâce. Peut-être même était-ce une première...

Parfois – rarement – elle se reprochait son intransigeance et ses manières un peu abruptes avec sa fille unique. Puis elle se remémorait l'éducation de fer qu'elle avait reçue de ses propres parents – on pouvait la résumer à « patates et cravache » – et elle se rassurait en comparant leurs traumas respectifs. La balance penchait clairement en faveur de Louise.

Afin d'éviter la cour principale, envahie de musiciens et sans doute bientôt de flics, elle emprunta la petite porte en ogive encadrée de cactus, à droite de la grande serre, et contourna les communs par le parking du *Manoir*. De là, elle put se faufiler dans le corps de bâtiment principal des dépendances par l'accès arrière, à l'abri des regards.

Elle grimpa les marches conduisant à l'étage avec une sacrée prestance, pour une vieille dame munie d'une canne. Et, à peine la porte de sa chambre refermée sur elle, elle se posta à la fenêtre, masquée par le voilage à motifs floraux.

– Bloody eejit ! jura-t-elle entre ses dents.

Au-delà de la cour, en effet peuplée de saltimbanques et d'une poignée d'uniformes, elle venait de repérer la présence de Dodik Cadiou qui faisait les cent pas dans la rue du Puits-Sauvage. Par certains aspects mineurs, celle-ci lui ressemblait un peu, en particulier ce carré gris bien entretenu, quoique plus court chez sa voisine. Mais pour le reste, on ne pouvait pas plus différer que ces deux femmes-là. La bille rubiconde de la veuve Cadiou, effet soi-disant d'un traitement corticoïde au long cours, paraissait gonflée à l'hélium. Et Maggie n'était pas loin de penser qu'il en était de même pour sa personnalité, si perfusée aux rumeurs et autres délires cancaniers qu'elle se boursouflait d'aigreur.

Vivante illustration de ce préjugé, Dodik venait d'agripper un bel homme vêtu d'une veste en lin crème, sur lequel elle déversait sa bile avec force moulinets de bras et yeux révulsés. Le type se laissait faire tout en traçant son chemin, mélange d'écoute et d'autorité. Sans dévier de sa trajectoire – il fonçait droit sur le portail du *Manoir* – il faisait mine de prêter attention aux propos de la mégère en robe de chambre. Dieu sait ce que cette harpie pouvait bien lui raconter à leur sujet.

« Guilloux ? souffla Maggie pour elle-même. C'est donc à ça que vous ressemblez, commissaire ? »

Voilà un spécimen qu'elle eût volontiers ajouté à sa collection. Et que cette saleté de Dodik aurait à n'en pas douter consigné aussi sec dans ses registres. Car elle en était persuadée : à défaut d'accueillir des messieurs dans son propre lit, leur voisine d'en face tenait la comptabilité de ses conquêtes à elle. Depuis vingt ans qu'elle l'alimentait, cet inventaire devait noircir quelques pages.

« Faudra que je lui demande de me montrer ça, un de ces jours », songea-t-elle sans y croire.

Avec le temps, certains noms et certains visages avaient viré au flou.

Cette vapeur nostalgique infusée de souvenirs torrides se dissipa d'un coup.

Sa mission ! Détruire les preuves de son rendez-vous avec Paul. Cela urgeait d'autant plus que, au-dehors, le flic en chef, enfin débarrassé de l'autre folle, venait de franchir le seuil de la cour d'un pas décidé.

Maggie fouilla sa chambre du regard, et tomba presque aussitôt sur la boule de papier froissé abandonnée sur sa table de chevet. Elle déplia le mot, le relut avec un bref pincement – *Ah, les nuits avec Paul, tout de même*... – et se dirigea vers la cheminée, sur laquelle elle dénicha une boîte d'allumettes. Le mot apporté par le jeune Loïc, ainsi s'était-il présenté, s'embrasa dans la seconde. Si vite qu'elle manqua se brûler les doigts.

Elle jeta le tout dans l'âtre puis, de la pointe de sa canne, tâcha de mélanger les cendres encore fumantes au reste des débris calcinés.

Paul, Paul, Paul...

Si seulement il n'avait pas été ce satyre en rut prêt à fondre sur tout ce qui bougeait – déjà, au cours de leur relation, pourtant éphémère, elle l'avait soupçonné de courir d'autres jupons.

Si seulement il avait mis autant de rigueur dans sa vie privée que dans son art.

Qui sait... Ils auraient pu reconstruire quelque chose de plutôt chouette, tous les deux.

Cette pensée en appela une autre.

À nouveau, elle inspecta chaque recoin de la pièce, avant d'aviser une pochette rectangulaire, frappée du logo d'une célèbre enseigne de supermarchés. Devait-elle détruire aussi les billets achetés quelques jours plus tôt pour le concert du Briac Breizh Bagad ? Lorsqu'elle avait appris que ce dernier se produirait le jour même de ses soixante-dix ans, elle avait passé réservation sans réfléchir, la conjonction des deux événements lui paraissant trop belle pour être totalement fortuite. Mais à présent, elle doutait : était-il raisonnable de s'y montrer ? Cette présence ne la rendrait-elle pas plus suspecte encore ?

Que ferait Énora à sa place ?

Sa petite-fille lui ressemblait tant. Un jour, elle le savait, c'est elle, et non Louise, qui mènerait cette famille à la baguette.

Et que lui aurait conseillé Constant ?

Vingt ans que son vieux bouc à elle avait disparu, et pourtant il se glissait dans chacune de ses pensées, chacun de ses choix. Lui qui s'était montré si fantasque et si peu fiable de son vivant, il paraissait désormais la guider depuis son bout de nuage – voilà donc à quoi servaient ces cumulus qui ne quittaient jamais tout à fait le ciel de Saint-Malo. Maggie en était certaine. Il lui adressait des signes. Cherchait-il à se faire pardonner le mystère si tenace autour de sa mort ? Car ni son petit bateau de pêche, le *L. T. Meade*, ni son corps, n'avaient jamais été retrouvés.

De l'autre côté de la rue, Dodik, très en verve, se cherchait un nouvel auditoire. Elle attrapait les promeneurs du week-end par le bras, bien décidée à cracher son venin à qui voulait (ou ne voulait pas, c'était pareil) l'entendre. Maggie ne comprendrait jamais ce genre de pauvresses, plus occupées à polluer la vie des autres qu'à remplir la leur de belles choses. Il fallait sans doute en avoir enduré, des épreuves, pour porter ainsi le mal autour de soi quand on pouvait juste se faire du bien.

– Et puis shite ! conclut-elle à l'irlandaise.

Elle ne se laisserait dicter sa conduite ni par la peur ni par les vipères à la Dodik Cadiou. Elle irait comme prévu écouter cornemuses et bombardes résonner dans la cour du château avec Louise et Énora. D'ailleurs, si d'aventure la police épluchait ses relevés de carte bancaire, peut-être serait-il plus louche encore qu'elle renonce à assister à un concert pour lequel elle avait pris des places si récemment.

Restait à déterminer quelle légende elle servirait au beau commissaire, si toutefois il l'interrogeait sur ses activités de la veille au soir.

Impliquerait-elle ce bon Jacques dans son récit ?

« Jacques a dit : j'ai passé toute la soirée et toute la nuit avec Maggie Corrigan, dans sa chambre. Jacques a dit : personne n'est passé nous voir ni n'a remis le moindre message à ma maîtresse. »

Impossible, elle le savait bien. Il n'était pas plus question de ruiner le mariage de ce brave Gaillard que d'encourager ses lubies divorcières. Elle voulait bien l'avoir sur son dos, mais pas plus de quelques minutes seulement.

Quant à confesser la vérité sur sa visite à Paul, il n'en était plus question, au vu des révélations récentes d'Énora.

Je crois bien que Loulou a raison…

Si Maggie voulait éviter le pire, elle n'avait d'autre option à présent que de compromettre un autre qu'elle-même. De préférence le ou la coupable.

Mais une clause un peu amère lui semblait assortir ce contrat. En effet, tout ce stratagème reposait sur un paramètre qu'elle ne maîtrisait pas : la complicité et le silence de Fanny Horvais, l'employée de son pire ennemi.

La jeune femme tiendrait-elle sa langue ? Résisterait-elle à la pression des auditions policières ? Quelle raison avait-elle de la couvrir, si ce n'est son amitié de longue date pour Nono ?

Tous les jours, dans le secret des gardes à vue, des femmes balançaient leur mari, des enfants dénonçaient leur père, des amis de trente ans se trahissaient pour sauver leur peau. Ce n'est pas à l'ancienne secrétaire perpétuelle de la Breizh Brigade qu'on allait apprendre cela.

Le lien unissant Fanny et Énora était-il assez puissant pour la protéger ? Et si aucune réponse convaincante ne lui vint, elle sourit malgré tout à l'ironie de la situation : son salut dépendait d'une jeune femme qu'elle avait jusque-là méprisée et dont elle ne savait rien ou presque. Elle avait connu des sables moins mouvants que ceux-là…

9

7 juillet, Saint-Malo, Manoir des Corrigan, *cour principale, un peu après 13 heures.*

« T'avais piscine ou quoi ? »

Christophe Guilloux apostropha la brune aux cheveux mouillés qui traversait la cour du *Manoir* dans sa direction, sans s'embarrasser d'un bonjour.

– Ça va ! grommela-t-elle sur un ton de dogue. Je te rappelle que je ne suis pas de service ce matin.

– Non mais ce n'était pas un reproche... C'est juste tes cheveux...

Elle écarquilla ses yeux noirs, puis passa la main dans sa chevelure, comme si elle en découvrait l'état.

– Ah ça ! J'ai accompagné Rose à son cours de voile, et disons que je me suis un peu trop impliquée dans la mise à l'eau de son Hobie Cat.

Ainsi était Emma Lobo, l'adjointe du commissaire. Toujours disposée à offrir son aide ou ne serait-ce que son temps. Une disponibilité de chaque instant dont elle espérait secrètement tirer un avantage professionnel. Jusqu'à ce que la direction régionale de la Police judiciaire ne lui annonce, trois mois plus tôt, qu'un transfuge vannetais serait préféré à sa candidature interne. Elle l'avait d'abord mal vécu. Puis s'était accoutumée aux manières rustres (mais justes) de son nouveau patron – le fait qu'il fût si beau gosse n'avait rien gâché dans l'esprit de cette jeune mère célibataire.

Il se murmurait même, dans les couloirs, que le nouveau boss s'était créé un profil Tinder localisé à Saint-Malo dès son arrivée dans la ville. D'aucunes rêvaient depuis de prendre un tel poisson dans leurs filets. Mais pas Emma, toute pénétrée qu'elle était des sacro-saints préceptes du « no zob in job ».

Autour d'eux, les musiciens attroupés par grappes les considéraient avec un mélange de crainte et de défiance. Leur présence, ainsi que celle de quelques uniformes bleus, n'augurait rien de bon. Un banal vol de camionnette ou de matériel de scène n'aurait pas suscité un tel déploiement de forces.

– On peut savoir ce qui se passe ? Vos hommes patrouillent dans le coin depuis au moins deux heures et personne ne nous informe de rien.

Une femme aux longs cheveux blond filasse, vêtue d'une robe d'été en cotonnade écrue, s'était postée devant les deux officiers, bien décidée à ne les laisser passer qu'après avoir obtenu des éclaircissements.

– Je suis désolé, répondit Guilloux avec calme, mais il est encore un peu tôt pour vous en dire plus. Dans l'immédiat, j'aurais besoin de parler à votre patron, monsieur Guesnet.

– Yann n'est pas notre patron ! s'offensa-t-elle. Le bagad est une association, pas une entreprise ou un régiment.

– Je ne connais pas les termes propres à votre activité, pardon. En tout cas, je dois m'entretenir avec lui de manière urgente. Vous savez où il se trouve ?

La mine renfrognée, elle pointa le doigt vers les hautes portes vitrées de la salle de jeu. Malgré les reflets et la pénombre, on y devinait la silhouette courtaude d'un petit homme chauve s'entraînant seul au maniement d'une queue de billard. Il était bien le seul de son groupe à avoir le cœur à jouer.

– Monsieur Guesnet ? lança le flic en pénétrant dans la pièce, suivi comme son ombre par son adjointe.

– Oui, c'est pour quoi ?

Courbé sur le tapis de feutrine verte, l'homme avait à peine relevé un sourcil – qu'il avait aussi épais qu'un balai-brosse – à l'énoncé de son nom.

– Commissaire Guilloux. Et voici la capitaine Emma Lobo. Police judiciaire de Saint-Malo.

– Enchanté, gronda-t-il sans l'être. Qu'est-ce que je peux pour vous ? Vous vouliez faire une petite partie, commissaire ?

– Pas vraiment, non. Vous êtes bien le chef du Briac Breizh Bagad ?

– Tout à fait.

Il releva la pointe bleutée de sa queue et daigna enfin regarder les deux intrus.

– Que pouvez-vous nous dire de votre altercation d'hier soir avec Paul Le Tohic ?

La question parut le déstabiliser une seconde, puis il reprit, avec un aplomb teinté d'agacement :

– Qu'est-ce que cet abruti est allé vous raconter ? Toujours à faire son malin, celui-là.

– Écouter ce n'est pas...

– Il ne peut pas juste se contenter de jouer de sa cornemuse ?! coupa-t-il la chique du policier. Ça fait plus de deux plombes qu'on l'attend pour répéter !

Face à l'acrimonie du personnage, Guilloux préféra réserver sa réponse. Il dégaina plutôt son mobile et tendit l'une des photos d'identification judiciaire transmises par le scaphandrier en chef. Bien que cadrée assez large, celle-ci ne laissait aucun doute sur la nature de l'événement.

– *Gast ar c'hast !* s'écria Guesnet en breton, ses deux mains cramponnées au bâton verni.

– Comme vous le voyez, il va devoir se calmer sur la cornemuse pendant un bon moment…

– C'est dans sa chambre à Beauregard ? demanda-t-il, la voix sciée par le choc.

Il paraissait sincèrement découvrir la configuration du lieu.

– C'est bien là, oui. Quand il vous a déposé hier soir, après le restau, vous n'êtes pas monté voir à quoi ressemblait sa piaule ?

– Non, non, secoua-t-il une tête soudain aussi pesante qu'une boule de bowling. Vu comme on s'était accrochés, on était plutôt pressés de rentrer chacun chez soi. Y'avait pas vraiment une ambiance à s'envoyer un pousse-café ensemble.

– J'imagine bien…

Prenant l'homme par le bras, avec une douceur toute maternelle, Emma ébaucha un mouvement en direction des fauteuils club proches. Disposés en cercle, ceux-ci dessinaient une sorte de salon dans le salon, propice au partage d'un verre de liqueur ou de menus secrets.

Parvenu là, Guesnet s'effondra de tout son poids sur l'assise en cuir craquelé. Fumer en ce lieu n'était plus autorisé depuis belle lurette, et pourtant un léger parfum de tabac persistait dans la peau de vachette pleine fleur.

– Revenons à votre dispute d'hier soir, à la *Brasserie du Sillon*, engagea Christophe Guilloux.

– Vous savez, ça se passe presque toujours comme ça entre un *penn-soner* et son musicien vedette.

Il dut définir le mot pour les deux enquêteurs.

– Les tensions, je dirais même que c'est le carburant du bagad. Sans elles, on s'endort. On finit par jouer par routine. Et de la routine à l'ennui...

– D'accord. Mais plus précisément : que vous êtes-vous dit avec Paul Le Tohic ? Sur quoi portait votre différend d'hier ?

– Paul est... Paul était un instrumentiste exceptionnel. Mais il avait du mal à accepter la répartition des responsabilités entre nous.

– C'est-à-dire ?

– Il me reprochait ma gestion du BBB, le plus souvent parce qu'il estimait qu'elle n'allait pas dans son sens. Qu'elle ne le mettait pas assez en avant, si vous préférez. Il râlait en permanence pour que les moyens de l'asso, assez modestes, contribuent à son petit prestige personnel.

– Du genre ?

– Genre des affiches avec son nom à lui en gros, plutôt que celui du bagad, dit-il en figurant une tête aussi enflée qu'une pastèque. Or moi, mon rôle, c'est de pousser le groupe, pas un individu en particulier, aussi talentueux soit-il.

Bataille d'ego sans doute assez courante dans un tel milieu, en effet.

La suite de son récit se révéla fidèle à celui de Maël et Loïc, y compris le chantage au départ formulé par Paul. Le seul détail qu'il omit de mentionner était cette ultime réplique, prononcée par lui sous le coup de la colère : « Un jour quelqu'un te fera avaler ta cornemuse, et tu arrêteras de tous nous prendre de haut ! »

– Vous avez réagi comment ?

– Comment vous vouliez que je réagisse ?! Mal ! J'ai gueulé. Fort. J'ai peut-être pas l'air, avec mon gabarit, mais quand je gueule, je gueule !

Il paraissait presque s'enorgueillir de sa capacité à terroriser son monde. Emma fit mine d'abonder à son propos, d'un hochement de tête.

– Des témoins nous ont rapporté que vous auriez menacé de mort monsieur Le Tohic, reprit le commissaire.

– Jamais de la vie, s'exclama-t-il, avant de se reprendre aussitôt. Enfin, on avait beaucoup picolé tous les deux. Vous savez ce que c'est dans ces moments-là, on dit tout ce qui nous passe par la tête.

Certes, toutes les promesses de carnage braillées par des ivrognes n'étaient pas suivies d'effets. Mais, en l'occurrence, *quelqu'un* avait pris aux mots celle proférée par Yann Guesnet, déployant même une forme de créativité cocasse dans sa mise en pratique.

La vision du tableau d'épouvante dut revenir soudain à la mémoire de ce dernier, car il cherchait de toute évidence à minimiser la portée de ses propos de la veille.

– Faut pas s'arrêter à ça… ajouta-t-il.

– Après toute cette hostilité entre vous, vous n'avez pas été surpris que Paul propose malgré tout de vous déposer ici ?

– Franchement, j'en tenais déjà une bonne. Je n'étais pas en état de m'étonner de quoi que ce soit.

Cela avait le mérite de l'honnêteté.

– Et puis…

– Oui ? l'encouragea Emma Lobo.

– Eh bien, au moment de repartir du restau, il a comme qui dirait accéléré le mouvement. Il semblait très impatient de retourner à sa chambre.

– Il était peut-être juste fatigué, non ? L'alcool, puis votre échange musclé, ça n'est pas de tout repos.

– Mouais, possible… Enfin, il m'a plutôt donné l'impression de viser une heure précise. Comme s'il était attendu par quelqu'un. Ou quelqu'une.

« Ils ont fait des blagues assez graveleuses sur le fait que Paul dormait rarement seul pendant leurs tournées », avait confié Fanny Horvais. Paul Le Tohic était-il pressé de retrouver son rencard du jour ? Une femme l'attendait-elle dans sa chambre de l'annexe Beauregard ? Celle-ci était-elle à l'origine de cette deuxième voix perçue par Fanny, autour de 21 heures, tandis qu'elle se maquillait ?

Bien qu'elle ne fût pas a priori la femme en question, Guilloux nota intérieurement de vérifier l'emploi du temps de la mystérieuse « Arwen », une fois que celle-ci serait identifiée avec certitude.

– Et vous, vous avez fini la soirée comment ?

– En bonne compagnie aussi, dit-il en levant le coude.

– Dans votre chambre ?

– Non, au comptoir.

– Au comptoir ? s'étonna Emma, installée depuis bien plus longtemps que son collègue dans la région. Quel comptoir ? Y'a aucun bar ou café dans le coin. Rien au hameau Saint-Étienne. Et ceux de la Découverte ne sont ouverts qu'en journée.

– Ben ici, au *Manoir*, lâcha-t-il sur le ton de l'évidence. Leur pub bricolé au salon, quoi.

Emma Lobo se pencha alors à l'oreille de son supérieur et murmura : « À ma connaissance le *Manoir des Corrigan* n'a jamais reçu de licence 4. Je le saurais, mon ex-beau-père fait partie de la commission qui les délivre. » Le débit de boissons en question était donc un bar clandestin.

– Je peux vous dire que ça coulait sévère au fond des cales ! en rajouta-t-il une couche, l'œil rallumé par le souvenir de ses excès.

– Et après tout ça, vous avez été capable de remonter seul jusqu'à l'étage ?

– Non, admit-il sans une once de culpabilité, comme si de tels abus constituaient son ordinaire. Y'a cette fille blonde, une espèce de Bécassine un peu boulotte, qui m'a aidé. Mais je crois que même si vous me la mettiez sous le nez, je serais bien incapable de la reconnaître…

– Ce ne sera pas nécessaire dans l'immédiat, le rassura Guilloux. Par contre, je vous demanderai, à vous et à vos musiciens, de ne pas quitter Saint-Malo jusqu'à nouvel ordre.

– Ça ne risque pas. On joue demain à 15 heures.

– Ah d'accord, s'écria Emma, un peu outrée. Vous allez maintenir le concert ?

– Bien entendu ! Pourquoi diable on l'annulerait ?

Le groupe avant tout, avait-il professé un peu plus tôt. Le groupe avant ses individualités. Le bagad avant son soliste.

Même génial. Même mort.

10

7 juillet, Saint-Malo, Manoir des Corrigan,
bureau de Maggie, 13 h 45.

C'est un jeu auquel on s'adonne dans les séminaires de *team building* au sein de la police : définir les autres participants en trois qualificatifs, et pas un de plus.

Sévère, aristocratique, excentrique.

Tels furent ceux que Christophe Guilloux attribua d'emblée à la dame aux cheveux gris qui, campée sur le seuil de son bureau, lui tendait une main aussi fine et noueuse qu'un sarment de vigne :

– Maggie Corrigan, dit-elle avec sur les voyelles le glaçage d'un accent anglais, et sur les consonnes un topping plus rocailleux et qu'elle s'empressa de justifier. Née Maggie O'Connell. Je vis à Saint-Malo depuis près de cinquante ans, mais j'ai grandi en Irlande. Vous connaissez Baltimore ?

Ce disant, elle l'entraîna dans son antre. Le placage mural en bois sombre, ajouté aux pans inclinés du plafond mansardé, donnait l'impression d'entrer dans une cabine de bateau. Ou, plus précisément, dans la timonerie d'un vieux gréement. La déco chargée, faite de gravures anciennes et de mille bibelots, ajoutait au charme d'ensemble. Des odeurs de cire d'abeille et de pommes de terre frites s'entremêlaient, presque écœurantes.

– C'est pas loin de Cork, non ? suggéra-t-il après un temps occupé à la découverte de la pièce. Sur la côte sud ?

C'est la maîtresse des lieux qui avait insisté pour recevoir le commissaire dans son bureau, « au calme », plutôt que dans l'agitation qui régnait au rez-de-chaussée de la malouinière.

– Bravo ! Vous devez être le premier Français que je croise à savoir situer ma ville natale. D'habitude, quand je cite Baltimore, on me parle plutôt de *The Wire*...

– J'ai un peu voyagé, argua-t-il, presque en s'excusant. Ça a l'air joli. Vous y retournez de temps en temps ?

Il se planta devant un cadre légendé « Le port de Baltimore un jour de grande pêche ». Des personnages miniatures y hissaient un baleineau sur un quai noir de monde.

– Ça l'est, éluda-t-elle, de toute évidence gênée par la dernière question. Joli, je veux dire.

Chacun prit alors place de part et d'autre du vaste secrétaire en merisier, recouvert sur presque toute sa surface d'un large maroquin aux angles rongés par le temps. Il était patent que le *Manoir* avait connu son heure de gloire, mais que les moyens manquaient désormais cruellement pour l'entretenir à hauteur de sa splendeur passée.

Déjà, depuis la cour, Guilloux avait noté ces quelques tuiles manquantes sur le toit, ou ces encadrements de fenêtre en pierre tendre rongés par le vent et les embruns.

– Les affaires ne tournent pas trop mal, en ce moment ? lança-t-il pour engager la conversation. Entre les virus et les grèves SNCF, ça va, vous vous en sortez ?

– Well, on ne se plaint pas. Comme vous avez pu le voir, on a fait le plein ce week-end.

Le flic s'abstint de souligner que c'était la moindre des choses en période de festival.

Pourtant, depuis la disparition de son Constant vingt ans plus tôt, l'activité du *Manoir des Corrigan* somnolait. Louise et Énora l'aidaient certes sur leur temps libre. Mais leur contribution se limitait à l'entretien ordinaire de la maison d'hôtes. Pas d'initiatives, pas de grands projets de rénovation ou d'animation… Maggie se sentait parfois bien seule aux manettes de ce grand vaisseau de vieilles pierres. « Déjà, si on installait une piscine… » lui soufflait sa petite-fille à intervalles réguliers. « Moi vivante, jamais ! répliquait à chaque fois Maggie. S'ils veulent se baigner, y'a la mer ! » Rien ne paraissait plus vulgaire à ses yeux que ces rectangles d'eau turquoise et leurs bouées multicolores *made in China*.

Ce qu'elle omettait de préciser, c'est qu'avec leur niveau d'endettement actuel, il était inenvisageable qu'une banque leur prête les trente mille euros nécessaires à l'aménagement d'un bassin d'agrément. Détester ce qu'on ne peut obtenir, ou le meilleur moyen de ne jamais être frustrée selon Maggie Corrigan.

Ce round d'observation passé, Christophe Guilloux aborda enfin le motif officiel de sa visite. Il évoqua à grands traits le drame survenu dans la propriété voisine, sans préciser ni l'identité de la victime, ni la mise en scène macabre dont ce dernier avait fait l'objet.

Son hôte ne parut pas outre mesure surprise. Ni réellement émue. Derrière ses paupières mi-closes, ses beaux yeux clairs donnaient l'impression de s'être absentés de la pièce.

– … l'un de vos pensionnaires, Yann Guesnet.

– Quoi ?

Elle semblait sortir d'un songe.

– Je vous demandais si vous aviez observé quelque chose de particulier chez monsieur Guesnet, à son retour du restaurant hier soir. De son propre aveu, il était plutôt alcoolisé.

– Guesnet, vous dites ? s'enquit-elle comme si elle entendait ce nom pour la première fois.

– Oui, Yann Guesnet, le chef du Briac Breizh Bagad. Vous avez dû le remarquer. Il a passé une bonne partie de la soirée dans votre salon, avec les autres membres du groupe.

« BB, BBB, à quand la BBBB ? » songea Maggie.

– Désolé, ça ne me dit rien. De toute manière, j'ai très vite piqué du nez… Je suis sujette à de petites crises de narcolepsie.

– Vraiment ? s'étonna-t-il, comme s'il en doutait.

– Oh, rien de grave. Mais je m'endors un peu n'importe où, et surtout n'importe quand.

– Je comprends. Vous pouvez peut-être quand même éclairer ma lanterne : est-ce qu'une certaine jeune femme blonde sert à votre bar les vendredis soir ? Monsieur Guenest prétend qu'il a été remonté dans sa chambre par une personne correspondant à cette description et qui n'appartient pas à sa troupe.

– Un bar ?! s'indigna Maggie. Quel bar ?

Il lui décocha un regard conciliant, quelque chose comme « ne vous en faites pas, je ne suis pas là pour ça aujourd'hui », avant de reprendre :

– Je repose ma question : qui sert la clientèle installée au salon les vendredis soir ?

– Ma fille, Louise, vous avez dû la croiser en chemin. Moi-même, enfin quand je tiens le coup. Et Sophie, notre femme à tout faire. Mais, vous savez, ce sont juste quelques verres entre amis.

Des verres « entre amis » facturés comme à des clients, cela portait un nom : un débit de boissons, ni plus ni moins.

– Sophie comment ?

– Sophie Kervazo.

– Elle est présente sur la propriété en ce moment ?

– Non, elle ne fait pas les week-ends. Mais elle habite à moins de trois minutes, rue Saint-Étienne.

– Vous pourriez lui demander de venir me voir ici, si possible dès maintenant ?

Maggie ne put réprimer ce léger rictus de contrariété qui étirait ses lèvres déjà fines, puis décrocha son antique combiné fixe à cadran et composa le numéro exigé. Chaque chiffre étirait son cliquetis à la lenteur d'un supplice inquisitoire. L'échange se résuma à quelques mots secs et sans fioritures.

– Voilà, c'est bon. Elle ne devrait pas tarder.

– Merci.

– C'est tout ce que vous vouliez savoir, commissaire ?

– Oui, mentit-il. Enfin non, juste un détail... C'est sans doute sans aucun rapport avec notre affaire, mais...

– Mais vous êtes curieux, c'est ça ?

– Exactement, je suis curieux, sourit-il, presque mielleux. En même temps, vu mon métier... Je n'irais pas bien loin si je ne l'étais pas un minimum.

Quand deux mâles alpha se croisaient, Christophe Guilloux l'avait maintes fois observé, ils se sautaient le plus souvent à la gorge, sans préambule ni reniflage de derrière. Mais lorsqu'un mâle et une femelle de tempérament aussi affirmé l'un que l'autre se rencontraient, s'ensuivait généralement un jeu beaucoup plus subtil, lequel s'étalait dans le temps, fait de révérences feintes et de séduction, et où chacun faisait mine de laisser l'autre prendre le dessus avant de lui porter l'estocade finale.

– Où alliez-vous hier soir vers 21 heures ? Vous êtes bien sortie de l'enceinte du domaine, n'est-ce pas ?

Putain de bloody hell ! Cette chienne putride de Dodik Cadiou l'avait donc bien cafardée.

Visualisant son trajet de la veille, elle se félicita en son for intérieur que les chemins bucoliques des environs ne fussent pas encore balayés par ces insupportables caméras de surveillance vidéo qui quadrillaient les zones urbaines de la ville.

– Je suis allée me balader dans la campagne après le dîner, tout simplement. L'air était très doux. Je le fais très souvent en été. Il n'y a pas de mal à ça, non ?

– Vous possédez un chien, madame Corrigan ?

– Non ! s'écria-t-elle, comme si la perspective l'horrifiait. J'ignorais qu'il fallait avoir un chien pour avoir le droit de se promener le soir !

– Je n'ai pas dit ça…

– Eh bien tant mieux ! claqua-t-elle d'un air pincé. Ça m'évitera un a priori de plus sur la police.

Il encaissa sans sourciller, avant de conclure :

– Il faut se méfier des idées reçues, vous savez. Un flic qui a l'air d'un con ne fait pas usage de sa connerie à tous les coups. De même qu'une vieille dame qui possède une canne de marche n'en a pas toujours l'utilité non plus.

Maggie en resta bouche bée. En quelques instants d'observation discrète, ce bellâtre l'avait mieux percée à jour que certains de ses proches qu'elle fréquentait depuis des décennies.

La Breizh Brigade ressuscitée allait décidément se heurter à une sacrée concurrence.

11

7 juillet, Saint-Malo, Manoir des Corrigan,
salle de jeu, 14 h 15.

« Ça y est, ils ont tous filé », annonça Louise en pénétrant la dernière dans la salle de jeu, où l'attendaient sa mère et sa fille.

Cette position du jambon dans le sandwich générationnel avait beau être par nature provisoire – elle le savait bien, elle qui se piquait à ses heures de généalogie – elle s'y sentait parfois étouffer, entre des tranches aussi consistantes que Maggie et Énora.

Vautrée dans l'un des fauteuils club, ses jambes repliées sous elle, cette dernière demanda :

– Tous qui ? Tu parles des flics ou du bagad ?

– Des deux, mon capitaine.

En se mêlant aux groupes de musiciens qui papotaient dans la cour, Louise était parvenue à glaner cette information : Yann avait convoqué le BBB au grand complet, à 17 heures, au palais du Grand Large. Les salles du centre des congrès, voisin du casino, étaient mises à disposition des groupes participant au festival. « Pourquoi aussi tard ? » s'étaient émus certains, tandis que la rumeur d'un drame enflait dans leurs rangs. « Parce que je l'ai décidé comme ça, point barre. » Du Yann Guesnet de lendemain de cuite dans toute sa splendeur…

En attendant, les artistes étaient invités à profiter des charmes de la station balnéaire, grâce au minibus affrété à cette occasion par la municipalité. Rien de mieux qu'un peu de sable entre les doigts de pied pour remiser ses soucis du moment.

– En parlant d'officier, intervint Maggie, je crois que ce Christophe Guilloux va nous donner du fil à retordre. Beau garçon, mais croyez-moi, sous la mèche bien rangée, il peut se révéler être aussi une sacrée teigne.

– Par « nous », tu entends quoi exactement ? la relança la cadette.

– Enfin, darling dear, NOUS, la Breizh Brigade !

Ce fut dit sur un ton d'évidence presque agacé qui tira aux deux autres un sourire complice.

L'air de rien, avec cette désinvolture de princesse qui la caractérisait si bien, Maggie venait de valider la renaissance de leur petit club d'enquêtes criminelles. Un détail insignifiant pour le reste du monde, mais une décision lourde de conséquences et d'émotions pour elles trois. Exhumer la Breizh Brigade, chacune d'elles le comprenait, c'était aussi ressortir du placard les motifs intimes qui avaient conduit à sa création vingt ans plus tôt. C'était revenir à la plus douloureuse des énigmes, celle de la disparition de Constant. Et que Maggie accepte de ressortir ce cadavre-là de la naphtaline mémorielle n'était pas un événement négligeable, à l'échelle familiale.

Sur la table basse du coin salon, Sophie avait disposé à leur intention de quoi improviser un lunch tardif : scones frais du matin, sandwiches au concombre, et l'inévitable *potato farl* de Maggie. L'agitation de la matinée, ajoutée au service dû aux pensionnaires, leur avait peu laissé le loisir de se sustenter. Elles picoraient toutes trois sans appétit quand la matriarche se lança, sur un ton qui semblait contredire son bel enthousiasme de la minute précédente :

– On dispose de quoi, au juste ? Les trois photos de Fanny, son témoignage à elle, et ce que vous avez capté depuis la cuisine de Beauregard… C'est tout ?

– C'est déjà pas si mal.

– C'est nul ! tonna l'aïeule, en martelant le parquet de sa canne. Nul ! Si on a trois trains de retard sur les flics, je ne vois même pas l'intérêt de se pencher sur le dossier. Je répète : ce Guilloux est un malin. Je ne lui donne pas vingt-quatre heures avant de découvrir que j'ai rendu visite à Paul dans sa chambre.

– Tu sais, pour l'instant, argua Louise, ils ne doivent pas être tellement plus avancés que nous.

– Putain de fuck ! Mais t'es conne, ma chérie, ou tu fais exprès d'en avoir l'air ?! Tu fais quoi des techniciens dont nous a parlé Nono ? Faut se réveiller, on n'est plus au temps des enquêtes « à la daddy » !

Consciemment ou inconsciemment, elle-même l'ignorait sans doute, Maggie s'évertuait à mélanger français et anglais (parfois mâtinés de gaélique) d'une manière bien peu idiomatique, créant ainsi son propre dialecte, le Magglish, ou le Franggie.

– Demain matin au plus tard, poursuivit-elle avec la même ferveur, Guilloux et sa copine, Emma Machin, disposeront de toutes les analyses qu'on peut imaginer : empreintes, comparaisons ADN, rapport d'autopsie, traces diverses… Et nous, on en sera où, tu peux me le dire ? On sera à poil ! Naked de chez poil !

– C'est sûr que ce n'est pas comme ça qu'on va les griller au poteau, approuva Énora, dont l'éducation scientifique restait sensible à de tels arguments.

Un temps de réflexion résigné s'abattit sur le trio. Quelques bouchées arrosées de thé noir disparurent entre les lèvres muettes. Quelques regards las volèrent dans ce silence en forme d'impasse.

Peut-être s'étaient-elles un peu trop vite emballées. Peut-être s'étaient-elles vues plus belles et plus affûtées qu'elles ne l'étaient désormais. Le monde d'aujourd'hui n'avait plus grand-chose en commun avec celui d'il y a vingt ans. Mener une enquête de cette ampleur réclamait des moyens, une logistique, et des appuis qui leur faisaient cruellement défaut.

Ne valait-il pas mieux, pour Maggie, se rendre d'elle-même au commissariat pour y confesser ses menues cachotteries de la veille et ses pieux mensonges de la matinée ? « Oui, mon commissaire, j'ai péché. Mais cela ne fait pas de moi une meurtrière pour autant ! Pitié, mon beau commissaire ! »

Leur dînette s'étirait ainsi, sans joie ni réponse. Avant qu'Énora ne secoue leur découragement, sur la pointe de mots :

– J'ai peut-être une solution… Enfin, un début d'idée. Ce n'est pas non plus la réponse à tous nos problèmes et surtout, c'est sans garantie.

– Vas-y, l'encouragea Maggie, ne fais pas durer le suspense pour le plaisir.

– Eh bien, quand Guilloux s'est pointé à Beauregard, un détail dans son attitude m'a surprise.

– Qu'il se la pétait ? On a toutes bien vu qu'il se la pétait.

Maggie détestait se faire moucher par plus jeune qu'elle.

– Non, il tutoyait Fanny.

– Ils se connaissent ?! s'écrièrent en chœur les deux autres.

– Tout à fait. Quand il est arrivé à Saint-Malo, avec tous ces apparts proposés sur Airbnb, ça a été la croix et la bannière pour trouver une location à l'année.

– Les Le Divellec font agence immobilière, maintenant ? s'enquit la doyenne avec un mépris affiché.

– Presque. C'est Fabienne Leroy, la patronne de l'office de tourisme, qui a joué les intermédiaires. Guy possède plusieurs studios ou deux-pièces intramuros. Et l'un d'entre eux, rue de la Clouterie, venait tout juste de se libérer.

Elle enfourna un morceau de sandwich triangulaire au concombre avant de reprendre :

– Bref, devinez à qui ce rat crevé de Guy Le Divellec a confié la mission de veiller au confort de notre nouveau commissaire ?

– À Fanny !

– Tout juste.

– On est ravies pour elle, mais je ne vois pas ce que ça…

– Elle a un double des clés de chez lui ! éructa Énora en crachotant des postillons de cream cheese.

– Holy fuck de bloody bordel ! manqua s'étrangler Maggie.

– T'es sérieuse ?

– Très sérieuse. Elle est déjà allée une fois chez lui, en son absence, pour vérifier l'état des plaques de cuisson.

– Mais il sait qu'on entre et qu'on sort de son appart comme dans un moulin ?

Énora leva des épaules ignorantes.

Fanny lui avait confié ce petit secret en quelques mots, au sortir de la cuisine de Beauregard. Sa chère et tendre ne s'était pas appesantie sur tous les détails.

– Attends, je ne vous ai pas dit le meilleur… Apparemment, notre ami le commissaire Guilloux est du genre à rapporter des devoirs à la maison.

– Ses dossiers d'enquête ! s'étouffa une nouvelle fois Maggie.

– Yep ! Sans doute pas tout, mais probablement des bribes qui pourraient nous intéresser. Enfin, j'imagine.

Un nouveau temps circonspect envahit la pièce, fait d'œillades et de moues incrédules.

– C'est une excellente nouvelle, approuva Maggie. Mais pourquoi Fanny prendrait des risques pareils pour nous ?

– Ce n'est pas vraiment pour nous…

Énora, d'ordinaire si affirmée, laissait à présent ses yeux dériver sous le haut plafond boisé. Une fresque circulaire datant de la construction du bâtiment y donnait à voir une scène d'échange entre navigateurs malouins et négociants indiens, bibelots sans valeurs contre soieries et épices. Un troc de toute évidence déséquilibré et dont la peinture témoignait pour l'histoire de son ignominie.

– Pour qui, alors ?

– Pour *elle*, intervint Louise, d'un sourire timide adressé à sa fille. Fanny est ta *copine*, c'est bien ça, ma chérie ?

C'était la première fois qu'elles abordaient le sujet de front.

Maggie, elle, n'en croyait pas sa canne. Elle roulait à présent le pommeau entre ses mains, à toute allure. Sa mimique hésitait entre l'amusement et la répugnance. Que sa petite-fille pourfendît les conventions n'était certes pas pour lui déplaire. Mais elle avait juste du mal à admettre qu'elle pût jeter son dévolu sur une représentante de son propre sexe, elle qui consommait les hommes comme des bonbons.

– Faut vraiment que vous promettiez de n'en parler à personne. Vraiment !

– Ses parents savent que… ?

– Jamais de la vie ! Et ils ne doivent surtout pas le savoir.

Non pas que les Corrigan eussent des occasions de croiser les Horvais, modestes bistrotiers à Saint-Méloir-des-Ondes, tous les deux matins. Depuis le temps (déjà ancien) où Énora et Fanny avaient fait vœu d'amitié éternelle sur les bancs de l'école Saint-Joseph, dans la propre classe de Louise, les deux familles ne s'étaient revues qu'une poignée de fois. Les uns et les autres ne vivaient qu'à quelques kilomètres, et pourtant un abîme socioculturel les séparait, ce fossé symbolique qui placerait toujours un bistrot de village et un manoir sur deux planètes bien distinctes.

– Savoir quoi ? Que leur fille est lesbienne ou que c'est toi sa girlfriend ?

– Les deux ! hurla presque Énora.

« Mon général », complétèrent de tête Louise et Maggie.

– S'ils l'apprennent, ils la rejetteront, enchaîna-t-elle. C'est sûr et certain.

– Pourquoi tu dis ça ?

– Parce qu'à force de servir l'apéro midi et soir à tout leur patelin, ils ne sont pas franchement devenus des champions de tolérance et de progressisme. Une fille adoptée et africaine, passe encore. Mais une gouine… ça commencera à faire beaucoup pour eux.

L'expression imagée fit rosir Louise et blêmir Maggie.

Un secret contre un autre.

Pour le coup, le deal entre Fanny et elles paraissait assez juste. Voilà qui leur assurerait a priori le silence de Fanny sur la présence de Maggie dans la chambre de la victime, et ce faisant un minuscule temps d'avance sur les flics de Saint-Malo.

Mais pour combien de temps ? « Papillons de nos âmes, songea Maggie, les secrets se révélaient souvent très éphémères. Un rien suffisait à les disperser. Quel coup de vent pousserait donc celui-ci jusqu'à des oreilles indiscrètes ? »

12

7 juillet, Saint-Malo, commissariat principal, au même moment.

« T'as mangé un morceau, au moins ? »

– Pas depuis hier soir, non.

– Même pas au petit-déj ?

– Un café noir sans sucre, ça compte ?

Emma Lobo posa sur son chef ce regard tendre et réprobateur de maman oiseau veillant sur son oisillon. Telle était sa nature, penser aux autres avant de s'inquiéter pour elle-même.

Sans rien ajouter, elle glissa sur le bureau du commissaire une salade sous blister achetée à l'Intermarché voisin – elle avait anticipé l'incurie de son patron en la matière, et prit deux déjeuners plutôt qu'un seul. Faute de ressources à proximité, la première boulangerie se trouvait à plusieurs centaines de mètres, près de la gare, le supermarché constituait pour tous les flics malouins l'unique point de ravitaillement en journée. La nuit, il fallait faire avec le distributeur de friandises dans le hall ou les paquets de biscuits rapportés de la maison.

L'un d'entre eux, éventré, vomissait ses miettes entre les piles de dossiers aussi hautes que des châteaux de sable. La chemise qui dominait l'édifice de papiers portait la mention « Paul Le Tohic ». À l'heure du tout numérique, Christophe Guilloux persistait pour sa part à consigner les informations essentielles sous une forme manuscrite ou imprimée. Des taches d'encre noire maculaient certains des documents. Son sceau personnel, et la preuve qu'il planchait d'arrache-pied sur l'affaire.

À peine était-il arrivé dans son fief qu'il avait ajouté, sur un banal papillon de couleur, le compte rendu du témoignage de Sophie Kervazo. La jeune domestique lui avait confirmé la version de Yann Guesnet. Elle avait bien remonté celui-ci dans sa chambre, ivre mort, « vers minuit ». Elle soutenait en outre qu'il n'avait pas quitté le bar clandestin de toute la soirée. Fallait-il pour autant ranger dès à présent le *penn-soner* au rayon des fausses pistes ?

– Bon, résuma-t-il en invitant sa jeune subordonnée à prendre place sur le siège face à lui. D'après les deux IJ, le labo de Rennes devrait nous fournir tout ce dont on a besoin en fin d'après-midi. Empreintes, traces de pas, dépôts ADN divers, dans la chambre comme dans la voiture de la victime, ainsi que son autopsie et l'analyse de son téléphone portable.

– Y'a plus aucun doute sur son identité ?

– A priori, non, réfuta-t-il entre deux bouchées. On parle bien de Paul Le Tohic, 63 ans, résidant à Saint-Briac-sur-Mer. Mais bien sûr, faudra une reconnaissance par sa conjointe pour que cet aspect-là soit blindé.

– Tu l'as déjà prévenue ?

– Pas encore, dit-il sur un ton pince-sans-rire. Je t'attendais. On n'est jamais trop de deux pour se taper les aspects « fun », non ?

Efficace et précis dans l'action, méthodique presque jusqu'à l'excès, il parsemait parfois ses propos de facéties qu'Emma ne savait jamais classer : lard ou cochon ?

Elle se posait encore la question quand il composa un numéro fixe sur sa propre ligne terrestre, veillant à activer le haut-parleur du combiné.

– Madame Le Tohic ? Commissaire Guilloux, police nationale de Saint-Malo…

La suite de son topo respecta à la lettre le script qu'on leur apprenait à l'école des officiers de Cannes-Écluse. Humain, mais surtout sans ambiguïté. La réaction de Solène Le Tohic fut elle aussi conforme à la réaction standard, telle qu'elle leur était enseignée. D'abord un long silence. Puis quelques mots inintelligibles. Et enfin des pleurs, hélas très audibles.

Après deux ou trois minutes de ces glouglous affligés, son interlocutrice fut enfin capable de tenir un propos cohérent :

– Qu'est-ce que… Qu'est-ce que je dois faire ?

– Dans l'immédiat, je vais vous demander de venir ici au plus vite, pour procéder à la reconnaissance du corps de votre époux. Sa dépouille ne doit partir pour l'IML de Rennes que dans deux heures. On a encore le temps, mais tout juste.

– D'accord…

– Vous êtes véhiculée, ou vous avez besoin qu'on vienne vous chercher chez vous ?

– Non, ça va, j'ai ma voiture.

La voix robotique enchaînait les réponses en pilote automatique. Elle paraissait assommée, effondrée, mais pas surprise non plus. Comme si la perspective d'un drame visant Paul faisait, dans son esprit, partie des choses possibles. Était-elle au courant des infidélités de son mari ? Si tout le bagad savait – *confer* les allusions grivoises de certains de ses membres, telles que rapportées par la petite Fanny – alors il était probable que les frasques de Paul soient revenues à ses oreilles.

Cocue, et désormais veuve. Emma pensa qu'elle avait bien fait de quitter le père de ses deux enfants avant d'en arriver là…

Solène Le Tohic miaulait encore son désarroi dans le téléphone, quand un cri de femme retentit du côté de l'accueil du commissariat, un étage plus bas. Certes, les esclandres à l'entrée n'étaient pas si rares. Mais pas non plus si fréquents. Les hurlements suraigus couvraient tout le brouhaha ambiant de la ruche policière. Guilloux écourta l'appel et fonça dans le hall, suivi comme son ombre par son adjointe.

Devant le comptoir en arc de cercle, une jeune beauté brune lestée d'une housse à vêtements se débattait entre deux agents en uniforme.

– Me touchez pas, putain !

– Mais on ne vous a pas touchée, mademoiselle.

– C'est quoi ce foutoir ? Vous êtes qui ? s'exclama le commissaire.

« Et toi alors, t'es qui ? » lui répondit le regard effronté de la jeune femme surmaquillée.

– Arwen Caroff. Pourquoi ?

La maîtresse de Paul Le Tohic, décoda Guilloux.

Grâce à Loïc le tambour, ils avaient obtenu son numéro de portable. Elle avait répondu depuis le bus n° 16 reliant Saint-Briac à Saint-Malo, qu'elle avait semble-t-il pris plus tard que prévu. Ce n'est qu'à son arrivée au terminal de la gare SNCF, aussitôt appréhendée par les hommes en bleu, qu'elle avait été informée de la tragédie. Loin de fondre en larmes, elle était entrée dans un accès de rage qui ne se démentait pas depuis lors.

– Très bien. Pour commencer, je vais vous demander de vous calmer.

– Je suis très calme. J'aimerais juste comprendre pourquoi on m'alpague à la descente du bus comme une voleuse, pour me raconter des conneries, en prime !

– Des « conneries » ?

– Que Paul serait mort, tout ça…

– Parce que c'est la vérité. Paul Le Tohic a été retrouvé sans vie dans sa chambre, en milieu de matinée.

La poupée brune tangua un peu, sa bouche arrondie façon Marilyn ou Betty Boop, avant de répliquer :

– Vous me chambrez, c'est ça ?

Avec toute la délicatesse dont elle était capable, Emma la saisit par le bras et l'entraîna vers l'étage. Cette fois, la furie se laissa faire sans la moindre résistance. Et une audition en bonne et due forme put commencer dans le bureau directorial.

« Comment avez-vous connu Paul Le Tohic ? »

– Par le bagad. J'ai deux copines qui en faisaient déjà partie, des joueuses de bombarde. Je traînais parfois aux répètes. Le truc classique, quoi. Rien de tordu, si c'est ça que vous pensez.

– Et vous avez fini par intégrer le groupe, vous aussi ?

– Oui, comme tambour débutant. Mais j'avoue que je kiffe moyen…

– Vous êtes devenus amants *avant* ou *après* que vous ne rejoigniez le bagad ?

D'un pincement de lèvres, elle s'offusqua du côté très cash de la question.

– Avant. Mais Paul a trouvé ça pratique que je sois dans la troupe. Comme ça, on n'avait pas à monter des arnaques pas possibles pour se voir. J'avais qu'à suivre leurs tournées pour qu'on passe du temps ensemble, lui et moi. C'était tout bénef.

Pragmatique, ce Le Tohic. Quitte à avoir une maîtresse, autant la trimballer dans ses bagages. Et à se faire payer les chambres d'hôtel aux frais de l'association. Tout bénef, comme le disait l'ingénue qui remontait inlassablement l'accroche-cœur retombant sur son front.

– Ça n'a choqué personne ?

– Comment ça ? fit-elle mine de ne pas comprendre.

– Parmi les autres musiciens… J'imagine que certains connaissent sa femme, Solène…

– Non, se récria-t-elle en roulant des yeux de petite fille. De toute façon, au BBB, tout le monde adore Paul. C'est un peu notre star à nous, vous voyez.

Elle en parlait comme une gamine admirerait son papounet chéri.

– De votre point de vue, quels rapports avait-il avec Yann Guesnet ?

– Bons.

Si bons que les deux hommes avaient failli s'écharper la veille au soir. Mais, selon les récits déjà recueillis, Arwen Caroff était absente du dîner si mouvementé. Peut-être était-elle de bonne foi, en affirmant cela.

– C'est tout ?

– Oui. Qu'est-ce que vous voulez que je vous dise ?

– Vous n'avez jamais été témoin de tensions entre eux ? Paul ne vous a jamais fait part d'un différend qui pourrait les opposer ?

– Pas du tout. Je ne sais pas qui vous a raconté ça. Et puis, je vous l'ai déjà dit : sans Paul, le bagad c'est plus du tout la même classe. Et ça, Yann le sait très bien. Il n'avait aucun intérêt à se prendre la tête avec son…

– Avec sa star ? la coupa Emma.

– Voilà, c'est ça.

La perspective lui tira un sourire un peu béat, comme si l'aura de Paul lui avait survécu. Sa fascination de groupie expliquait en partie qu'elle eût noué une relation intime avec un homme de quarante ans son aîné.

– Mademoiselle Caroff, embraya Christophe Guilloux, je vais vous montrer une photo et je vais vous demander ce qu'elle évoque pour vous. Je vous préviens, c'est une image très dure.

– OK, dit-elle en haussant des épaules à la « même pas peur ».

De la chemise frappée du nom de la victime, Guilloux tira un cliché produit par l'imprimante couleur de la boutique – Paul Le Tohic en mode sculpture postmoderne – qu'il déposa devant son vis-à-vis.

– Merde... souffla-t-elle seulement.

Elle paraissait plus agacée qu'émue.

– Alors, qu'est-ce que cela vous inspire ?

– Pour être tout à fait honnête, je ne suis pas super surprise...

– Et pourquoi ça ?

Elle minauda un instant, levant des cils badigeonnés de rimmel, avant de reprendre :

– Les jeux BDSM, le ligotage, tout ça, c'était plutôt son truc, à Paul. D'ailleurs, c'est toujours lui qui prenait la place du soumis. Il disait que « ça le changeait ». Que ça lui enlevait de la pression.

Les deux flics échangèrent un regard entendu.

– Il aimait ça juste avec vous, ou en règle générale ?

– Avec moi, oui, dit-elle d'un air pincé. Mais apparemment pas qu'avec moi...

La mort de Paul Le Tohic était-elle la conséquence d'un jeu érotique qui avait dérapé ? Entretenait-il d'autres liaisons que celle l'unissant à Arwen ?

Christophe Guilloux allait cuisiner la tombeuse du bagad sur son alibi de la nuit précédente, quand la sonnerie correspondant à la ligne de l'accueil résonna dans la pièce.

– Guilloux...

– Commissaire, y'a deux femmes pour vous à l'entrée. Elles disent que c'est urgent.

– Les deux ?!

Si l'on mettait sur un pied d'égalité la survie économique d'une ville et la détresse d'une veuve, alors oui, on pouvait estimer que les deux femmes qui se tenaient à présent dans le hall étaient mues par un même caractère d'urgence. La première d'entre elles, trentenaire en tailleur et carré blond permanenté, n'était autre que Fabienne Leroy, la responsable de l'office de tourisme de Saint-Malo. Celle qui avait déniché au nouveau commissaire son petit deux-pièces intra-muros. Quant à l'autre, à voir ses traits décomposés, elle ne pouvait être que Solène Le Tohic.

– Christophe ! s'écria Fabienne en se jetant sur lui. Te voilà !

L'agent d'accueil s'amusa de cet excès de familiarité.

– Je ne peux pas te recevoir maintenant, dit l'intéressé sans chaleur aucune. Je suis en pleine audition.

– Oui, oui, bien sûr. J'en ai pour une seconde.

Il les connaissait par cœur, ces « secondes » de bavardes chroniques qui duraient des heures. L'espace d'un instant, il pria pour que cette insupportable pipelette, célibataire notoire, n'ait pas elle aussi créé de profil sur Tinder.

– J'ai appris qu'il s'en était passé de belles au hameau Saint-Étienne, la nuit dernière, poursuivit-elle à voix basse, son visage de fouine presque au contact des traits réguliers du commissaire.

Ce dernier ne put réprimer un rictus. Son pare-feu anti-racontar n'avait donc pas fonctionné comme il l'espérait.

– Peut-être…

– Je peux te demander un service d'ami ?

« Ami » ?! Comment étaient-ils passés du stade de simples connaissances professionnelles à celui d'amis, sans qu'il n'en ait la moindre conscience ? Son regard d'enfant perdu fouilla celui de Fabienne Leroy, où il décela l'éclat fourbe du débit. Depuis qu'elle lui avait rendu service, celle-ci se sentait fondée à exiger de lui ce qui lui chantait.

– Je ne t'apprends rien en te disant que Folklores du monde est l'un des temps forts de l'année touristique à Saint-Malo, enchaîna-t-elle sans attendre sa validation. On ne peut *pas* se permettre que le festival soit perturbé par une rumeur. Ou, pire encore, par une affaire criminelle bien crapoteuse.

– Je comprends, grinça-t-il. Mais en quoi j'interviens là-dedans ?

– C'est très simple : il faut *absolument* que la presse soit tenue à l'écart de ce bazar jusqu'à lundi. Le 9 juillet. Les plus gros concerts seront passés, en particulier celui du Briac Breizh Bagad, si toutefois il est maintenu.

– Tu crois vraiment que ce sera le cas ?

– J'en sais rien. Yann Guesnet doit réunir ses troupes au palais du Grand Large dans deux heures. Moi je pense que leur second sonneur, Maël je-ne-sais-plus-quoi, peut très bien faire l'affaire.

Mine de rien, elle lui indiquait qu'elle en savait déjà beaucoup, à commencer par l'identité de la victime.

– Si tu le dis.

– Bref, avec un embargo média jusqu'au 9, on tient le cap et on évite le désastre en termes d'image et de fréquentation. La mairie est contente et les commerçants aussi.

Il s'apprêtait à répliquer quand il aperçut la silhouette gracile de Solène Le Tohic s'évaporant par la double porte sur rue. Faute de prise en charge, voilà qu'elle repartait déjà.

Plantant là sa harpie blonde, Guilloux courut intercepter la fuyarde.

– Madame ! Madame Le Tohic !

Celle-ci se figea dans le halo lumineux surgi de l'extérieur.

– Je suis désolé. C'est un peu la folie depuis ce matin. Je vais avoir du mal à vous recevoir aujourd'hui. Mais je vous propose de prendre une chambre en ville. Ça vous évitera des allers-retours inutiles. Dans l'immédiat, vous pouvez toujours procéder à la reconnaissance, mon adjointe va vous accompagner. Et moi je vous verrai demain, ici même, dès que possible. Ça vous va comme ça ?

– Oui… bredouilla-t-elle.

– Je vous rassure. Vous serez défrayée.

Il avait dit « défrayée » ; elle avait compris « effrayée ». Et chaque trait de son visage semblait exprimer cette terreur sourde.

13

7 juillet, Saint-Malo, Manoir des Corrigan, *allée des cerisiers, 15 heures.*

« On ne serait pas mieux dehors qu'enfermées ici ? suggéra Énora. Il fait super beau ! »

Et c'est ainsi que la grand-mère, la mère et la petite-fille s'étaient retrouvées à remonter l'allée des cerisiers traversant le parc sur toute sa largeur, bras dessus bras dessous.

Ressusciter ne signifiait pas restituer à l'identique. Des cendres de la Breizh Brigade, elles devaient tirer un nouvel élan, inventer de nouvelles routines. Autrefois, se souvenait Maggie, la BB s'inscrivait dans un rituel bien établi. Une fois par semaine au moins, elles se réunissaient toutes les trois pour un apéritif dans la salle de jeu, à 18 heures pétantes. Whiskey vingt ans d'âge pour sa fille et elle, jus de pomme pour la petite. Après avoir passé en revue les derniers titres du *Pays malouin*, elles faisaient le tour des ragots glanés au zinc de leur bar clandestin, comparaient ceux-ci aux archives locales compulsées par Louise, avant que Maggie ne tire des conclusions toutes provisoires et ne leur attribue leurs missions respectives. À l'époque, son attachement à la mémoire de Constant était encore si vivace que chaque séance s'achevait par une petite prière à sa mémoire.

« Pour Fanny et les dossiers d'enquête chez Guilloux, quand crois-tu que tu pourras tenter le coup ? » s'enquit la matriarche, canne en main.

– On va y aller étape par étape, si tu veux bien, dit Énora. Je viens déjà d'exiger d'elle qu'elle mente à un commissaire de police, je préfère attendre qu'elle se fasse un peu à l'idée avant de lui demander de l'espionner.

– Soit. Mais sans ces éléments-là, on n'est guère plus avancées…

– Au fait, vous savez ce que Sophie a pu lui raconter, à Guilloux ?

Depuis toujours, Louise excellait dans l'art de ne rien oublier, dentellière minutieuse qui ne laissait filer aucun accroc sur la grande trame de la vie.

– T'as raison… Faudrait peut-être qu'on la cuisine, nous aussi.

– Elle est la seule à avoir vu Yann Guesnet après qu'il s'est saoulé au salon.

– Et si on se réfère aux témoignages des deux zigotos du bagad, approuva Maggie, Guesnet reste quand même le suspect numéro un.

Un coup de fil sur le portable de leur employée suffit à faire apparaître celle-ci à quelques pas d'elles seulement, courbée sur les rangs de carottes du potager. Avec ses joues rebondies et ses hanches larges, Sophie ressemblait à ces gravures anciennes de paysannes bretonnes. À un ou deux tatouages de milléniial près.

– Je lui ai dit la stricte vérité, s'empourpra celle-ci. Après leur retour du restau, je ne l'ai plus vu quitter le bar de toute la soirée. Et c'est moi qui l'ai hissé jusqu'à son lit, plus ou moins à minuit.

– Donc d'après toi, y'a aucune chance qu'il ait pu s'échapper du *Manoir*, ne serait-ce que dix minutes ?

– Je l'ai pas fliqué, non plus. À ce moment-là, je pouvais pas deviner que ça deviendrait utile. Mais franchement, j'ai rarement vu un type aussi bourré que lui. À la fin, il était totalement KO. Je ne sais pas comment il aurait fait pour se traîner tout seul hors de la propriété.

Un courant d'air embaumé de senteurs florales et de sucs balaya ainsi l'hypothèse Yann Guesnet.

Avec ses alignements d'arbres fruitiers bordant des parterres à la française, ce sentier mêlait à la perfection le bucolique et l'aristocratique. Là, les Corrigan se sentaient aussi fermières que châtelaines.

– Et s'il avait un complice ? lança Énora. Après tout, ce n'est pas parce qu'il s'est mis hors jeu – peut-être même volontairement – qu'un autre n'a pas pu faire le sale boulot à sa place ?

– Bien vu. Vous pensez à qui ?

La question de Maggie sécha leur bel enthousiasme collectif. Car elle revenait à actualiser une liste de suspects qui, jusque-là, se résumait au seul chef du bagad.

– Déjà, s'interrogea Énora à voix haute, à votre avis homme ou femme ?

– Il nous manque pas mal de billes pour répondre à ça.

– Si l'on en juge par la force qu'il faut pour... hésita Louise, pour introduire un chalumeau de cornemuse dans la gorge d'un gaillard comme celui-là, même attaché, je dirais plutôt un homme.

Sur ces mots, Énora dégaina son mobile et afficha la plus serrée des trois vues du corps transmises par Fanny. Le combiné passa de main en main.

– Regardez les marques rouges sur ses poignets.

– Tu penses qu'il s'est débattu ?

– C'est possible...

– Ou bien c'est juste dû au frottement de la cordelette, supposa Louise.

– En tout cas, soupira Maggie, quelle drôle d'idée de lui fourrer son machin dans la bouche, décidément.

« Machin dans la bouche ». Une onde hilare parcourut les trois autres femmes. Bien qu'un peu en retrait, Sophie était restée avec elles, intégrée *de facto* à leurs échanges. Celle-ci faisait tant et si bien partie de leur quotidien, qu'elles ne lui auraient rien caché très longtemps, de toute manière.

– C'est comme si on avait cherché à le punir par ce qu'il aimait le plus, spécula Énora, faisant écho aux pensées de sa grand-mère.

– Ça pourrait nous aiguiller vers un mobile, non ?

– Peut-être bien. Ce qui est certain, c'est que ça relève plus de la passion ou de la rage que d'un acte froidement prémédité. Je ne parle même pas du côté SM de la mise en scène.

– Jaysis Cryste ! jura Maggie. La passion, ça le connaissait ! Je crois que j'ai jamais connu d'amant aussi foug...

– La la la la la la la ! se mit à hurler Énora, les deux mains sur les oreilles. C'est bon, granny ! On n'a pas besoin des détails.

– What ? Je dis juste que Paul aimait le cul, et le mien en particulier. C'est pas un crime tout de même ?! T'es bien contente de t'amuser avec le tien, que je sache !

Son indignation tira quelques sourires supplémentaires aux autres femmes.

– D'après ce que j'ai capté à Beauregard, reprit la rousse en passant outre, il était prévu qu'une fille le rejoigne ici aujourd'hui.

– Une fille… Autre que sa femme, tu veux dire ?

– Oui, une certaine Arwen.

– Sa femme s'appelle Solène, précisa Maggie.

La veille au soir dans sa chambre, Paul lui avait relaté à grands traits les mois et les années qui avaient suivi leur éphémère liaison, quinze ans auparavant. Le cœur soi-disant brisé, il s'était consolé dans les bras de Solène Gallais, fille d'un riche transporteur routier rennais, veuve depuis peu et mère d'une fillette âgée de quelques mois seulement. Tout s'était emballé en quelques semaines : fiançailles, mariage, et adoption plénière par Paul de la petite orpheline. « Une vraie fuite en avant », s'était confié un Paul désabusé.

– Si ça se trouve, lança Sophie, c'est une banale histoire de jalousie qui a mal tourné.

– D'après ce qu'il m'a raconté hier soir, Solène était au courant de ses coups de canif dans le contrat. Et elle s'en accommodait très bien.

– Il t'a surtout dit ce qui l'arrangeait de croire, objecta Louise. Il ne faut jamais sous-estimer la fureur d'une femme blessée.

Parlait-elle encore de Solène Le Tohic… ou bien d'elle-même ?

– En fait, je pensais plutôt au mari ou au petit copain de l'Arwen. Vous ne venez pas de dire qu'il fallait être gaulé comme un déménageur pour tuer de cette façon-là ?

Le bon sens de Sophie les laissa toutes coites. Après tout, l'éventail des coupables potentiels ne se limitait pas aux membres du bagad logés dans les deux maisons d'hôtes voisines. D'autres hommes proches de la victime, directement ou plus indirectement, pouvaient être impliqués.

– En attendant, on fait comment pour glaner plus d'infos ? s'enquit Louise. On est au point mort, là.

– Moi je sais. On va bricoler Constant, répondit Énora presque du tac au tac.

– Pardon ?!

– Si on installe une webcam dans la tête de cette saleté de mannequin, on pourra capter tous les échanges des clients du bar, à leur insu. À commencer par ceux des musiciens.

C'était génial et scandaleux tout à la fois.

– T'es consciente que c'est totalement illégal ?

– Parce que notre pub, il est légal, peut-être ?

Un point pour la fille contre sa mère.

– Tu serais capable de fabriquer un truc pareil ? s'étonna Maggie.

– Je ne l'ai jamais fait. Mais je touche un peu en informatique. Et au pire, je peux me faire aider par Malo. Il assemble des ordis pour le fun.

Génération technophile et si différente de la sienne… Au même âge, elle collectionnait plutôt les coquillages ou les pierres que les circuits imprimés.

– Hum… Si je comprends bien, t'es en train de dire que mon défunt mari transformé en robot va surveiller nos moindres faits et gestes ?

– Je ne vois pas où est le problème. T'as encore quelque chose à lui cacher, après tout ce temps ?

14

7 juillet, Saint-Malo, Manoir des Corrigan, *devant l'oratoire, 15 h 30.*

Elle qui semblait tout prendre à la légère, elle opposa un masque qui ne plaisantait qu'à moitié. Soudain, derrière ses rides plus creusées, Maggie paraissait avoir mille ans et autant de secrets. Le petit oratoire en granit et ardoise devant lequel leur promenade les avait conduites abritait-il certains d'entre eux ? Elle seule le savait. À égalité avec la roseraie, c'était le recoin préféré de la maîtresse des lieux. Son refuge à l'abri des regards et des questions.

Dieu qu'elle avait aimé son « vieux bouc » ! Son Co_2 (COnstant COrrigan) comme elle le surnommait parfois. Son dioxyde de carbone, plus vital encore que ne lui était l'oxygène. Mais il lui fallait bien admettre que les manières de feu son époux à son égard avaient été tout sauf irréprochables. Infidèle, menteur, séducteur, il pouvait aussi se montrer très abrupt avec ses proches, dès que l'un ou l'autre empiétait sur sa liberté chérie. Il était notamment coutumier des fugues, sans préavis et de durées variables. En un sens, la disparition définitive de

Constant ne l'avait pas plus surprise que cela. Sans se l'avouer, elle s'était toujours attendue à ce qu'il s'évapore un jour, aussi subitement qu'il avait fait irruption dans sa vie.

Son époux à présent envolé de longue date, Maggie s'imaginait mal vivre sous un regard d'outre-tombe. À son tour, elle souhaitait mener ses amours dissolues comme elle l'entendait, sans avoir de compte à rendre à personne. Surtout pas à un mort !

– Faut pas que ça te fasse flipper, hein, tenta de la rassurer Énora. La webcam couvrira juste le comptoir dans le salon. Rien d'autre.

– All right then.

Un fond de défiance persistait sur le front frangé de mèches grises.

– À ce propos, intervint Louise, t'es sûre qu'aucun appareil n'a capturé ta visite chez Paul ?

– Je ne crois pas, non. Y'a pas de caméra dans la rue, et je n'en ai repéré aucune à Beauregard.

– Je confirme, ajouta Énora. Fanny m'en aurait parlé si c'était le cas.

Si leurs propres chassés-croisés nocturnes étaient placés sous surveillance vidéo.

En décodé, seule l'employée des Le Divellec était en mesure d'attester du passage de Maggie dans sa maison d'hôtes la veille au soir.

– Tu ne nous as pas dit comment ça s'était passé : Paul t'a envoyé un SMS pour te filer rencard ? Il avait encore ton 06 ?

– Oh non, il l'a joué beaucoup plus old school que ça ! Beaucoup plus romantique !

Un sourire de jeune fille, flattée qu'on la courtise, apparut sur ses lèvres.

– Il m'a fait porter un mot par un musicien du bagad, en fin d'après-midi.

– Qui ça ?

– Le Loïc dont tu nous as parlé. Paul m'a donné rendez-vous à 21 heures, dans sa chambre. Il a bien précisé que je devais être discrète.

– Ce mot, t'en as fait quoi ?

« Tu me prends pour une idiote, ou quoi ? » s'exaspéra le regard bleu de Maggie.

– Je l'ai brûlé ce matin, bien sûr.

– OK, super. Et sur place, alors, ça s'est passé comment ?

– Eh bien, je vous ai déjà raconté pour mes chaussures.

– D'accord... Mais, à part Paul, tu n'as croisé personne ? s'enquit Louise, une angoisse perceptible dans la voix.

– Non. Ni y en allant, ni en en revenant.

C'était une demi-vérité, puisque Fanny l'avait vue se faufiler hors de la maison. Elle omit aussi de mentionner cette ombre qu'elle avait cru apercevoir dans l'obscurité, sur le chemin du retour. Sans doute cette chipie de Dodik...

– T'es restée longtemps ?

– À peine un quart d'heure.

– Et vous avez fait quoi ?

– À ton avis ?!

– Granny... dit Énora. Ton vieil amant revient à Saint-Malo, tu frétilles comme une gamine... ça me semble légitime de te poser la question.

– Je ne dis pas qu'il n'a pas essayé de m'embrasser, minauda-t-elle.

– Ah, tu vois !

– Mais je ne dis pas non plus que j'ai cédé à ses avances.

– Tu as touché à quelque chose ? l'interrogea Louise, pragmatique.

– Non, à rien.

– Même pas à la poignée de porte ?

– La porte était entrouverte, darling dear. Je n'ai eu qu'à la pousser avec mon pied.

On pouvait en déduire, et espérer, qu'elle n'avait laissé aucune trace biologique au cours de son passage.

– Il t'a raconté quoi, après tout ce temps ?

– Oh, le cinoche habituel : qu'il ne m'avait pas oubliée, qu'il n'avait épousé Solène que par dépit, qu'il n'y avait jamais eu que moi… Bullshit ordinaire.

– Et toi ?

– Qu'est-ce que tu crois ? dit-elle, avec son air de lady offusquée. Que j'étais ravie de le revoir, mais que s'il pensait me remettre dans son lit aussi facilement, il allait pouvoir se la coller derrière l'oreille, ce vieux bastard !

Après avoir si longtemps subi la loi des hommes de sa vie, Maggie Corrigan s'employait depuis bientôt deux décennies à reprendre sa part de pouvoir sur la gent masculine.

« Bien joué », approuvèrent les trois autres femmes d'un hochement de tête.

– Est-ce que tu as noté quelque chose de particulier, dans la pièce ? demanda Énora, en brandissant cette fois la vue générale de la chambre « Cézembre ».

– Like what ?

– Je ne sais pas. N'importe quel objet qui ne t'aurait pas semblé à sa place…

Maggie jeta un œil au cliché, puis conclut :

– Non. Tout était quasiment comme sur cette photo. Sa valise pas déballée, son portable, une petite bouteille d'eau… Il n'y a que la cornemuse qui ait bougé dans l'intervalle, bien sûr.

– Elle était où, à ce moment-là ?

– Posée sur le lit.

Comme une maîtresse alanguie espérant que son amant se jette enfin sur elle. En voilà une qui ne le repoussait jamais, ce vieux débauché.

Si ce compte rendu les rassurait en partie, il ne leur apprenait pas grand-chose non plus sur l'état d'esprit de la victime ou sur la raison de sa mort. Paul Le Tohic sautait sur tout ce qui bougeait et ne manquait jamais une occasion de raviver une vieille idylle, cela semblait un fait établi. Mais tous les « queutards de la terre », dixit Énora, se faisaient-ils assassiner pour autant ?

Loin s'en fallait… « Non, et c'est bien dommage ! » ajouta Sophie avec un naturel qui réjouit le reste du gynécée. Les blagues androphobes volaient entre elles, entrecoupées de rires, lorsque la sonnerie du portable de Louise retentit.

– Alain ? T'es où ?

– Sa… Salut, bégaya-t-il.

– C'est quoi tout ce bruit autour de toi ? T'es pas au magasin ?

Hormis son job à temps partiel au *Pays malouin*, Alain Le Divellec tenait un petit atelier photographique intra-muros, 18 rue Sainte-Barbe, lequel vivotait au gré des commandes de photos prénuptiales. Rien de très rentable, mais de quoi entretenir sa pratique et boucler les fins de mois.

– Non, je suis devant le pa… le palais du Grand Large. C'est le canard qui m'a envoyé.

– Y'a une manif, ou quoi ?

– Non, mais c'est blind… blindé de flics. Et de curieux. Pareil à Beauregard. Impossible d'approcher. Encore moins d'entrer.

– Tu sais si le bagad de Saint-Briac est déjà sur place ? Ils sont censés s'y retrouver d'ici une heure.

– J'ai r… rien vu passer pour le moment. Mais je te tiens au courant si j'ai du… du neuf.

– Merci, chéri.

Elle se mordit les lèvres aussitôt ce dernier mot prononcé, et raccrocha dans la foulée, furieuse contre elle-même de ce tendre lapsus.

– Pour que Guilloux verrouille tout comme ça, commenta Énora, c'est qu'il prend l'affaire très au sérieux.

– J'espère bien ! s'écria Maggie.

Elle s'exprimait comme si son orgueil était en jeu : après tout, on parlait du meurtre d'un de ses anciens amants, cela valait bien tout ce battage !

Mais son humeur était plus dépitée que vexée. Comme elle le redoutait, l'enquête de la Breizh Brigade se trouvait bel et bien en plan. Tel un bateau échoué sur la plage, un jour de morte-eau.

15

7 juillet, Saint-Malo,
palais du Grand Large, 17 h 05.

« Je ne croyais pas avoir à vous dire un truc pareil un jour. Même après ce qui s'est passé hier soir… Mais Paul nous a quittés la nuit dernière », annonça Yann Guesnet sur un ton sépulcral.

Une petite voix incrédule s'éleva aussitôt parmi la troupe réunie dans l'un des salons d'apparat du palais. Malgré une rénovation récente, la déco demeurait parfaitement impersonnelle, comme si elle cherchait à magnifier l'extérieur, cet extraordinaire panorama sur toute la baie de Saint-Malo, plutôt que l'intérieur.

– Quitté… Quitté ? Tu veux dire qu'il est parti pour de bon à l'étranger ?

« Comme il menaçait de le faire ? » semblait-il demander sans le dire.

Une vingtaine d'hommes et de femmes, tous revêtus pour l'occasion de leur costume traditionnel, se tenaient debout, interdits. Chupenn noir brodé sur chemise blanche pour ces messieurs ; jiletenn à boutons sur giviz immaculée pour ces dames ; gouriz en satin noir pour tout le monde.

Le motif officiel de ce rassemblement, une répétition repoussée d'heure en heure tout au long de la journée, ne dupait personne. Tous s'attendaient à une mauvaise nouvelle.

Mais de là à imaginer...

– Putain, mais t'es conne ou quoi ?! s'écria un musicien taillé comme un tonneau. Tu crois vraiment que si Paul s'était juste fait la malle y'aurait des flics partout où on va ?

« Ben quoi ? » clamèrent les yeux de la joueuse de bombarde candide.

Les autres avaient compris du premier coup et chacun d'entre eux essayait de se composer l'attitude la plus juste possible en de telles circonstances. Qu'on eût apprécié ou non Paul Le Tohic, on n'apprenait pas une telle tragédie tous les jours. Certains chuchotaient des « franchement, je ne suis pas surpris » à l'oreille de leur voisin. D'autres rajustaient leur tenue. D'autres encore pianotaient de leurs doigts nerveux sur le manche de leur instrument. Si seulement ils avaient su de quelle étrange manière leur camarade était mort...

– Qu'est-ce qui s'est passé, nom de Dieu ? songea à demander la blonde aux cheveux paillasse. Paul pétait la forme. On ne casse pas sa pipe comme ça du jour au lendemain...

– La preuve que si ! la tacla un autre.

Postés en marge du groupe, près de la baie vitrée donnant sur l'immense plage du Sillon, Maël et Loïc concentraient une bonne partie des regards. Après tout, le second sonneur de cornemuse et le tambour occupaient le même hébergement que Paul, à Beauregard. Ils devaient bien en savoir plus que les autres sur la nature du drame.

– Ce n'est pas le moment de s'écharper, gronda Yann. Je pense au contraire qu'il faut nous serrer les coudes. C'est ce que Paul aurait voulu : le bagad avant tout. La musique *avant* nos petits ego.

La formule convenue provoqua un murmure dans l'assemblée. À voir leurs mimiques, rien ne semblait leur paraître plus faux. La cruche qui n'avait rien capté venait de le leur rappeler : Paul Le Tohic envisageait de claquer la porte du BBB. Le bagad ? Il s'en fichait pas mal. Seule son ambition personnelle comptait à ses yeux, comme le confirmaient les grimaces qui fleurissaient ici ou là.

– Tu n'as pas répondu à ma question, Yann : de quoi Paul est-il mort ? On a le droit de savoir !

– Désolé, je ne peux rien vous dire pour l'instant. Consigne de la police.

Un tollé général s'ensuivit, qui enfla tant qu'il fut bientôt perceptible de l'autre côté de la porte en plaqué hêtre, dans ce long couloir en ellipse qui courait à l'étage du bâtiment circulaire.

« Alain ? » s'écria Fabienne Leroy en apercevant le reporter du *Pays malouin*, appareil photo en bandoulière.

– Qu'est-ce que vous faites ici ? l'interrogea-t-elle, l'œil soupçonneux et le ton inquisiteur.

– Bonjour, Fa... Fabienne. Le journal m'a demandé de couvrir la répète du bagad.

– Comment vous avez réussi à entrer ? Ils ne rigolent pas, en bas, ils ne laissent passer personne.

– J'ai des vieux cop… copains chez les agents en uniforme.

La vérité, c'est que si tous les flics de Saint-Malo connaissaient en effet le photographe de la feuille de chou locale, sa mine de vieux clebs affectueux et son bégaiement suscitaient plus de pitié que de respect. Alain en avait bien conscience, et en jouait allègrement, transformant en sauf-conduit ce que d'aucuns eurent considéré comme un handicap.

– Hum, dit-elle, un peu agacée de partager avec lui ses menus privilèges d'accès. Ça a l'air de chauffer, là-dedans.

Elle pointa la porte du salon attribué au BBB. Les échos d'une dispute générale filtraient de ce côté-ci, dominés par la stridence d'une ou deux voix de femmes et le tonnerre d'une grosse voix d'homme.

– Faut… Faut dire, y'a des sacrées raisons, admit Alain Le Divellec.

– Justement, enchaîna-t-elle avec un sourire qui se voulait enjôleur. Le commissaire Guilloux et moi sommes tombés d'accord sur un point qui vous concerne : pas une ligne ou une image dans vos colonnes avant lundi. Au plus tôt !

– C'est à mon rédac'chef qu'il faut dire ça. Moi vous sav… Vous savez…

« Je ne suis qu'un modeste exécutant », s'abstint-il d'ajouter, ses paupières et sa lippe tombantes parlant pour lui.

– C'est bien mon intention. Mais il vaut mieux que tout le monde soit sur la même ligne, vous ne croyez pas ?

Sans lui laisser le temps d'une réponse, elle pressa la poignée et entra dans la pièce livrée au chaos. Elle replaça une mèche de son carré blond, dégaina sa risette la plus avenante, et fonça droit sur Yann Guesnet, à qui elle décocha un petit salut de la main, presque inconvenant au vu du contexte.

L'arrivée des deux intrus eut pour effet de faire redescendre la tension d'un coup. À présent, on chuchotait sa colère plutôt qu'on ne la claironnait. Certains, lassés par toute cette agitation, s'étaient même mis à jouer de leur instrument. Le pugilat cédait sa place à la cacophonie. De toute évidence, aucun d'entre eux n'avait le cœur à jouer pour de bon, en réelle harmonie. Ils se défoulaient plus qu'ils n'interprétaient un quelconque morceau.

– Pour le concert, vous avez décidé quoi ? demanda d'emblée Fabienne au *penn-soner*.

– On va mettre ça aux voix. Mais à titre personnel, je suis *pour* le maintien. On ne déprogramme pas une date pour une seule absence dans l'effectif. Ce ne serait pas pro du tout. La peine que nous ressentons ne doit pas nous empêcher de faire notre boulot.

« Quel baratin », semblaient dire les yeux de son interlocutrice, qui approuva pourtant d'un hochement de tête.

– Et Paul, vous le remplacez par qui ? On ne parle pas de n'importe lequel de vos musiciens…

D'un regard oblique, Yann désigna ce petit bonhomme moustachu qui préparait sa cornemuse.

– Maël est tout à fait apte à prendre sa place.

– Si vous le dites…

Parlait-il seulement du poste de soliste occupé par Paul au sein du bagad ? Ou bien la remarque s'étendait-elle à d'autres champs ? Car, à quelques pas de là, à nouveau très à l'aise, ledit Maël draguait une jeune femme brune aux allures de pin-up, la dénommée Arwen. Un ragot entendu quelques instants plus tôt désignait celle-ci comme « la poule » du sonneur mort.

Aussi discret qu'à son habitude, Alain slalomait entre les groupes, immortalisant le tableau pour le moins inhabituel sous tous les angles. Quant à Yann Guesnet, il avait planté là la responsable de l'office de tourisme et passait à présent d'un musicien à l'autre, empoignant d'autorité leur instrument afin de l'accorder. Personne au sein du bagad ne possédait d'oreille musicale aussi absolue que leur ivrogne en chef.

Soudain, la porte s'ouvrit une nouvelle fois. Le photographe ne manqua rien de l'entrée théâtrale de Solène Le Tohic. Malgré sa blondeur vaporeuse, elle affichait des airs de veuve corse. Maigre et pâle à faire peur.

Elle fondit à son tour sur Yann et l'interpella d'une voix tremblante :

– Il paraît que tu as l'intention de les faire jouer demain ? C'est vrai ?

– C'est une option, oui… Mais je…

La gifle, quoiqu'un peu molle, partit avec une brusquerie qui médusa toute l'assistance.

– Espèce d'ordure, souffla-t-elle. Tu lui auras vraiment tout pris, hein ?! Jusqu'au bout !

Puis elle quitta le salon comme elle y était entrée l'instant d'avant, sous les regards apitoyés, spectre baigné de larmes.

16

7 juillet, Saint-Malo, plage de Bon-Secours, 18 heures.

Klaxon à tout va.

Coups de volant à l'emporte-pièce.

Appels de phares plus souvent actionnés que le clignotant.

La conduite de Maggie Corrigan avait de quoi dérouter ceux qui montaient pour la première fois à bord de Lilybeth, sa vieille Coccinelle bleu marine héritée de Constant. Un modèle vintage échappé de la fin des années 60, aussi bien conservé que sa propriétaire. Mais Louise et Énora ne s'étonnaient plus des rodéos mécaniques de cette dernière. Elles savaient de longue date qu'il valait mieux ne pas se trouver sur sa route – pas plus qu'à l'intérieur du véhicule, cela dit.

– Fecking Amadán ! hurla Maggie par la fenêtre, en manquant renverser un cycliste. Tu peux pas faire un peu gaffe ?!

– Il roulait dans *son* couloir, granny.

En d'autres termes, il était dans son bon droit.

– Ah bon ?! Et depuis quand y'a des pistes cyclables ici ?

– Au moins dix ans, maman…

Mais Maggie n'avait jamais mené sa vie en respectant le moindre code ni la moindre ligne, fût-elle continue. Elle n'allait pas commencer la veille de ses soixante-dix bougies, tout de même ?!

Dix minutes plus tôt, elle avait battu le rappel familial.

Comme plusieurs fois par semaine, elle ressentait un urgent besoin d'un « bain de granit », entendez un tour des « murs » de Saint-Malo, puis une petite sieste sur les rochers. Déjà, étant jeune, à Baltimore, elle s'allongeait des heures durant sur les gros cailloux du front de mer. Dès cette époque, il lui semblait que la pierre lui communiquait force et résistance. Les décennies avaient passé et, aujourd'hui encore, elle ne connaissait pas de meilleur moyen de se ressourcer.

– Maintenant ? avait rechigné Énora, en plein bricolage.

Comme promis, elle charcutait le mannequin de cire, opération ô combien délicate, afin d'insérer une webcam dans sa tête. La moitié d'un crâne grandeur nature gisait sur le carré d'herbe où les deux amis s'étaient installés.

– Malo peut bien continuer un peu tout seul. N'est-ce pas, Malo ?

Le jeune homme acquiesça sans discuter – on ne contredisait pas Maggie Corrigan en son royaume.

Quant à Louise, que ce fût à l'intérieur du *Manoir* ou au-dehors, avait-elle tenu tête à sa mère ne serait-ce qu'une fois ? Elle interrompit ses travaux de jardinage et suivit à son tour le mouvement.

Quand on ne disposait pas d'un box privatif, denrée rare et hors de prix, stationner dans Saint-Malo intra-muros relevait de l'exploit, plus encore en été. Mais Maggie avait ses « spots », ces recoins secrets que seuls les Malouins de souche connaissaient. Si bien qu'il ne lui fallut qu'une poignée de minutes avant d'échouer Lilybeth sur un emplacement certes interdit, mais situé à l'abri des regards.

En quelques enjambées, elles se retrouvèrent sur le Bastion de la Hollande, cette vaste esplanade juchée sur les remparts et orientée plein ouest. Une brise marine les accueillit, ainsi que des hordes de touristes.

– Plage ? proposa Énora.

– Plage ! répondirent les deux autres femmes en chœur.

La plage, c'était forcément celle de Bon-Secours, là où Constant et Maggie avaient autrefois leurs habitudes. Dès l'arrivée au Jardin des Petits Murs, ce square pour boulistes en surplomb des parasols, les souvenirs de son homme affluèrent d'un coup, toujours aussi vivaces. Pourtant, Constant goûtait peu les plaisirs de la pétanque. Son sport à lui consistait à se poster en haut de l'escalier voisin, vue imprenable sur toute l'étendue de sable, pour admirer les plus beaux spécimens allongés là, à demi nus. Draguait-il certaines de ces créatures huilées ? Certainement. Et Maggie le savait. Mais le priver de ce plaisir, la plupart du temps sans conséquences, eût été le meilleur moyen de faire fuir son « vieux bouc » libidineux.

– Pouillou ?

– Pouillou.

Un samedi ensoleillé de juillet, les places disponibles se faisaient chères à Bon-Secours. Or, la plupart des estivants se ruaient sur la zone face à la piscine et son plongeoir, là où le sable était sec et d'où on pouvait surveiller les enfants dans l'eau. Pas le trio Corrigan. À la promiscuité des serviettes à touche-touche, les trois femmes préféraient de loin l'espace déserté au pied de ce petit promontoire rocheux à droite du bassin, surnommé le Pouillou – la légende locale voulait que jadis les mamans y épouillassent leurs enfants au sortir du bain de mer.

Un grand drap étendu sur le sable humide. Une bouteille de cidre et quelques « graines » à picorer. La promesse d'un apéro-plage raviva les sourires.

– On n'est pas bien, là, à la fraîche ? lança gaiement Maggie, jamais à court de références cinéphiles.

– Et on enquêtera quand on aura envie d'enquêter !

Un rire aussi léger qu'une mouette dans le vent les parcourut. La Breizh Brigade pourrait bien patienter quelques heures. De toute façon, ce n'est pas comme si elles croulaient sous les indices et les pistes…

Elles sirotaient leur nectar dans des quarts en alu, lorsqu'une voix tonitruante résonna non loin, amplifiée par un mégaphone : « Votre attention, s'il vous plaît ! En raison de la marée montante, vous êtes priés de regagner la plage. Le passage sera recouvert dans cinq minutes. Cinq minutes. Merci ! »

– Mais c'est Hugo ! s'écria Maggie. Je croyais qu'il avait arrêté de faire le mariole…

– Faut croire qu'il a repris du service.

Boulanger de profession, le dénommé Hugo s'était improvisé « sonneur des Bés » quelques années plus tôt, afin d'alerter les promeneurs des dangers de la marée montante. Lorsque celle-ci envahissait les chemins pavés menant aux deux îlots, Grand Bé et Petit Bé, les risques de noyade étaient en effet très importants. Mais, faute de soutien financier de la mairie, il avait renoncé un temps à son office.

La perspective de voir des vacanciers imprudents devenir prisonniers des flots assombrit le visage de Maggie. C'était du Grand Bé, quoique du versant opposé, que Constant partait autrefois à la nage pour rallier l'île de Cézembre. C'était du Grand Bé qu'il avait pris la mer ce fameux jour, vingt ans plus tôt…

– T'avais donné rendez-vous à Fanny ici ? demanda Louise à sa fille.

– Non…

Voilà pourtant que son amie slalomait entre les serviettes, dans leur direction. Il faut dire que la chevelure couleur feu d'Énora aidait bien, on la repérait de loin, y compris au milieu de la foule.

Mais quand Fanny fut assez proche, elle sembla comprendre que sa petite amie n'était pas seule, et fit mine de rebrousser chemin. On ne pouvait pas dire que le précédent accueil de Maggie s'était montré très chaleureux.

Énora se leva d'un bond pour l'intercepter.

– Attends !

– T'es en famille, Nono.

– Eh bien, c'est peut-être le bon moment pour t'y faire une place, répliqua Énora avec un sourire. Tu ne crois pas ?

– Qu'est-ce que tu veux dire ?

– Elles savent.

– Pour nous ?! Mais t'es malade !

– On se calme. J'ai pas eu le choix. Ma mère nous a grillées. De toute façon, ça allait bien finir par arriver, non ?

– T'as conscience du merdier pour moi si mes parents l'apprennent ? Et je ne te parle même pas de mon boss !

– Ça, y'a pas de risques que ma mère ou ma grand-mère aillent baver auprès d'eux. En dehors de l'école, elles ne vont jamais à Saint-Méloir. Et pour ce qui est des Le Divellec, je ne t'apprends rien : elles les évitent carrément.

– Ah ouais ?! Et Alain, t'en fais quoi ? Ta mère et lui se racontent tout. Parfois, j'ai l'impression qu'ils se parlent plus maintenant que quand ils étaient en couple.

Elles étaient trop jeunes l'une et l'autre pour se remémorer un temps aussi ancien, mais la connivence des deux ex-époux était en effet troublante.

– Je te rappelle que ce sont eux deux qui m'ont recommandée auprès de Guy, poursuivit-elle. Qu'est-ce qui nous garantit que ton daron ne va pas vendre la mèche à son frère ?!

« Rien », se retint de répondre Énora. À la place, elle entraîna sa compagne par les épaules, jusqu'au pied du Pouillou.

– Salut, murmura une Fanny sur la défensive.

– Assieds-toi, viens boire un verre avec nous, offrit Louise en lui servant un gobelet de cidre.

Un silence un peu gêné, traversé de cris d'enfants s'ébattant dans l'eau, s'étira le temps de quelques gorgées. Le cidre était âcre et doux à la fois. Comme cette situation.

– Puisque t'es là, tu ne veux pas nous redire tout ce que tu as raconté à Christophe Guilloux ? suggéra Énora.

– Si, si tu veux…

Il n'était pas question de lui révéler l'existence de la BB, encore moins de l'y intégrer. Mais, étant donné les soupçons pesant sur Maggie, Fanny pouvait bien comprendre l'intérêt des Corrigan pour la chronologie des faits.

Ce qu'elle leur débita alors correspondait peu ou prou à ce qu'elles savaient déjà. Jusqu'à ce qu'elle n'évoque les deux traces de chaussures se chevauchant dans l'escalier et le couloir de Beauregard.

Deux visiteurs successifs.

– Deux personnes sont passées dans la chambre de Paul en plus de toi ! s'exclama Louise en se tournant vers Maggie.

– Donc potentiellement deux complices de son meurtre.

– Ouais, mais y'a quand même un truc bien chelou, releva Énora : pourquoi deux criminels décidés à en finir avec Paul seraient arrivés sur place séparément ? C'est pas très logique, non ? Un rencard pour tuer quelqu'un, c'est pas vraiment comme une fête open-bar. Tu ne te pointes pas à l'heure que tu veux !

– J'imagine que les flics en sauront plus après l'analyse des relevés, dit Fanny.

Les autres femmes échangèrent des regards chargés de scrupules. Pourtant, de ses yeux bleus si intenses, Maggie ne tarda pas à appliquer une pression muette sur sa petite-fille. « Soit elle nous aide, soit je balance tout à ses parents », semblait-elle menacer.

– À ce propos, se risqua Énora… On aurait un petit service à te demander.

– Un service ?

– Disons plutôt… un objet.

Fanny afficha l'air de celle qui préférerait ne pas comprendre.

– Un double des clés du commissaire Guilloux, énonça Maggie, cette fois sans ambiguïté. Il paraît qu'il rapporte des infos plutôt intéressantes at home.

– Non mais vous êtes vraiment cinglées, toutes les trois !

– So, c'est oui ?

– C'est non !!! Vous savez ce qu'on risque pour effraction chez un représentant de l'ordre et détournement d'un dossier d'enquête criminelle ?!

Elle-même n'en avait pas la moindre idée, mais cela devait être assez méchant. Elle se releva alors d'un bond, balançant son quart de cidre sur le sol et un regard assassin à sa compagne.

– Tu t'attends à quelle réaction, darling dear ? aboya Maggie, sa canne brandie en direction de la silhouette qui s'éloignait déjà.

Celle-ci se figea d'un coup. Puis pivota vers le groupe.

– Tu crois qu'ils vont faire quoi, tes parents chéris, quand ils vont apprendre pour Nono et toi ? Te prendre dans leurs bras et t'offrir un appart comme petit nid d'amour ?!

– Granny ! hurla Énora. Tout ce que tu veux, mais pas ça !

Le chantage était légitime ; il n'en était pas moins odieux.

Fanny, soudain plus calme, évalua les forces en présence avec gravité.

– OK, finit-elle par souffler. Mais je ne vous passe pas les clés ou un double. C'est moi qui entre et qui copie ce qu'il y a à copier comme documents. Et je vous préviens tout de suite, je fais ça une seule fois. Pas deux.

Énora tenta de saisir la main de son amoureuse, sans succès.

– Elle bluffe, putain. Rien ne t'oblige à tremper là-dedans…

– J'ai bien compris. Et d'ailleurs, je vous rappelle que moi aussi je détiens des infos inconfortables pour vous.

Accédait-elle à l'ultimatum de Maggie par peur ? Ou bien envisageait-elle celui-ci comme une occasion inespérée de s'attacher la reconnaissance de la matriarche Corrigan ? Son expression fermée gardait pour elle la réponse.

– Mais pour Guilloux, ça tombe bien, ajouta-t-elle dans la foulée. Son nid à lui se trouve juste au-dessus de la plage. La rue de la Clouterie est à moins d'une minute d'ici.

La stridulation d'un portable acheva de dissiper le malaise. Les MMS arrivés sur le combiné de Louise provenaient d'Alain. Ils contenaient plusieurs images, dont les plus éloquentes donnaient à voir un Maël réjoui, manifestement ravi de l'intérim qui lui était offert grâce au décès de Paul Le Tohic.

Une promesse de gloire ne constituait-elle pas un mobile suffisant ? Tous les jours, de par le monde, d'autres ambitieux ne tuaient-ils pas pour parvenir à leurs fins ?

17

7 juillet, Saint-Malo,
chez Christophe Guilloux, 18 h 45.

N'importe qui à sa place aurait vécu cela comme une humiliation. Mais Christophe Guilloux préférait considérer la porte sur rue de son logement, de toute évidence trop basse pour lui, comme une constante leçon d'humilité. Du haut de son mètre quatre-vingt-cinq, il devait courber l'échine, façon moine pénitent, à chaque fois qu'il se glissait à l'intérieur du petit immeuble au 1 rue de la Clouterie. Il n'était pas mauvais, à ses yeux, que le patron de la police locale se vît rappeler les limites de son pouvoir. Son empire sur les hommes était peut-être grand, mais absolument nul sur les pierres. Il l'acceptait.

Les bras chargés de dossiers, il grimpa les marches quatre à quatre jusqu'au petit T2 qu'il louait au second étage. Lors de la signature du bail, son propriétaire, Guy Le Divellec, s'était montré aussi désagréable que rapace. Par chance, la jeune Fanny affichait un tempérament bien plus serviable que celui de son patron. Et Guilloux mesurait sa chance d'avoir déniché un appartement intra-muros aussi vite et aussi bien situé.

Par la fenêtre du séjour qu'il entrebâilla pour aérer, lui parvenaient les cris des enfants remontant de la plage voisine. Une sage providence l'avait préservé de descendance, lui l'orphelin placé, et chaque jour ou presque il s'en félicitait. Pourtant certains soirs, sa vie de célibataire lui pesait un peu. Vautré sur le canapé meublé, il repoussa d'un pouce distrait les profils de femmes qui souhaitaient dialoguer avec lui sur Tinder. Certaines étaient très jolies. Mais à quoi bon… Quelle femme voudrait passer sa vie avec un homme qui passait la sienne dans des papiers macabres ? À moins d'une flic, comme lui. À moins qu'Emma… Plutôt sa came, Emma. Les leçons de son premier patron, à Vannes, lui revenaient à chaque fois qu'une tentation le hantait : « On ne baise pas dans son diocèse, jeune homme, même les prêtres savent ça ! »

Après s'être servi un scotch bon marché – il gérait son budget personnel avec la même rigueur que son commissariat – Guilloux empoigna l'enveloppe sur le dessus de la pile. Celle-ci lui était parvenue par un coursier express en provenance de Rennes moins d'une demi-heure auparavant. Pour une fois, la célérité des légistes de l'IML régional l'épatait.

« Rapport d'Autopsie. Nom : Le Tohic. Prénom(s) : Paul, Jean, Malo, Marie. Né le 7 mars 1959 à Saint-Brieuc. Date présumée du décès : le 6 juillet entre 21 h et 22 h ».

Le créneau établi par le médecin était assez étroit. Preuve sans doute que la cause du décès permettait de réduire « la fenêtre de tir ». Sautant le détail du protocole appliqué et des examens effectués, il fila sans tarder à la dernière page, là où figurait la cause du décès.

« Arrêt cardiaque consécutif à une probable asphyxie, lut-il à voix basse, arrosant cette conclusion d'une gorgée. Le sujet s'est trouvé en état d'hypoxie prononcée suite à l'introduction d'un chalumeau de cornemuse dans l'œsophage. »

« OK », songea-t-il. Pas besoin d'avoir fait sept ans de médecine et au moins trois années de spécialisation pour arriver à un tel bilan d'évidence. Les photos de l'IJ jointes au rapport suffisaient à le comprendre.

De même qu'on pouvait d'emblée éliminer l'hypothèse du suicide, étant donné le ligotage antemortem de la victime et le mode opératoire spectaculaire. Qui irait se tuer en s'enfilant de lui-même un pareil engin dans la gorge, qui plus est avec les mains liées ? D'ailleurs, les incisives proéminentes, toutes ébréchées, corroboraient l'idée d'un passage en force de l'arme du crime.

Ceci établi, Guilloux feuilleta le reste du compte rendu. Les autres observations se résumaient à peu de chose. On notait juste un léger dépôt chloré sur les muqueuses de bouche et de l'œsophage, lequel s'expliquait aisément selon le légiste par la hausse récente du taux de chlore dans les eaux de l'agglomération malouine. Rien de bien surprenant là-dedans, l'information était publique.

Malgré le flamboiement d'un coucher de soleil tronqué par le faîte des immeubles, le soir fraîchissait déjà. Le commissaire referma la fenêtre et se servit un nouveau fond de whisky.

Le dossier suivant était l'épais PV de l'Identité judiciaire. Celui-ci débutait par l'inspection de la 206 de Paul Le Tohic, infructueuse, ainsi que l'étude des traces de pas boueuses laissées derrière eux par les potentiels coupables. Après comparaison avec toutes les chaussures des actuels occupants de Beauregard, y compris Paul et Fanny – les penderies et bagages des pensionnaires avaient été fouillés – aucune correspondance de motif n'apparaissait. La seule chose qui sautait aux yeux était la petite pointure de ces quatre souliers crottés. A priori du 37 ou du 38. En un flash, Guilloux revit les pieds minuscules de Loïc le tambour. Mais, las, les traces déposées ne coïncidaient pas non plus avec l'unique paire de chaussures de ville que ce dernier portait aux pieds.

Le portable de Paul Le Tohic, facilement craqué par les informaticiens de l'IJ, se révélait pour sa part plus loquace. En effet, un SMS émis par Paul vers 17 h 45, soit très peu de temps après son arrivée à Saint-Malo, mettait un terme très clair à sa relation adultère avec Arwen Caroff : « On va s'arrêter là. Et s'il te plaît, ne viens pas au festival ce week-end. » L'intéressée s'était bien gardée de mentionner ceci durant son audition. Simple sursaut d'orgueil ? Ou avait-elle quelque chose d'autre à cacher ? Difficile à dire, car elle n'avait pas répondu au message de rupture.

Le texto de Paul s'achevait sur une phrase qui avait dû agir tel un chiffon rouge sur la psyché de sa jeune maîtresse : « De toute façon, ça ne peut plus marcher tous les deux, j'ai quelqu'un d'autre en tête. » En tête, ou déjà dans son lit ? Le Tohic semblait réputé pour ses intrigues amoureuses à tiroir. Alors qui donc pouvait être la mystérieuse nouvelle élue ?

L'analyse des divers prélèvements biologiques apportait hélas plus de questions supplémentaires que de réponses. Outre la présence d'un cheveu blond accroché aux vêtements de la victime, très certainement un cheveu de Solène qu'il avait porté sur lui jusque-là, on notait le dépôt d'un autre ADN humain que le sien sur l'anche de sa cornemuse.

– Tiens, souffla Guilloux. J'aurais juré que ce genre de mec était encore plus jaloux de son instrument que de sa femme.

Pourtant, une autre bouche que la sienne avait humecté le sifflet de sa vibrante moitié. À son insu ? L'interrogation se justifiait d'autant plus que des empreintes étrangères à Paul figuraient également sur le chalumeau enfourné dans sa gorge. Le tueur avait-il été assez bête pour porter l'arme du crime à ses lèvres avant de l'empoigner à pleines mains ?! À ce niveau de bizarrerie, tout était possible.

Restaient enfin deux éléments plus flous. D'une part la petite bouteille d'eau de marque Plancoët posée sur la table de chevet, elle aussi maculée d'empreintes inconnues, et toutefois distinctes de celles du chalumeau.

Le deuxième complice ?

Et pour conclure ce tableau nébuleux, venait la cordelette en nylon noir, banale à pleurer, qui avait servi au ligotage des poignets de Paul. Or ce genre de lien pouvait se trouver sur des dizaines d'articles différents : capuches de coupe-vent, sacs de sport, pantalons de jogging, etc. Il pouvait avoir été prélevé n'importe où. Et par n'importe qui…

De son stylo-plume baveur, Guilloux griffonna une liste de tâches à accomplir dès le lendemain sur autant de papillons fluo :

– Bornage du mobile d'Arwen Caroff la veille au soir. A quitté Saint-Briac, ou non ?

– Bornage du badge BreizhGo d'Arwen Caroff au cours des deux derniers jours. Quels déplacements en bus ? Venue à Saint-Malo ?

– Comparaison des empreintes digitales sur le chalumeau et la bouteille avec celles de tous les suspects potentiels : Maël, Loïc, Yann, mais aussi Arwen et Solène.

– Comparaison ADN du dépôt sur l'anche avec tous les suspects.

Après avoir collé lesdites notes sur la chemise du dessus, il attrapa son portable et composa un numéro qu'il n'avait pas eu l'occasion d'appeler depuis son arrivée en ville : celui de la procureure de la République de Saint-Malo, Corinne Le Cam.

Autoriserait-elle l'ouverture d'une enquête préliminaire pour meurtre ? Il y avait là tout le matériel requis. Mais cela ferait-il pour autant de ce dossier « The One », la grande affaire criminelle que Christophe Guilloux appelait de ses vœux ? Cela ne dépendait pas de lui, il le savait. Certains ingrédients étaient certes favorables, la musique, l'adultère, l'ambition, le sexe. Mais pour le reste, le succès de cette entreprise dépendrait avant tout du comportement des suspects. Dans ce genre d'histoire, c'est la qualité des protagonistes qui déterminait sa future popularité dans les médias et l'opinion. Une victime qu'on aime détester, une femme éplorée, un envieux revanchard, une mangeuse d'hommes, un croque-mitaine… Il était encore un peu tôt pour attribuer à chacun d'entre eux son juste rôle.

Le feu vert espéré obtenu, il attrapa un blouson d'été en toile et dévala l'escalier encore plus vite qu'il ne l'avait gravi. Parvenu au rez-de-chaussée, il ne dut de sauver son crâne qu'à un réflexe de dernière seconde. Un jour, c'était quasi certain, il le fracasserait sur le linteau en granit.

La soirée était douce et il n'avait rien de mieux à faire – les excitées de Tinder attendraient. Alors il établit son circuit d'instinct : d'abord un crochet par le *Java*, afin de vérifier l'alibi de la petite Fanny Horvais ; puis il pousserait jusqu'à la *Brasserie du Sillon* pour obtenir un témoignage le plus neutre possible du personnel sur l'altercation entre Paul et Yann.

Ce programme lui paraissait parfait, si parfait qu'il ne remarqua pas l'ombre aux cheveux noirs et crépus qui guettait sa sortie depuis l'angle de rue opposé. C'était là tout le charme de Saint-Malo intra-muros : grande comme un mouchoir de poche – la légende voulait que la superficie à l'intérieur des remparts fût équivalente à celle de la place de la Concorde – et néanmoins riche de tant et tant de cachettes. Un extraordinaire terrain de jeu pour les enfants de tous âges.

Horaires des marées à Saint-Malo

08 juillet	
Marée haute	01 h 42
Marée basse	08 h 34
Marée haute	14 h 22
Marée basse	21 h 09

18

8 juillet, Saint-Malo, Manoir des Corrigan,
chambre de Maggie, 8 h 01.

« Putain de fuck ! Tu parles d'un cadeau ! »

Depuis la fenêtre de sa chambre à l'étage des communs, Maggie ne pouvait ignorer l'attroupement de badauds agglutinés devant la grille du *Manoir*. Planté au milieu d'eux, un énorme bouquet en main, Jacques tentait de se frayer un chemin sans attirer l'attention des curieux. Chemise blanche et blazer marine, coupe de cheveux rafraîchie, sa mise sentait les efforts de circonstance.

Mais quelques pas derrière le joli cœur endimanché, une Dodik Cadiou plus gonflée et plus rouge que jamais haranguait la populace présente, à grand renfort de moulinets. Il était impossible de capter ce qu'elle leur disait à cette distance, mais calomnier les Corrigan étant son occupation favorite, on pouvait deviner sans peine la nature des ragots qu'elle devait colporter dans le contexte actuel.

N'y tenant plus, Maggie se précipita hors de chez elle, munie de la clé du portail. Derrière celui-ci, elle tomba nez à nez avec Jacques, lequel força un sourire et bredouilla :

– Joyeux anniversaire, ma ché…

– Pas maintenant ! grinça-t-elle en repoussant les roses qu'il lui tendait.

Lancée comme un missile, elle poursuivit plutôt sa course en direction de son odieuse voisine, sa canne brandie devant elle tel un bâton de maréchal.

– On peut savoir quelles conneries vous racontez à ces messieurs dames ?

– Mais, mais, mais… la vérité ! s'emballa Dodik.

– C'est-à-dire ?

– Eh bien… Que Paul Le Tohic était votre amant. Qu'il logeait juste à côté d'ici. Et que vous êtes allée vous balader du côté de Beauregard le soir de sa mort. Comme par hasard !

– Holy crotte ! Et quand bien même ? Ça fait de moi une criminelle, peut-être ?

– Je n'ai pas dit ça. Je dis juste que…

– Pauvre eejit ! la coupa Maggie. Jusqu'à preuve du contraire, je fais encore ce que je veux avec mon cul !

Un début d'hilarité gagna les spectateurs les plus proches. Les cancans, c'était bien, mais ça ne vaudrait jamais une bonne engueulade saupoudrée de vulgarité et d'humour. Surtout venant d'une dame à l'allure si respectable.

– D'ailleurs vous feriez mieux de vous en inspirer, my dear. Vous savez ce qu'on dit : plus d'orgasmes, moins de rides.

Et à ces mots, elle tourna les talons et pressa le pas en sens inverse, suivie comme son ombre par un Jacques abasourdi.

« Maggie ! Maggie » ! tenta-t-il d'arrêter sa course, tandis qu'elle traversait la cour comme une furie.

– Quoi encore ?!

Il lui tendit de nouveau le bouquet, avec l'assurance d'un premier communiant.

– Joyeux anniversaire.

– All right, grogna-t-elle. Enfin, on ne va pas en faire un fromage, non plus.

– Regarde quand même entre les fleurs…

Au milieu des roses couleur rubis, gisait un petit écrin en feutrine couleur nacre.

– Tu… t'as pas fait… bafouilla-t-elle, elle qui avait d'ordinaire la repartie si vive.

Ce crétin n'allait pas la demander en mariage le jour de son soixante-dixième anniversaire, tout de même ?!

– Ouvre ! l'encouragea-t-il.

Mais la boîte ne contenait pas une bague. À la place, elle découvrit un minuscule sécateur en argent. Voulait-il donc qu'elle se coupe l'annulaire gauche, afin de le lui donner ?

– Je ne comprends pas…

– À ton avis ? Qu'est-ce qu'on taille avec ce genre d'instrument ?

Jacques avait repris de sa superbe. Sa petite énigme lui redonnait de l'ascendant.

– Des tiges ?

– Mais encore ?

– Des tiges… de roses ?

– Exact. Donc à ton avis, ça nous conduit où ?

« À la roseraie ! » s'exclama-t-elle intérieurement.

Elle s'y rendit en trottant, soudain aussi excitée qu'une gamine. Et le cadeau qui l'attendait au milieu des massifs entretenus par ses soins était à la hauteur de l'effet d'annonce. Louise, Énora et Sophie se tenaient là, les bras chargés de cadeaux. À leurs côtés, un homme qu'elle reconnut aussitôt, horticulteur réputé dans la région, mettait la dernière touche à un pied de rose en fleur qu'il plantait en terre. Plusieurs boules de pétales blanc ivoire éclataient déjà au sommet de l'arbuste.

– Bonjour ! lança ce dernier. Je vous présente *Rosa Baltimora*. Mes confrères et moi l'avons créé spécialement pour vous, Maggie. Pour le moment, le pied que vous voyez là est un exemplaire unique. Comme le rosier du *Petit Prince*. Je vous souhaite un très joyeux anniversaire.

– Joyeux anniversaire ! reprirent en chœur les autres, avant d'entonner le traditionnel « *Happy Birthday to you* ».

Les deux mains posées sur le pommeau argenté, Maggie grimaçait son émotion plus qu'elle ne la goûtait. Les effusions publiques, *a fortiori* quand elle en était l'objet, cela n'avait jamais été son truc. Même le jour de son mariage avec Constant, elle s'en souvenait encore, elle lui avait laissé le premier rôle bien volontiers. On pouvait se comporter comme une diva et préférer l'ombre à la lumière, la preuve.

– Well, merci, merci c'est très gentil, finit-elle par susurrer, sautant aussitôt du coq à l'âne. Les filles, on peut se voir un instant, toutes les trois ?

– Attends, granny… T'ouvres pas tes cadeaux ?!

– Si, si, je vais le faire. Mais on n'a pas un truc plus urgent à *ouvrir* ?

Elle arrondissait des yeux connivents, comme pour mieux souligner ce qu'elle sous-entendait par là. « Constant », finit-elle par dire, quoique sans un son, désignant sa propre tête d'un index pointé sur sa tempe.

La veille au soir, à leur retour de la plage, Énora et Malo avaient en effet achevé l'installation de la webcam dans le mannequin, et replacé celui-ci à son poste habituel, accoudé au zinc du salon. Quelques instants seulement avant que Louise n'y accueille les premiers clients du bar clandestin.

Il était donc temps de visionner les rushes de cette toute première captation.

– OK, approuva Énora. Salle de jeu dans cinq minutes.

– Et moi ? glapit Jacques, qui se voyait déjà mis sur la touche. Et nous ? J'avais encore tout un programme pour toi !

– Eh bien, darling dear, t'as qu'à le proposer à ta femme. Je suis sûr qu'elle ne sera pas contre un plateau de fruits de mer sur le Sillon.

« Je suis donc si prévisible que ça ? » exprima malgré lui le visage décomposé de son amant.

Après avoir connecté une clé USB sur le flanc de son ordinateur portable, la cadette des Corrigan lança un fichier vidéo compressé, dont l'image occupa bientôt la totalité de l'écran. Posé sur la table basse du coin salon, le PC était orienté de telle sorte que les trois femmes puissent profiter du spectacle.

Las, si le grand angle de la webcam offrait une vue d'ensemble assez large sur la salle commune, le son était en revanche très mauvais. Plus que des conversations intelligibles, on percevait un brouhaha indistinct.

Pourtant, le tableau offert devint vite intéressant. Après des mouvements de personnes un peu confus, certains passant de table en table, on pouvait voir Yann et Loïc prendre place au comptoir, pile sous le nez du Constant de cire. Un dialogue pour le moins agité s'était alors engagé entre les deux hommes. Clairement, le *penn-soner* semonçait le jeune tambour. Il paraissait même lui donner des ordres, d'un index presque menaçant. Les verres se succédaient à bonne cadence, surtout du côté de Yann. Comme la veille, celui-ci n'avait pas tardé à sombrer dans une ivresse profonde, s'étalant bientôt sur le zinc pour y somnoler. Loïc l'avait abandonné à son sort, et la suite se révélait peu passionnante, long plan fixe d'un alcoolique en train de cuver sa bibine.

Énora s'apprêtait d'ailleurs à interrompre le visionnage, quand Maggie l'arrêta d'un cri :

– Wait ! Regardez…

D'un coup, soudain aussi fringant que s'il n'avait pas bu la moindre goutte, Yann se redressait et quittait la salle. Le pas assuré et la trajectoire parfaitement rectiligne. Pourtant, moins de vingt minutes s'étaient écoulées depuis le shot qui avait eu raison de lui. Quel homme au monde était capable de se remettre d'une pareille cuite à cette vitesse ?!

– C'est dingue ! s'écria Louise. Vous pensez qu'il jouait la comédie du mec bourré ?

– Je te retourne la question, ma chérie : les verres que tu lui as servis étaient bien réels ?

– Oui… Whisky, cognac, et je ne sais plus quoi d'autre. Après, j'ai plus fait gaffe, j'étais occupée en salle.

– Il en a avalé combien ? demanda Énora.

– Au moins une douzaine. Peut-être même plus.

C'était pourtant un homme à la flagrante sobriété qui venait de sortir du bar et de l'image.

Le phénomène ne relevait pas seulement du prodige. Il impliquait de toute évidence des conséquences très lourdes sur leur enquête. Car si Yann Guesnet recouvrait aussi vite ses moyens, Dieu seul savait ce qu'il avait pu faire, la nuit du meurtre, une fois remonté dans sa chambre avec l'aide de Sophie. Était-il reparti aussi sec à Beauregard, afin de poursuivre son échange musclé avec Paul ? Leur embrouille avait-elle dégénéré ?

Chacune put lire dans le regard des deux autres la même conclusion en forme de piste criminelle.

« Je dérange ? »

Fanny venait de glisser une tête par la porte vitrée de la salle de jeu.

– Entre, entre ! lui intima Énora d'un geste.

La jeune femme pénétra dans la pièce comme si celle-ci était infestée de serpents, l'œil aux aguets. Il fallait bien admettre que sa dernière entrevue avec la tribu Corrigan ne s'était pas déroulée dans la plus joyeuse des ambiances. Une tablette numérique sous le bras, Fanny glissa jusqu'au trio et prit place sur le dernier fauteuil vacant.

– Alors ? la pressa Maggie sans un bonjour.

– Bonne pioche. Franchement, chez lui, c'est la foire aux documents d'enquête. Mais soyons très claires…

– OK, on sait, tu ne le feras qu'une seule fois !

– Oui, et c'est moi qui conserve les clichés que j'ai pris là-bas.

– What ?! s'indigna Maggie.

– Vous pouvez les consulter autant que vous voulez, mais en ma présence. Sur *mon* appareil. Hors de question que ça se balade dans la nature. C'est moi qui prends les risques, c'est moi qui fixe les règles.

Énora valida d'un sourire admiratif. Son amoureuse ne leur facilitait pas la tâche, mais elle faisait preuve d'un sacré cran.

– Bon, ça va, éluda la néo-septuagénaire. Montre-nous un peu ça.

Rapprochant son club en cuir de celui de la jolie jeune femme, Maggie pencha son regard azur sur l'écran, bientôt rejointe par les deux autres.

– Vous avez vu ? dit-elle après avoir survolé les premières lignes du PV de l'IJ. Les deux traces sont de pointure 37-38.

– De petits pieds, comme ceux de Loïc, commenta Fanny.

– Oui, sauf qu'il est écrit là que le dessin de l'empreinte ne correspond pas à la seule paire de chaussures qu'il a prise pour son séjour ici.

– Ça met surtout Yann hors jeu, ajouta Louise. J'ai pas fait plus attention que ça, mais il me semble qu'il chausse un bon 42 ou 43, bref une taille tout ce qu'il y a de plus standard pour un homme.

– Ça prouve quoi ?

– Ça prouve quoi ?! s'écria Énora. T'as déjà essayé de fourrer tes pieds dans des chaussures cinq ou six pointures en dessous de la tienne ?

– On en revient à l'hypothèse des complices, conclut Maggie, l'œil déjà attiré par les informations suivantes. Yann peut très bien être ressorti après sa vraie-fausse biture et avoir dirigé deux autres personnes pour faire son dirty job à sa place.

Quelques pages plus loin, elles découvrirent le rapport d'autopsie de Paul. L'en-tête du document officiel tira à la doyenne un petit miaulement victorieux :

– Wow ! On a l'heure du crime ! Et cette fois, plus de doute, ça disculpe Yann pour de bon. Même s'il dessaoule vite et qu'il est ressorti après minuit, la messe était déjà dite pour Paul. Guesnet n'a pas pu être ivre au bar et sobre à Beauregard en même temps.

– OK, mais ce papelard fixe juste des bornes temporelles, la tempéra Énora. C'est une fourchette.

– Oui, entre 21 heures et 22 heures. Or, moi je suis ressortie de la chambre peu après 21 h 10. Et toi, tu as rejoint Nono à quelle heure ?

Fanny hésita à confirmer leurs retrouvailles nocturnes. Mais sa chérie l'encouragea d'une œillade.

– 21 h 25, plus ou moins.

– Donc tu as quitté Beauregard vers 21 h 20, c'est ça ?

– Oui, j'imagine.

– Et tu n'as rien entendu ni vu de suspect avant ton départ ?

– Non...

– Vous voyez ! On a déjà réduit le créneau de vingt minutes. Paul a été tué entre 21 h 20 et 22 heures ! C'est pas du tout la même chose !

Elle annonçait cela comme on claironnerait une bonne nouvelle. Son visage tout entier, comme lissé par la joie, exprimait sa soudaine jubilation. Il n'y avait pas que les orgasmes, pour s'offrir un coup de jeune. Elle avait oublié à quel point le plaisir de résoudre des énigmes pouvait se révéler vivifiant.

Louise avait raison : recomposer leur équipe était la meilleure chose qui leur fût arrivée depuis belle lurette. Désormais, la Breizh Brigade possédait un léger avantage sur les flics. Et, à cet instant, entourée des siennes, Maggie Corrigan ne pouvait imaginer plus beau cadeau d'anniversaire !

19

8 juillet, Saint-Malo,
commissariat principal, 10 heures.

« On dirait qu'ils se sont donné le mot, hein ? » commenta Emma Lobo en faisant irruption dans le bureau de son patron.

– On dirait bien, oui, maugréa Guilloux.

Il n'était pas homme à se plaindre de la pression exercée sur lui, mais il fallait bien admettre que les édiles locaux, mairie et préfecture en tête, ne le lâchaient plus. C'est à peine s'il avait trouvé le temps de lancer les bornages et les comparaisons listés la veille au soir.

Cette chère Fabienne Leroy s'était, semblait-il, fait un devoir de remonter les rumeurs concernant la « tragédie de Beauregard » au plus haut niveau. Et depuis lors, le téléphone ne cessait plus de sonner sur le bureau de Christophe Guilloux, chaque nouvel appel grimpant d'un étage dans la hiérarchie administrative. Les noms et les voix changeaient, mais la consigne demeurait la même : « discrétion absolue requise, efficacité et rapidité exigées ».

Sauver la saison touristique malouine, tel était leur unique leitmotiv. Hors de question de faire fuir les visiteurs avec une sombre affaire de meurtre.

– Solène Le Tohic est dans le hall. Elle attend que tu la reçoives.

– Punaise, c'est vrai… J'ai failli l'oublier.

Emma, elle, se souviendrait longtemps de l'émotion de cette femme fragile quand elle l'avait accompagnée pour reconnaître le corps de son époux. Des larmes comme des paquets de mer un jour de grande marée.

– Ça va ? insista-t-elle. T'as l'air crevé.

– J'ai potassé le dossier assez tard. Et je me suis baladé aussi.

– Instructive, ta promenade ?

– Pas vraiment. L'alibi de la petite Horvais tient la route. Elle a bien passé sa soirée au *Java* avec la fille Corrigan, plus ou moins de 21 h 30 à une heure du matin passée.

– Tu voulais pas faire aussi un crochet à la *Brasserie du Sillon* ?

– Si. Les serveurs m'ont confirmé l'engueulade entre Paul et Yann. Mais y'avait du monde au restau ce soir-là. Ils étaient trop occupés par le service pour capter de quoi il retournait.

« Justement, clama le regard encourageant de la jolie brune. C'est peut-être l'occasion ou jamais d'y voir plus clair. »

L'entrée de la silhouette décharnée jeta un froid dans la pièce. Son regard poché fuyait sur le lino. Elle ne releva la tête vers son hôte qu'une fois assise face à lui. Un frisson presque continu agitait son corps malingre.

– Vous avez trouvé à vous loger correctement, madame ?

– Oui, oui, à l'hôtel de l'Univers, place Chateaubriand, répondit-elle d'une voix éteinte. C'est très bien.

– Parfait. Si vous vous sentez en état, j'aurais plusieurs questions à vous poser sur votre mari. En particulier sur sa place au sein du bagad de Saint-Briac.

– C'est... La cornemuse, c'était toute sa vie.

– Je peux comprendre ça, dit-il avec compassion. Il semble évident que votre époux était tout entier investi dans la pratique de son art.

– Oui... murmura-t-elle sans conviction, en baissant à nouveau les yeux.

Guilloux le savait déjà : la musique n'était pas le seul feu qui animait Paul Le Tohic. Mais, dans l'immédiat, ce n'était pas le sujet.

– Vous-même, quel rapport entretenez-vous avec le BBB – je crois que c'est comme ça que ses membres le surnomment ?

– Je suis la trésorière de l'association qui gère ses activités.

– Depuis longtemps ?

– Une bonne dizaine d'années.

– D'accord. Donc vous connaissez bien les autres membres « historiques » du bagad ?

– On peut dire ça, oui.

La fonction de trésorière était certes indispensable à la conduite d'un tel ensemble. Mais on pouvait supposer qu'en tant que non-musicienne, elle évoluait un peu en marge du groupe. Elle ne vibrait pas avec eux. Elle n'éprouvait ni la routine fastidieuse des répétitions, ni le trac, ni pour finir l'exaltation sans pareille des concerts.

Une femme de l'ombre, et désormais une ombre de femme.

– Quelles étaient les relations de votre mari avec Yann Guesnet, le *penn-soner* du bagad.

– Pas très bonnes.

Sans blague !

Mais l'interrogatoire, Guilloux ne l'ignorait pas, se présentait avant toute chose comme un jeu de patience. Rien ne servait de brusquer un témoin, encore moins quand il était directement lié à la victime.

– Vous pouvez nous donner un exemple ? Ou une raison qui expliquerait les tensions entre eux ?

– Oh, dit-elle en soupirant. C'est assez simple. Yann est avec moi le seul autre membre à détenir la Carte bleue de l'asso.

– Et il en abuse, c'est ça ?

– Il tape dans la caisse depuis des années. Pas de très gros montants, hein. Mais régulièrement. Et bien sûr il ne produit jamais le moindre justificatif pour motiver ses retraits.

– J'imagine que vous l'avez déjà confronté à ce propos ?

– Des tonnes de fois ! s'écria-t-elle en sourdine. Mais il s'en fout. Ça fait longtemps qu'il prend le compte du bagad pour son compte perso.

Un mélange des genres et des intérêts qui faisait rarement bon ménage.

– Avec quelles conséquences pour la troupe ?

– Au début, ça n'avait pas trop d'impact. Et puis, au fil du temps, ça a fini par nous mettre grave dans le rouge.

– C'est pour ça que Paul et lui s'accrochaient ?

– Oui, indirectement...

– Comment ça ?

– Sur le principe, Paul se fichait pas mal que Yann détourne du fric. Ce qui le mettait hors de lui, c'est qu'à force ça pesait tellement sur les comptes que ça risquait de plomber ses propres ambitions perso.

– Quelles ambitions ? intervint Emma.

Solène esquissa un bref sourire, aussitôt chassé par ce masque affligé qui ne la quittait pas depuis la veille.

– Son rêve, c'était d'être élu meilleur sonneur de cornemuse au FIL.

– Au FIL ?

– Festival interceltique de Lorient, répondit Guilloux à la place de la veuve. La plus grosse réunion de bagadou au monde.

– Et si je vous suis bien, Paul croyait que la mauvaise situation financière de l'association hypothéquait ses chances ?

– En gros, c'est ça, oui.

« Si la situation n'est pas très vite rétablie, je me casse », avait menacé Paul lors du fameux dîner, selon les propos rapportés par le jeune Loïc.

– Ce titre, il ne l'avait encore jamais décroché ?

– Non. Il a fini deux fois deuxième. Il disait : « Je suis le Poulidor du biniou. » Et ça le bouffait. Ça virait à l'obsession. Il s'était persuadé qu'avec un trophée FIL en poche, sa vie changerait du tout au tout. Que des portes jusque-là fermées s'ouvriraient à lui. Y compris à l'international.

Chaque mot comptait, dans une audition.

– *Sa* vie, ou *votre* vie ? creusa Guilloux.

– Oui, la nôtre aussi, bien sûr.

Elle l'avait dit comme si cela n'allait pas de soi. Comme si leurs destins respectifs n'étaient plus liés depuis longtemps déjà.

– À vous écouter, enchaîna-t-il, c'est plutôt Paul qui aurait eu des raisons de régler son compte à Yann, pas l'inverse. Vous ne croyez pas ?

– C'est vrai... Mais je pense que Yann redoutait par-dessus tout que Paul révèle ce que j'avais découvert à son sujet aux autres membres du bagad.

– Vous auriez pu le faire, vous aussi ?

– Moi ? Non. Depuis le temps, Yann savait que je ne parlerais pas.

– Pourquoi Yann craint-il tant que ça que ses petites entorses se sachent ? Il semble pourtant avoir un sacré ascendant sur le groupe.

– Il l'a, vous avez raison. Mais de là à ce que les autres lui pardonnent un truc pareil... Vous savez, Yann n'a ni le talent, ni les ambitions de Paul. Pour lui, la musique, c'est le BBB et rien d'autre. Si le bagad s'arrête, son monde s'écroule.

Comme Yann s'était écroulé après sa soirée de beuverie au bar clandestin du *Manoir des Corrigan.*

– Désolé, mais je vais devoir aborder un sujet plus sensible pour vous, lança Emma, les mains réunies en position de prière.

– Si vous voulez parler des infidélités de Paul, ça ne me dérange pas.

Soudain elle paraissait être sortie de cet état semi-léthargique dans lequel le deuil l'avait plongée.

– Je sais que Paul n'était pas irréprochable, de ce point de vue-là, poursuivit-elle. Je le savais avant même qu'on commence à sortir ensemble. À Saint-Briac, il trimballait déjà une sacrée réputation.

– Et vous l'avez acceptée ?

– Oui.

– Y compris sa relation actuelle avec Arwen Caroff ?

Elle cilla à plusieurs reprises, à toute vitesse.

Ce que le duo d'enquêteurs s'abstint de lui préciser, c'est que le bornage du portable de ladite maîtresse avait livré son verdict quelques minutes seulement avant cet entretien. Ainsi, à moins d'avoir laissé son smartphone derrière elle, à Saint-Briac-sur-Mer, Arwen Caroff ne se trouvait pas à Beauregard le soir du meurtre. Mais bien à son domicile.

– Elle ou les autres, vous savez… Peu importe. Paul se cachait à peine. Et à chaque fois c'était le même cinoche. Il s'emballait, mais ça ne durait jamais bien longtemps. Il se lassait très vite.

– Mais pas de vous ?

– Il faut croire que non, approuva-t-elle, un éclat de triomphe traversant son regard embué.

Elle semblait si sûre d'elle, à présent, elle qu'un coup de vent aurait pu emporter l'instant d'avant.

Paul l'avait-il informée de sa rupture avec Arwen la tambour néophyte ? Se pouvait-il que cette « autre femme » qui occupait les pensées de Le Tohic fût sa légitime épouse ? Difficile à croire, vu le pedigree du don Juan.

– Bien. Nous allons vous demander de vous soumettre à un petit examen. Rien de méchant.

– Ah bon ? s'étonna-t-elle, les lèvres pincées.

– Un prélèvement ADN. Je vous rassure, c'est juste pour mettre en évidence les dépôts non identifiés.

– Je ne comprends pas…

– On a trouvé un cheveu blond sur les vêtements de votre mari.

– Paul a les cheveux blonds ! argua-t-elle avec une véhémence mal contenue.

– Un cheveu plus long que les siens. Potentiellement, l'un des vôtres. Mais il peut très bien l'avoir porté sur lui depuis chez vous. Je répète : c'est juste pour éliminer d'autres options.

– D'accord. Pas de problème.

Mais l'extrême contraction de son corps sec et musculeux proclamait tout le contraire.

20

8 juillet, Saint-Malo, Manoir des Corrigan, *potager du parc, 11 heures.*

Soufflant tonnerre dans du roseau, disait un chanteur populaire à propos des bagadou bretons. Maggie partageait cette impression. Ou plutôt, cette sensation physique d'être battue par le vent et les embruns. D'abord le roulement métronomique de la section de tambours. Puis le bourdon lancinant des bombardes. Avant qu'enfin ne s'élève le grand souffle aigu des cornemuses, emportant tout sur son passage. Ce n'était plus de la musique, c'était une tempête de notes et d'harmonies qui la battait par vagues. Il lui semblait que les ondes sonores colonisaient chacun de ses muscles ou de ses os, avant de repartir au loin.

Un peu plus tôt, la maîtresse des lieux avait autorisé Yann Guesnet et les siens à occuper une partie du parc, du côté du potager, afin de répéter, cette fois pour de bon – rien n'était sorti, la veille, de leur réunion au palais du Grand Large.

– Je ne vous cache pas que ce sera un peu bruyant, avait-il annoncé au moment de lancer ses troupes à l'assaut du jardin. Mais promis, on ne jouera pas plus d'une heure.

– Ah mais, autant que vous voulez ! Ce sera un plaisir pour nous tous.

Ce que Maggie s'était gardée de préciser au *penn-soner*, c'est que son offre généreuse n'était pas dénuée d'arrière-pensées.

Réunir tout le BBB en son domaine n'était-il pas le meilleur moyen d'observer à loisir chacun d'entre eux ? Un geste, une grimace, un regard, tout pouvait faire office de révélateur.

– Merci, gronda-t-il, aussi peu affable qu'à son habitude. Si ça vous dit, je peux vous mettre deux places de côté pour le concert de cet après-midi.

– C'est very nice of you, mais j'ai déjà acheté trois billets.

Yann Guesnet approuva d'un hochement de tête et rejoignit alors les siens, prêt à lâcher les chevaux fous de leur musique. Derrière le mur d'enceinte, attirées par le vacarme, quelques têtes de curieux pointaient déjà.

Quant à Maggie, postée devant la grande verrière, elle jouissait d'une vue parfaite sur l'ensemble du groupe, disposé en trois demi-ellipses concentriques.

Yann le voleur ivrogne. Maël le remplaçant jaloux. Loïc le messager louche. Arwen la maîtresse éconduite. Ou encore Solène, la veuve un peu trop éplorée pour être tout à fait honnête, qui se tenait à l'écart des musiciens, aussi raide qu'un piquet. Ils étaient tous là, galerie de coupables potentiels qu'elle détaillait à présent comme bon lui semblait. Et si ceux-ci composaient à l'évidence un premier cercle de suspects, elle veillait à ne négliger personne, car d'éventuels complices se nichaient peut-être parmi ces rangées d'instruments bien alignées.

– Tu sais où est Nono ? demanda Louise en surgissant à ses côtés.

– Non... Elle n'est pas avec... avec Fanny ?

– J'ai pas l'impression.

– Oh, elle ne doit pas être bien loin. Chez Malo. Ou avec ses potes à moutons.

La seconde hypothèse était la bonne.

Dès qu'elle le pouvait, Énora Corrigan faisait en effet la tournée des fermes des environs. Depuis qu'elle était toute petite, elle s'invitait sans crier gare au chevet des agneaux derniers-nés. À la longue, certains éleveurs étaient devenus des amis. Comme ce Franck charpenté à la manière d'un chêne, d'une dizaine d'années son aîné, qui l'accueillit avec force embrassades à la porte de sa bergerie.

– Salut, princesse, comment ça va ?

– Ça va pas mal. Enfin, comme ça peut aller chez ma grand-mère, tu la connais.

– Ah ah, tu parles ! Mes fesses se souviennent encore de ses coups de canne. Et ton stage de validation, alors, ça se présente comment ?

– Plutôt bien, j'ai trouvé un bon cabinet à Saint-Jouan-des-Guérets.

– La clinique des Guérets, je les ai consultés quelques fois, c'est du sérieux. Ce serait chouette qu'ils te gardent.

– Ouais, enfin... Je suis pas 100 % sûre de vouloir rester dans la région après mes trois mois chez eux.

– Ah bon ?! Et t'irais où ? Pas à Rennes, quand même ?

La rousse haussa des sourcils énigmatiques et embraya pour noyer le poisson :

– Bon et toi ? Comment se portent tes bêtes ? Ma Flora d'amour, elle a mis bas ou pas encore ?

– Non. Je ne sais pas pourquoi. Elle a l'air stressée, la pauvrette.

– Stressée par quoi ? s'étonna-t-elle. C'est le paradis des moutons, chez toi !

– Chez moi, peut-être, mais pas dans les pâturages de mes voisins.

– Qu'est-ce qui se passe ?

– Tu connais Fred, le céréalier des Quatre Vents ?

Le quartier dit des Quatre Vents se situait au bout de la rue du Puits-Sauvage, à moins d'un kilomètre en direction de l'ouest.

– De loin.

– Eh bien, figure-toi qu'hier matin, très tôt, il a vu un jeune gars qui faisait cramer des trucs dans un de ses champs.

– Quel genre de trucs ?

– Des bottes, ou un machin dans le genre.

– Et ce type, Fred le connaissait ?

– Jamais vu, non. Mais je peux te dire qu'il en a marre de ces citadins qui prennent ses terres pour une décharge !

Sur les indications de Franck, il ne fallut que quelques minutes à la cadette de la Breizh Brigade pour trouver ledit Fred, aussi gringalet que son ami éleveur était massif.

Juché sur son tracteur, il bougonna un instant, puis sauta à terre à contrecœur, arrachant le casque antibruit qui couvrait ses oreilles. Après s'être plaint à son tour des dégradations de plus en plus en plus fréquentes occasionnées par les bazardeurs de déchets sans scrupules, il accepta de jeter un œil aux photos que lui tendait Énora. Celles du bagad prises la veille par Alain – c'était idiot, mais à force de l'entendre appeler ainsi, elle le désignait elle aussi par son prénom, et non par le mot papa.

– Non, non, ça ne me dit rien… secouait-il la tête, image après image. Ah, attends. Si, la grande asperge, là. Le tambour.

Loïc. De deux doigts glissés sur l'écran de son mobile, Énora zooma sur la silhouette en question.

– Vous êtes certain ?

– Certain, non. J'étais assez loin de lui. Et le temps que j'arrive, il avait fini son petit trafic et il avait décampé, t'imagines bien. Ce genre de connard ne donne pas vraiment dans le courageux.

– On est d'accord. Vous pourriez quand même me montrer où il a déclenché son feu ?

– Si tu promets de pas le relancer, plaisanta-t-il à demi, pas de problème.

Elle rit pour la forme et lui emboîta le pas jusqu'à un petit terrain en jachère à deux pas des rangs de maïs à perte de vue. Au fond, elle comprenait ce petit homme sec. L'agriculteur avait de quoi être fumasse. Il s'en était fallu de peu pour que l'incendiaire ne fasse partir ses cultures en fumée.

Le foyer avait beau être circonscrit à pas grand-chose, moins d'un mètre de diamètre, on y devinait les reliefs d'un feu intense. Sans doute quelques branchages pour faire partir. Et, au milieu, une matière calcinée et aux trois quarts fondue qui avait dû être du caoutchouc.

– Franck disait que vous pensiez l'avoir vu balancer des bottes dans les flammes ?

– C'est ça.

Mais, en s'agenouillant au plus près, Énora distingua bientôt une autre matière, celle-ci mieux préservée. Comme deux langues de textile, elles-mêmes soudées à une bouillie plastique indistincte.

– Y'a pas que des bottes, dit-elle. On dirait qu'il y a aussi des sortes de chaussures de marche.

Soit deux paires. Comme les deux traces de pas relevées par l'Identité judiciaire à Beauregard.

21

8 juillet, Saint-Malo, Manoir des Corrigan, *potager du parc, 11 h 45.*

« Vous vous rendez compte que vos méthodes sont more than fascist ?! » éructa Maggie, opposant sa canne devant le commissaire et sa troupe.

Même un anglophone défaillant tel que Christophe Guilloux pouvait saisir la référence. Il accueillit celle-ci avec un rictus poli et répliqua :

– Nous sommes dans la plus pure légalité, madame Corrigan…

Le ton se voulait beaucoup plus ferme que lors de leur première entrevue. Le temps n'était plus à la séduction.

– C'est aussi ce que disaient les flics français en 42 ! Le Vél d'Hiv, ça vous parle ? Ring a bell ?!

– … Et voici d'ailleurs la commission rogatoire émise par la procureure Le Cam et qui nous autorise à intervenir ici, poursuivit-il sans relever l'injure.

Il brandit le papelard mentionné et le rangea aussitôt dans la poche intérieure de sa veste en lin. Les agents mobilisés déferlèrent alors dans le parc du *Manoir*, comme si ce geste avait valu pour ordre.

Maggie les regarda piétiner ses parterres et ses allées gravillonnées, impuissante. Arrimée à son pommeau d'argent comme à une bouée.

À son tour, Yann Guesnet, boule de nerfs et de contrariété, se planta devant le chef de la police malouine. Dans son dos, les trois rangs de musiciens avaient cessé de faire résonner leurs instruments dès l'apparition des uniformes. Un murmure affolé passait de bouche à oreille.

– On peut savoir ce que vous venez faire ici ? On était en pleine répétition, je vous signale. Et on joue au château dans moins de quatre heures. Si vous êtes payé pour foutre en l'air notre concert… autant le dire tout de suite ! Déjà que…

« Déjà qu'on me tue mon premier sonneur », semblait-il sur le point de dire, comme s'il s'agissait plus d'une contrariété le visant à titre personnel que d'une tragédie qui les impliquerait tous.

– Déjà que quoi ?

– Vous savez très bien ! s'empourpra le petit homme cubique.

– Justement, répondit Guilloux avec sang-froid. Nous sommes là pour ça. Je vais d'ailleurs vous demander de vous prêter à quelques prélèvements, certains de vos collègues et vous-même.

Comme surgis d'une autre planète, deux hommes en combinaison blanche de l'Identité judiciaire avaient eux aussi fait irruption dans le potager, mallette en main. Ils n'attendaient semblait-il qu'un signe du commissaire pour procéder aux relevés d'empreintes digitales et autres échantillons ADN. Ceux de Solène Le Tohic, eux, reposaient déjà au fond de leur valise, bien au frais, prêts à être analysés et comparés avec les résultats déjà obtenus.

– Moi ?! glapit Guesnet, indigné. Enfin pourquoi j'aurais quelque chose à voir avec tout ça ? Je ne logeais même pas dans la même maison d'hôtes que Paul !

Il avait réussi ce tour de force de chercher à se disculper sans prononcer le mot suspect. Ni même meurtre ou victime.

– Simple vérification, éluda Guilloux. On cherche à éliminer toutes les fausses pistes sur la scène du crime.

– Je vous ai déjà raconté ce qui s'était passé ! Dans quel état j'étais ce soir-là ! Comment vous pouvez imaginer une seconde que je sois retourné voir Paul dans sa chambre ?

– « Retourné » ? Parce que vous y êtes allé une première fois ?

– *Gast !* Mais non ! Jamais de la vie. Arrêtez de jouer sur les mots, nom d'un chien !

– C'est moi qui vous arrête, le rabroua-t-il avec calme et fermeté. Vous menez peut-être votre bagad à la baguette…

« Et à la ruine », songea Guilloux sans le dire.

– … Mais dans le cadre de cette enquête, c'est moi qui fixe les règles du jeu. Alors opposez-vous encore une seconde à notre intervention et on finira cette petite discussion en cellule, vous et moi. Surtout vous.

La menace parut porter ses fruits, car Guesnet ravala aussitôt sa colère. De rouge, il avait viré au cramoisi. Mais, dès lors, il ne proféra plus la moindre parole. Les musiciens, jusque-là tétanisés, ne paraissaient pas mécontents de voir leur chef remis à sa place.

D'un index aussi précis qu'un faisceau laser, Christophe Guilloux désigna aux deux IJ les quatre individus concernés : Yann, Loïc, Maël et Arwen.

Cette dernière battait des cils et jouait avec ses cheveux, comme si elle avait attendu son entrée en scène avec impatience. Malgré la tension ambiante, elle prenait un plaisir évident à y jouer l'un des premiers rôles. Peut-être n'était-il question que de cela, pour elle. Peut-être que la colère froide (et silencieuse) qu'elle avait ressentie en recevant le message de rupture de Paul ne s'apparentait qu'à une banale blessure d'orgueil.

« Tuait-on pour si peu ? » se demanda Guilloux en observant la jeune femme d'un regard oblique. Supprimait-on une vie pour s'être vu attribuer un strapontin quand on briguait un fauteuil d'orchestre ? Après tout, le bornage de son mobile loin du lieu du crime ne la disculpait pas de manière absolue.

L'un des scaphandriers en blanc dissipa sa songerie.

– Commissaire ?

– Oui…

– Pour l'analyse ADN, faudra attendre le retour au labo. Par contre, si vous voulez, on peut comparer les empreintes digitales tout de suite. On a ce qu'il faut dans notre estafette.

– Très bien. Faites comme ça.

Moins de dix minutes plus tard, le résultat tomba :

– On a deux correspondances, dit l'IJ mezza voce, en prenant Guilloux à part.

– Qui ça ?!

– Yann Guesnet, empreintes partielles sur tout le corps du chalumeau.

– Récentes ?

– Non, assez dégradées.

– OK. C'est normal. C'est lui qui règle tous les instruments du groupe. Et l'autre ?

– Le tambour, Loïc. Traces papillaires beaucoup plus nettes, sur la bouteille de Plancoët qu'on a trouvée sur la table de chevet.

– Ça ne prouve pas grand-chose non plus, déduisit-il avec dépit. De son propre aveu, Paul et lui sont allés prendre de l'eau dans la cuisine de Beauregard en même temps, avant de monter se coucher. Loïc a très bien pu attraper la bouteille et la tendre à Le Tohic.

Ils en étaient là de leurs conclusions en queue de poisson, lorsque Maël le moustachu tenta une approche.

– Excusez-moi, commissaire, bredouilla-t-il. J'aimerais vous dire un mot.

– Je vous en prie, répondit-il en congédiant l'IJ d'un regard.

– À propos des prélèvements ADN…

– Eh bien quoi ?

– La anche de Paul, c'est la mienne.

La hanche de Paul. Un instant, Guilloux se figura une greffe osseuse façon Frankenstein. Le bassin de l'un transféré sur le corps de l'autre.

– La anche de sa cornemuse, s'empressa de préciser le deuxième sonneur.

– Ah, oui. Comment ça se fait ?

– D'habitude, il en a toujours plusieurs de secours avec lui. Mais là, il devait vraiment avoir la tête ailleurs. Parce qu'il a oublié de prendre sa réserve avec lui.

– Et c'est si important que ça, d'avoir des anches en plus ?

– Oui. Clairement, il ne pouvait pas jouer un concert entier avec une anche de répétition usagée. Donc il m'a demandé de lui en prêter une. Pas forcément une neuve, mais une qui avait peu servi. On utilise la même référence, tous les deux.

– Quand est-ce qu'il vous en a parlé ?

– Juste avant qu'on parte dîner. Et je lui ai passé la anche en question dans la foulée.

– Je vois… Donc vous pensez que votre salive pourrait être présente sur l'instrument de Paul, je ne me trompe pas ?

– Exactement.

Christophe Guilloux remercia le cornemuseux pour sa diligence. Celle-ci n'était sans doute mue que par le souci de lever tout soupçon éventuel sur sa personne. Et, pourtant, elle ne l'innocentait pas plus que s'il avait omis de les prévenir. Au contraire. Fournir des miettes de vérité aux enquêteurs de manière spontanée se révélait parfois être la ruse ultime du coupable.

De même que Maggie Corrigan, qui simulait un subit assoupissement sur le banc voisin, avait pris le soin d'évoquer ses crises de narcolepsie lors de sa rencontre avec le beau commissaire. Vraiment, on ne se méfiait jamais assez de ces vieilles dames élégantes à l'accent chantant.

22

8 juillet, Saint-Malo, Manoir des Corrigan,
puis cour du château de Saint-Malo, 14 heures.

Lilybeth filait sur la D301 en direction de l'intra-muros. À son habitude, Maggie dépassait allègrement les 50 km/h autorisés sur ce tronçon périurbain. De part et d'autre de cet axe, encombré de touristes en haute saison, s'élevaient l'air de rien les sièges sociaux de certains piliers de l'économie locale. Celui des Craquelins de Saint-Malo, par exemple, ou encore celui du groupe textile Beaumanoir, connu dans la France entière.

Réjouis par leur étonnant équipage, des enfants leur adressaient des coucous depuis l'arrière des SUV lancés sur la route des vacances.

– On est sûres que Guilloux sera présent au concert ? s'enquit Louise depuis le siège passager.

Difficile de dire si l'expression anxieuse sur son visage tenait plus à cette incertitude, ou au rodéo automobile que leur infligeait une nouvelle fois sa mère. Sans doute un mélange des deux. Au niveau d'un rond-point traversé comme une motte de beurre, trois autres véhicules klaxonnèrent la chauffarde de manière synchrone. Auxquels répondirent les gargouillis émanant du ventre de son institutrice de fille.

– Sûres de chez sûres, répliqua Maggie, sans prêter attention aux rappels à l'ordre sonores. C'est Guesnet qui l'a invité en personne et qui me l'a dit.

– Il cherche à se mettre le commissaire dans la poche, c'est clair.

Durant toute la suite de la répétition, qui avait repris après l'intervention houleuse de l'IJ, le *penn-soner* s'était en effet employé à circonvenir Christophe Guilloux, soudain plus mielleux qu'un verre de chouchen.

Depuis la banquette arrière, Énora participait aux échanges sans quitter son portable des yeux – sa discussion par textos avec Fanny virait à la passe d'armes. Pour la convaincre de se mettre une nouvelle fois au service de la BB, elle allait devoir user de séduction autant que de persuasion, savant mélange de promesses et de chantage.

– Et du côté de ta « chérie », ça donne quoi ? lança Maggie en pinçant ses lèvres. Elle est OK pour nous rouvrir la porte du play-boy ?

– J'y travaille, granny, j'y travaille.

Chacune d'entre elles savait déjà quelle mission lui incombait pour le reste de la journée. Le bagad réuni au jardin ne s'était dispersé qu'un peu avant quatorze heures. Et, faute d'avoir le temps pour un vrai déjeuner, les trois Corrigan s'étaient réunies pour un rapide conciliabule dans le bureau de Maggie.

Là, cette dernière leur avait fait part des informations glanées à l'insu de Guilloux. Puis les tâches avaient été réparties entre elles trois. À Maggie reviendrait le doux pensum d'assister comme prévu au concert, où elle poursuivrait son observation des principaux suspects dans le collimateur de la police, Yann, Maël, Arwen et Loïc. Énora traînerait pendant ce temps dans les coulisses du festival, où elle pensait avoir ses entrées grâce à un ami de Malo bossant comme roadie. Objectif : interroger les autres membres du bagad au sujet de Loïc et ses agissements de la matinée précédente.

Quant à Louise, elle avait écopé, non sans tiquer, du rôle le plus ingrat, celui d'espionne aux côtés de Fanny.

– Je ne comprends pas ! s'insurgea-t-elle mollement. Pourquoi c'est moi qui irais fouiller chez Guilloux plutôt que Nono ?! Fanny est *ta* copine, pas la mienne !

– Justement, quand on est ensemble toutes les deux, on ne peut pas s'empêcher de faire du bruit. Toi, au moins, tu seras discrète.

Louise s'était empourprée jusqu'aux oreilles. Maggie avait pouffé. Et elles en étaient restées là, ou presque.

– Oh, j'allais oublier, ajouta Maggie. Guilloux a exigé de Yann Guesnet que tous les musiciens du BBB restent à Saint-Malo au moins jusqu'au 13 juillet.

– Pourquoi le 13 ? Ça fait hyper loin.

– Ce sera le jour de l'enterrement de Paul, à Saint-Briac.

*

* *

Une heure plus tard, côté coulisses.

« Et Loïc, il vaut quoi comme tambour ? »

Énora, fine mouche, avait commencé en débinant Arwen la débutante. Avec ses airs de poupée brune, l'ex-maîtresse de Le Tohic ne devait guère s'attirer la sympathie des autres femmes du bagad. Et rien de mieux qu'un peu de médisance sur une cible facile pour établir le contact. Depuis, la joueuse de bombarde qu'elle interrogeait se montrait intarissable.

– Encore un peu vert. Mais très prometteur. Je pense que ça tient à ses grands bras. Il a une super amplitude.

– C'est pratique, c'est sûr... fit-elle mine de s'intéresser.

La femme en question, cinquantenaire grisonnante, résidait dans une autre maison d'hôtes, à Saint-Coulomb. À cet égard, elle n'avait hélas rien à raconter sur les allées et venues de Loïc depuis leur arrivée à Saint-Malo.

– Donc j'imagine qu'il est bien accepté dans le groupe ? renchérit la rousse.

– Ça m'ennuie de dire ça... Surtout maintenant.

– Quoi ?

– Loïc était un peu le chouchou de Paul.

Tiens donc.

– Parce qu'il se débrouille au tambour ?

– Oui, mais pas seulement. Je suppose que Julie comptait aussi, dans l'affaire.

– Julie ? C'est une musicienne ?

Son interlocutrice plissa des yeux bruns et soudain soupçonneux. D'un coup, elle paraissait réaliser qu'elle se livrait sans retenue à une parfaite inconnue.

Mais par chance, il y avait plus d'une Julie dans l'entourage proche de Paul Le Tohic.

– Non, *l'autre* Julie. Sa fille adoptive. La fille de Solène.

– Ah, cette Julie-là, d'accord, feignit-elle de savoir. J'ignorais qu'elle sortait avec Loïc.

La sonneuse de bombarde approuva d'un air entendu, validant cette conjecture.

Or, le grand escogriffe brûleur de bottes s'était bien gardé d'apporter cette précision à Guilloux, quand celui-ci l'avait interrogé dans la cuisine de Beauregard. « Je textotais avec ma copine », avait-il dit, sans donner ni le prénom ni le nom de celle-ci.

Pourquoi avoir caché qu'à travers sa petite amie il entretenait un lien aussi direct avec Paul ? Qui sait, peut-être aurait-il été un jour son gendre. Ce n'était pas anodin, pas plus que ne l'était son silence à ce sujet.

« Musiciens du Briac Breizh Bagad… Je répète, musiciens du Briac Breizh Bagad. Sur scène dans deux minutes ! Deux minutes ! »

L'appel micro du régisseur mit un terme brusque à leur échange. L'effervescence du concert reprenait ses droits. Derrière le rideau noir, on pouvait percevoir le bruissement du public amassé sur les gradins en arc de cercle. La cour du château de Saint-Malo, et au-delà la place Chateaubriand et ses alentours, résonneraient bientôt de cet orage musical dont le *Manoir* avait connu un aperçu. Du faîte du Gros Donjon, encore hanté par l'âme des prisonniers qui y croupissaient deux siècles plus tôt, jusqu'aux tours Générale et Quic-en-Groigne, Saint-Malo la rebelle palpiterait au son de la musique bretonne.

Une heure plus tard, côté gradins.

Usant de sa canne comme d'un viseur, Maggie fouillait les travées du regard. Son emplacement, à mi-hauteur et sur le côté, lui offrait une vue panoramique assez complète sur l'assistance. Elle se maudissait juste d'avoir oublié sa vieille paire de jumelles, un autre cadeau de Constant, dans le tiroir de son secrétaire.

Elle avisa d'abord le commissaire, lequel lui adressa un petit salut courtois de la main – au moins était-il là où elle l'avait espéré. Puis quelques autres connaissances. Elle identifia entre autres la silhouette pataude d'Alain Le Divellec, posté au pied de la scène et de l'hôtel de ville, probablement envoyé par *Le Pays malouin* pour couvrir l'événement, clou du festival. Maggie se félicita d'ailleurs que le journal n'ait encore rien publié sur la mort de Paul, se pliant en cela aux injonctions conjointes de Christophe Guilloux et Fabienne Leroy.

Elle poursuivit son passage des troupes de spectateurs en revue.

Las, Solène Le Tohic, donc elle avait entrevu le visage sur les clichés d'Alain, demeurait introuvable, dans le public comme aux abords du bagad. Boudait-elle le concert dont feu son mari aurait dû être la tête d'affiche ? Cela pouvait se comprendre…

– Surprise ! claironna soudain une voix d'homme.

L'importun qui s'invitait dans son champ de vision n'était autre que Jacques Gaillard. « Qu'est-ce que tu fous là ? » se retint de crier Maggie.

– J'ai vu les numéros de tes billets sur la console et j'ai réservé la place juste à côté. C'est qui le plus malin ?

Il paraissait très fier de son stratagème. Et, semblait-il, décidé à lui coller aux basques toute la sainte journée de son anniversaire.

– Well, je ne sais pas. Le logiciel qui gère les réservations ? proposa-t-elle avec perfidie.

– Oui, ça fonctionne bien, la preuve. Les filles ne sont pas là ?

– Non. Elles travaillent. Et moi aussi. Tout le monde n'a pas la chance d'être à la retraite.

– Tu vas écrire un article pour le *PM* ? demanda-t-il sans relever la pique.

À dire vrai, il y a beau temps que Maggie avait cessé son activité de rédactrice occasionnelle pour le quotidien. Mais l'argument lui permettrait sans doute de museler l'intrus.

– Si tu me laisses me concentrer, peut-être que oui, darling dear. Speech is silver, silence is golden.

Puis, alignant sa canne sur l'axe de son œil directeur, elle reprit ses recherches. Autour d'eux, le public s'impatientait. Des applaudissements réclamant le début du spectacle claquaient par salves. Malgré ce brouhaha, elle capta les bribes d'un dialogue troublant, un rang plus bas, entre deux crânes anonymes et dégarnis :

– Tu crois que t'as tes chances, cette année, au FIL ?

– Avec Paul dans la compète, je t'aurais répondu non. Mais là... C'est plus ouvert.

– Tu peux dire merci à son meurtrier, alors ? plaisanta son camarade.

– Ah ah ! T'as raison, si je décroche le premier prix, faudra que je pense à lui envoyer des fleurs !

« Ces musiciens, membres d'un autre bagad, supposa-t-elle, s'amusaient comme on le fait à l'abri des oreilles indiscrètes. » Leur blague était de mauvais goût, mais elle ne faisait pas pour autant d'eux des suspects. Qui n'aurait pas tenu de tels propos à leur place ?

Néanmoins, bien qu'anecdotique, leur discussion ouvrait une nouvelle piste, une voie que la Breizh Brigade avait totalement négligée : et s'il ne s'agissait que d'une banale rivalité entre bagad et sonneurs qui avait mal tourné ? Et si le ou les coupables se trouvaient quelque part parmi ces centaines de spectateurs et festivaliers, et non sur la scène ? Maël, le second sonneur du BBB, partageait-il cet avis inavouable ?

D'après le programme de Folklores du monde, les groupes se produisant à Saint-Malo cet été-là se comptaient par dizaines. Dont une bonne moitié de bagadou. Comment serait-il possible d'investiguer dans une telle foule ?

Circonspecte, Maggie préféra s'en tenir à cette vérité statistique que la moindre série policière rabâchait. Dans 80 % des cas, le meurtrier était un proche immédiat de la victime. Ce qui, en l'espèce, réduisait le champ des possibles à deux tribus : la famille de Paul, ou le BBB.

23

8 juillet, Saint-Malo,
chez Christophe Guilloux, 15 h 15.

« Faire le Pilo ». C'est ainsi que, dans le jargon malouin, on surnommait la promenade ordinaire à l'intérieur de la ville fortifiée, depuis la porte Saint-Vincent jusqu'à la porte de Dinan, en passant par la petite place du Pilori. Autrefois le théâtre des châtiments publics, celle-ci était devenue à l'ère moderne l'épicentre du tourisme de masse dans la « Cité corsaire ». Une plaie chassant l'autre. Les grappes de vacanciers, sac de plage à la main, y baguenaudaient devant les musiciens de rue ou faisaient la queue chez le glacier Sanchez.

L'avantage pour les autochtones, dans cette marée humaine uniforme, c'est qu'ils se reconnaissaient au premier coup d'œil.

– Tu m'attends depuis longtemps ? s'excusa presque Louise en avisant Fanny.

– Non, non, je viens d'arriver. Guilloux est bien au concert ?

– D'après le SMS de maman, oui. Pas de souci à avoir de ce côté-là.

– OK. Alors allons-y, pressa-t-elle le mouvement.

Louise n'osa interroger la jeune femme – « la petite amie de ma fille », songeait-elle avec un reste de stupeur enjouée – sur les raisons qui l'avaient fait changer d'avis. Dieu sait de quels arguments Énora avait usé pour qu'elle acceptât de rempiler dans son rôle d'espionne.

Au lieu de ça, elles échangèrent des banalités sur le temps radieux et l'invasion touristique, empruntant à dessein les ruelles les moins encombrées : passage de la Lancette, place aux Herbes, rue Saint-Joseph, Placitre. Intra-muros, on pouvait passer de la foule à des venelles désertes en quelques pas seulement. C'était la magie de ce plan de ville si tortueux.

Malgré l'étrangeté de cette union entre amies d'enfance, Louise s'en réjouissait. Elle avait toujours conçu une vraie tendresse pour la fille adoptive des Horvais, qui plus est son ancienne élève. Elle qui n'avait pas refait sa vie depuis Alain, elle se félicitait que son enfant ne laisse pas bêtement filer les années de bonheur que la providence lui offrait. Et au diable le qu'en-dira-t-on.

« C'est là », souffla Fanny en s'arrêtant à deux pas d'une petite porte bleu roi, aux ferronneries dorées. Niché dans un immeuble en léger retrait de la chaussée, le 1 rue de la Clouterie, ruelle piétonne très étroite, semblait abriter une famille de nains. Le linteau en granit devait culminer à moins d'un mètre quatre-vingts. « Et il arrive à rentrer là-dedans ? » s'enquit Louise sans un mot.

Quoique pourvu d'une gâche électrique et d'un digicode, l'huis s'ouvrait aussi avec une clé classique, présente sur leur trousseau. À l'intérieur, un parfum d'encaustique et de soupe planait dans l'escalier en pierres. Le palier du second étage donnait accès à deux appartements. Celui de droite portait le nom « C. GUILLOUX » griffonné sur un bristol blanc.

Pourtant, le petit deux-pièces se révéla, à l'inverse de toutes les idées reçues sur les logements d'hommes célibataires, propre et bien rangé. Avec même un soupçon de maniaquerie perceptible dans l'alignement parfait des magazines sur la table basse.

– Qu'est-ce qui nous prouve qu'il a déjà rapporté d'autres documents chez lui ? murmura Fanny en fouillant la pièce principale des yeux. Après tout, je suis venue ici il y a moins de vingt-quatre heures…

Louise, plantée dans le vestibule, ne trouva rien d'autre à répondre qu'un long glouglou émanant de son ventre. Aussitôt suivi d'un autre. En fin de compte, elle n'aurait pas craché sur une glace ou une part de kouign-amann, elle aussi.

Mais d'un coup, l'écho d'une volée de pas dans le colimaçon les figea. Quelqu'un montait l'escalier à vive allure. Quelqu'un, une personne essoufflée par sa course, haletait à présent sur le paillasson, pile de l'autre côté du vantail en bois verni.

« Chut », intima Fanny, d'un index posé sur ses lèvres. Comme dans ces jeux d'enfants, elles se statufièrent du mieux qu'elles le pouvaient.

L'autre visiteur ne bougeait plus, lui non plus. Disposait-il également d'une clé ? Louise, la plus proche de l'entrée, se décomposa quand son ventre gargouilla de nouveau. Heureusement, ce fut à cet instant précis que l'inconnu, renonçant semblait-il à pénétrer dans l'appartement, glissa une grande enveloppe sous la porte. Le pli était si épais qu'il dut s'y prendre à plusieurs fois pour parvenir à ses fins. Le froissement du papier kraft couvrit en grande partie les borborygmes de Louise. « Emma → Chris » indiquait la mention manuscrite au recto.

Les pas refluèrent alors vers le rez-de-chaussée, bientôt assez lointains pour que les deux intruses reprennent leurs esprits.

– Voilà pourquoi je suis instit et pas agent de la DGSE, soupira Louise.

– Tu m'étonnes, sourit une Fanny soulagée.

– Tu crois que c'était son adjointe ?

Ce disant, Louise ramassa l'enveloppe et désigna le premier des deux noms inscrits.

– Possible, répondit l'autre. Ce ne serait pas si étonnant qu'il lui confie le code de son immeuble pour déposer des infos urgentes à son domicile. Au point où il en est des entorses à la procédure...

– Tu as raison. On copie et on repart vite fait ?

– Je dirais plutôt : tu lis tranquillement et ensuite on copie. Le concert a commencé il y a moins de trente minutes. Et ça nous évitera de tomber sur Emma Lobo si elle traîne encore dans le coin.

Louise approuva le bon sens de Fanny et entreprit la lecture des documents, debout dans le vestibule – par chance, le rabat en papier kraft n'était pas collé, juste glissé.

Sans doute pressurés par Christophe Guilloux, les laborantins de la police scientifique rennaise avaient mis les bouchées doubles. Moins de trois heures après les prélèvements effectués au *Manoir*, ils s'étaient montrés capables de délivrer des comptes rendus d'analyses complets. Une performance notable, surtout pour un dimanche de juillet, en effectifs qu'elle supposait réduits.

Les comparaisons ADN, d'abord, confirmaient les intuitions de la Breizh Brigade : le cheveu retrouvé sur les vêtements de Paul appartenait bien à Solène (rien de troublant à cela, si l'on considérait qu'ils vivaient ensemble) ; quant à la salive déposée sur l'anche de sa cornemuse, elle provenait de Maël, comme celui-ci l'avait confessé au commissaire.

Idem pour les empreintes de Yann sur le chalumeau et celles de Loïc sur la bouteille d'eau.

Comme Maggie l'avait entendu de la bouche même de Guilloux, s'adressant au technicien de l'IJ, rien parmi ces résultats n'accablait un suspect plutôt qu'un autre. Ces « présences biologiques » étrangères sur la dépouille de Paul Le Tohic, ou sur ses objets personnels, s'inscrivaient en effet dans des rapports coutumiers. Et non dans des actes criminels précis et identifiables comme tels. Telle était d'ailleurs la conclusion des spécialistes de la police.

Les derniers feuillets, ceux du PV d'audition de Solène Le Tohic, esquissaient pourtant un tableau plus complexe et plus ténébreux. L'épouse du défunt y exposait en particulier le motif du conflit opposant Paul et Yann. « Une histoire de sous et d'ambition au sein de l'association BBB, comme c'était si souvent le cas entre les hommes », songea Louise avec un peu d'amertume. Mais le différend ne paraissait pas se borner à une relation binaire entre deux coqs mal lunés. Bien qu'elle le minorât dans ses propos, il était évident que Solène avait elle aussi joué son rôle dans cette partition délétère. Ne serait-ce qu'en fermant si longtemps les yeux sur les malversations de Yann. Un triangle d'intérêts croisés, pour la plupart antagonistes, se dessinait désormais, orientant leur enquête sur un tout nouvel axe.

Paul, Yann, Solène…

Les captures effectuées, puis l'enveloppe remise là où elle avait échoué initialement, les deux femmes quittèrent le domicile de Christophe Guilloux, non sans avoir vérifié qu'elles ne laissaient aucune trace de leur passage.

– Clean ? demanda Fanny.

– Clean.

Parvenues en bas, un œil glissé par la porte entrebâillée, elles veillèrent également à ce que la rue fût vide de tout badaud au moment de se ruer au-dehors. Certes les enfants remontant de la plage avec pelle et seau ne constitueraient pas des témoins très accablants, mais on ne savait jamais.

Elles repartaient déjà par la rue Saint-Sauveur, pour se fondre au plus vite dans la cohue estivale, quand Fanny jeta un regard inquiet par-dessus son épaule :

– Merde !

– Qu'est-ce qu'il y a ?

– Sur la Hollande…

L'esplanade qui dominait cette portion de la cité, le Bastion de la Hollande, offrait une vue plongeante sur la rue de la Clouterie. Un détail impossible à déceler depuis l'immeuble.

– C'est elle, non ? glapit Fanny.

Une silhouette de femme brune, écouteurs rivés aux oreilles, s'éloignait d'un pas lent sur les remparts. À cette distance, et bien qu'elle fût de dos, elle ressemblait à s'y méprendre à la capitaine Emma Lobo. Même gabarit de trentenaire élancée. Mêmes boucles brunes tombant sur les épaules.

Était-elle restée là tout ce temps ? Avait-elle gardé un œil sur la « porte des nains » après en être elle-même sortie ?

24

8 juillet, Saint-Malo,
labo photo d'Alain Le Divellec, 16 heures.

Rien à faire. Louise renouvela ses appels sur les mobiles de sa mère et sa fille sans plus de succès que toutes les fois précédentes. Pourquoi donc celles-ci ne décrochaient-elles pas ? S'étaient-elles retrouvées sur les gradins du château ?

Par moments, la similarité des caractères entre la jeune femme et son aïeule lui donnait un sentiment d'exclusion, elle qui occupait la place ingrate du « jambon » dans le sandwich générationnel. Maggie et Énora affichaient une telle connivence… Jamais Louise n'avait connu cela, ni avec l'une ni avec l'autre. Il lui semblait parfois que les liens du cœur avaient comme sauté un cran généalogique. Le sien… Les seuls êtres humains sur lesquels elle exerçait un quelconque ascendant, du haut de sa quarantaine, étaient les petits de sa classe maternelle. Âge moyen : quatre ans. Au-delà, tous paraissaient se soucier de son avis comme d'une guigne. Ses plus proches parentes comprises…

Fanny et elle s'étaient quittées rue de Dinan. De là, le plus logique eût été de rallier le château pour rejoindre mère et fille. Mais, surexcitée par ses récentes trouvailles, ainsi que par le péril ressenti lors du raid chez Guilloux, elle bouillait d'impatience de poursuivre les investigations sur l'association Briac Breizh Bagad. Las, son vieux smartphone peinait à ouvrir correctement certaines des pages consultées.

Il lui fallait une vraie connexion Internet. Et il la lui fallait maintenant ! Or Lilybeth était garée au parking dit de la Galère, à l'entrée de l'intra-muros. Et c'est Maggie qui en détenait les clés. Quant à rallier le *Manoir des Corrigan* à pied, inutile d'y songer non plus. La rue du Puits-Sauvage se situait à près d'une heure et demie de marche de la porte Saint-Vincent.

« Alain ! » pensa-t-elle, comme environ une vingtaine de fois par jour.

L'atelier photo « Le Divellec » se trouvait à trois minutes seulement, au 18 de la rue Sainte-Barbe, l'une des deux voies traversantes de la ville close, face à un pub qui ne désemplissait pas de la journée. En vitrine, quelques vues magnifiques de Saint-Malo, œuvres du propriétaire, se cachaient parmi les photos de mariage traditionnelles. Jamais l'artiste n'eût osé mettre son travail plus en avant. De même qu'à aucun moment il n'avait prétendu à la moindre exposition individuelle, à la chapelle Saint-Sauveur ou ailleurs.

Alain, quoi.

Penché sur son comptoir, absorbé par l'étude d'un cliché, il perçut le parfum lavande de son ex-femme à l'instant même où tinta la sonnette de l'entrée.

– Lou... Louise ? T'es pas au concert ?

– Toi non plus. Tu ne devais pas le couvrir pour le journal ?

– Je… J'ai pris ce dont j'avais besoin, se justifia-t-il. Je suis mieux ici au calme que dans tout ce tin… ce tintouin.

Tintouin, typiquement le genre de vocabulaire suranné dont il usait. Cela l'avait touchée dès leur première rencontre, ce jour où Alain était venu prendre les photos des classes à l'école Saint-Joseph.

– Tu pourrais me rendre un petit service ?

– Évidemment, approuva-t-il en relevant ses sourcils broussailleux, sa curiosité soudain piquée.

Alain pouvait *toujours* lui rendre un service. La réciproque étant tout aussi vraie. Dix-huit ans que ces deux-là s'étaient séparés et dix-huit ans qu'ils entretenaient les meilleures relations du monde. Vu de l'extérieur, leur couple brisé paraissait plus solide que la plupart des unions encore inscrites à l'état civil. Et eux seuls conservaient le secret jaloux de ce mystère.

– T'as besoin de quoi ?

Aussi empruntée qu'il était lui-même timide, elle papillonna des cils puis se risqua :

– D'un ordinateur connecté. Peut-être bien d'une imprimante, aussi.

– Pas de problème. Je vais t'installer dans mon bureau.

Ce qu'il désignait par ce pompeux vocable n'était qu'un réduit en arrière-boutique, séparé du magasin par un rideau grisâtre. Mais Alain avait ceci d'appréciable qu'il offrait son aide sans réclamer une quelconque contrepartie. Pas même une explication sur le pourquoi de la demande qu'on lui soumettait. Ainsi lui avait-il fourni par exemple ses photos prises au palais du Grand Large sans lui poser aucune question.

– Merci, c'est parfait, dit Louise en prenant place sur le tabouret face au vieux moniteur LCD.

Des odeurs entêtantes de produits chimiques flottaient dans le cagibi aveugle, éclairé par un unique plafonnier. Alain était sans doute le dernier photographe de toute la région à tirer lui-même certains de ses clichés sur papier.

– Tu as besoin d'autre chose ? s'enquit-il, prévenant. Tu veux un tru… Un truc à boire ?

– Non, tout va bien. Par contre… Tes codes d'accès aux archives du *Pays malouin*, ils fonctionnent aussi sur ce poste ?

C'était bien la première fois qu'elle sollicitait de lui un tel privilège. En sa qualité de pigiste régulier pour le quotidien local, il jouissait d'un droit de consultation illimité des anciens numéros, jusqu'à sa création en 1946.

– Oui, oui, confirma-t-il, malgré tout déstabilisé par l'ampleur de la requête.

Mais penchant son buste replet par-dessus la chevelure odorante de Louise, il ouvrit la page d'accès au trésor demandé en quelques clics. Sa manière à lui de lui faire un cadeau. Sobre et muette.

Un client requérant sa présence dans la boutique – ils n'étaient pas si nombreux qu'il puisse se permettre de les négliger – Alain la laissa à ses recherches. Celles-ci se révélèrent très vite fructueuses. Presque au-delà des attentes de Louise.

En effet, un article remontant à trois ans auparavant faisait état d'une mise en faillite de l'association

BBB sise à Saint-Briac-sur-Mer. « BBB : dernier Fest-Noz ? » s'intitulait ledit papier un peu polémique. Sans désigner le ou les responsables de cette désastreuse situation financière, celui-ci mentionnait Yann Guesnet en sa qualité de président, et Solène Le Tohic, la trésorière.

En consultant ensuite les comptes publics de l'asso – c'était une obligation légale pour toutes celles recevant des subventions annuelles au-delà de 153 000 euros – Louise obtint confirmation de ce désastre. Certes, grâce au soutien exceptionnel de la commune, le BBB renaissait de ses cendres dès l'année suivante. Mais il apparaissait que la trésorerie n'avait pas tardé à replonger dans le rouge. Spirale sans fin.

« Ça fait longtemps qu'il prend le compte du bagad pour son compte perso », déclarait Solène à propos de leur *penn-soner*, dans son PV d'audition.

Tout cela confirmait l'intuition fugace qui l'avait saisie en consultant ce dernier chez Guilloux. Solène savait tout. Solène avait « couvert » la dérive pécuniaire de Yann, jusqu'à ce qu'elle ne puisse plus la cacher et que celle-ci éclate au grand jour. Non seulement *avant* mais semblait-il aussi *après* la faillite.

Pourquoi ? Pourquoi avait-elle pris un parti aussi résolument contraire aux ambitions de son mari, Paul le sonneur qui se rêvait sur le toit du monde ?

Relançant le module des archives, Louise eut la curiosité de frapper les mots « FIL + Briac Breizh Bagad » dans le champ de recherche. « Son rêve, c'était d'être élu meilleur sonneur de cornemuse au FIL », avait affirmé Solène face aux flics.

Un entrefilet publié trois semaines plus tôt seulement, dans les colonnes de la rubrique culture, lui sauta aux yeux : « Le célèbre bagad de Saint-Briac a annulé sa présence à Lorient cette année. Les difficultés financières de l'ensemble musical ont été invoquées. Une déception, à n'en pas douter, pour les fans de son premier sonneur, le bouillonnant Paul Le Tohic. »

Pas de trophée pour Paul cette année, donc. Une déconvenue dont Yann apparaissait comme le responsable évident, et immédiat. Mais, une fois encore, quel rôle avait pu jouer Solène dans cette affaire ? En dénonçant plus tôt les agissements du chef du bagad, n'aurait-elle pu l'empêcher de nuire à son époux ?

À moins… À moins qu'elle n'ait volontairement plombé la carrière de celui-ci ?!

Solène Le Tohic n'était-elle qu'une victime, épouse trompée et trésorière trahie ? Quelle femme véritable se cachait donc derrière cette image de créature craintive, fragile et éplorée ?

Son regard clair braqué sur l'écran, Louise médita ainsi une longue minute. De toute évidence, il fallait creuser là. Et plus profond qu'elle ne venait de le faire.

Il fallait aussi plus de moyens. Ce n'est pas avec une poignée de vieux articles et quelques flashes clairvoyants que Maggie, Énora et elle démêleraient un écheveau aussi dense. Aussi souffrant.

Alors une idée folle s'empara d'elle. Folle et pourtant si logique. Puisqu'elles avaient accès aux dossiers de Christophe Guilloux grâce à Fanny, en favorisant les progrès de la police elles alimenteraient aussi les leurs. Leurs deux enquêtes n'étaient pas condamnées à rester sur deux positions antagonistes. De toute manière, la capacité d'action de la Breizh Brigade serait toujours inférieure, et de loin, à celle des flics. Pourquoi ne pas collaborer ?

Ouvrant la fenêtre du traitement de texte, elle copia et colla des captures des différents sites consultés, qu'elle assortit de quelques commentaires aussi neutres que possible. Il s'agissait juste, et en toute modestie, d'ouvrir la voie à Guilloux et ses sbires.

Elle imprima ensuite les deux pages recto verso. Mit celles-ci sous enveloppe, les mains gantées comme il se devait – des paires en latex traînaient toujours dans l'atelier d'Alain.

Puis elle fonça hors du magasin, sans un au revoir ou un merci pour le patron encore accaparé par deux touristes anglais. Direction ? Le commissariat central de Saint-Malo. Trente minutes aller-retour si elle pressait le pas. De mémoire, une boîte aux lettres sur rue perçait la façade du bâtiment en tôle couleur chocolat. Elle n'aurait qu'à y déposer son pli destiné à « Monsieur le Commissaire ».

« Monsieur le beau (si beau) commissaire », soupira-t-elle intérieurement. Ah, si seulement elle n'était pas si tarte, si godiche...

Était-ce la culpabilité d'avoir violé l'intimité de celui-ci ? Était-ce le désir de lui offrir une énigme supplémentaire à se mettre sous la dent, comme un présent anonyme qu'elle lui adressait ? Au moment de glisser la missive dans l'enveloppe elle s'était ravisée et avait ajouté, un sourire aux lèvres, cette drôle de signature en majuscules bâtons : « LA BREIZH BRIGADE ».

25

8 juillet, Saint-Malo, place Chateaubriand, esplanade du Château, 17 h 20.

« Oh… my… gode ! s'exclama Maggie en forçant l'accent franchouillard, pour que chacun puisse entendre le “e” muet final. Répète ce que tu viens de dire, si tu en as le cran. Vas-y, shoot, tout le monde t'écoute ! »

– Mais je n'ai aucun problème à le redire, parce que c'est un fait : les hommes qui couchent avec toi ne font jamais de vieux os. Ton mari, et aujourd'hui ton amant… Tu vas me dire que c'est le fruit du hasard, peut-être ?

L'homme qui lui balançait sa vérité au visage, au milieu des spectateurs sortant du château et des vacanciers, n'était autre que Guy Le Divellec. Son ennemi juré. Le patron du *Repaire des corsaires.* Vêtu cette fois d'un polo violet. Sa figure bouffie avait viré à la même teinte.

Personne n'aurait su dire comment l'altercation avait débuté. Il était même étonnant que ces deux-là se fussent croisés dans la foule de cette fin d'après-midi, eux qui se fuyaient d'ordinaire comme la peste.

On en était pourtant là : un esclandre public et que déjà les badauds présents, amassés autour d'eux, se faisaient un plaisir d'immortaliser sur leurs portables. Certains devaient croire à une animation de rue diligentée par la mairie.

– Blimey O'Riley ! s'étrangla-t-elle dans son irlandais le plus rugueux. Tu vas voir si ceux qui tâtent de celle-là survivent !

Maggie avait brandi sa canne dans une posture d'attaque flagrante. Elle était si remontée, si concentrée sur l'affront essuyé et la manière de le laver, qu'elle n'avait même pas aperçu sa petite-fille et sa fille à quelques pas de là, sortant de l'ombre des immenses platanes. « Chateaubriand l'enchanteur », proclamait une plaque commémorative apposée sur le flanc de la tour Quic-en-Groigne. Mais la scène que leur infligeait la matriarche des Corrigan à cet instant n'avait rien d'enchanteresse à leurs yeux.

Louise, qui venait d'arriver sur la place, se tint à distance respectable, comme si elle avait redouté de prendre Dieu sait quel coup perdu.

Jacques, tout juste rejoint par sa femme aux allures de barrique, s'échappait des lieux en niant tout lien avec cette « bande d'hystériques ».

Quant à Énora, elle ne put réprimer un sourire amusé avant de s'interposer entre les deux pugilistes.

« Granny, arrête, merde ! »

Maggie, encore ivre de la revanche qui lui restait à prendre, parut sortir soudain de sa bulle de colère.

– Ne t'en mêle pas, Nono. C'est entre ce fucker et moi.

– C'est ça, la goudou, écoute ta mamie et va brouter ailleurs ! lança Guy, toujours prêt à en découdre.

En temps normal, une remarque aussi ouvertement homophobe eût provoqué chez elle un accès de rage comparable à celui de sa grand-mère. Il aurait été si tentant de répliquer : « Devine un peu *qui* je broute, connard ?! Ta petite employée bien proprette ! Ça te la coupe, hein ? » Et il n'aurait pas été question de la chique. Mais elle pensa à Fanny. En une fraction de seconde, elle mesura le tort qu'un outing brutal pourrait faire à sa compagne. Les parents Horvais réagiraient sans doute mal à une révélation aussi inattendue ; mais Guy était assez con et réac, lui aussi, pour envisager d'un plus sale œil encore l'orientation sexuelle de sa salariée. « Mauvais pour l'image, mauvais pour le business », trancherait-il probablement sans états d'âme.

Énora opta plutôt pour une retraite digne et silencieuse. Tournant le dos à leur adversaire. Entraînant loin de lui une Maggie aussi tendue qu'un arc. Déjà, l'attroupement se dispersait. Le combat espéré par les charognards n'avait pas eu lieu, et le spectacle devenait d'un coup moins intéressant. Sur les terrasses alentour, toutes noires de monde, les conversations reprenaient bon train. L'incident était clos.

– Qu'est-ce qui s'est passé ? demanda Énora. Comment vous en êtes arrivés là ? Je sais qu'entre vous ça n'a jamais été le grand amour… Mais quand même !

Maggie éluda d'un hochement de tête courroucé, s'éloignant ensuite d'une enjambée, le temps de rajuster sa mise et sa coiffure.

– Ça remonte à loin, intervint Louise, apparue aux côtés de sa fille. Quand Beauregard a été mis à la vente, ton grand-père a fait une offre en premier. Presque au prix. Mais Guy s'est entendu avec l'agence pour emporter l'affaire avec une offre pourtant équivalente. On suppose qu'il a bakchiché l'agent.

– Je me souviens vaguement. Mais c'est nous qui devrions l'avoir mauvaise. Pourquoi il est aussi agressif avec granny ?

– Leur différend ne s'est pas arrêté là. Quelques années plus tard, ça a été au tour du petit bois qui sépare nos deux propriétés d'arriver sur le marché. Et une fois encore, Guy l'a fait à l'envers à Constant pour décrocher le morceau. Ton grand-père l'a d'autant plus mal vécu que c'est lui qui avait aidé les Le Divellec à lancer *Le Repaire des corsaires*.

– En gros, il a nourri le serpent qui l'a mordu.

– C'est ça.

– Je comprends. Mais je répète : ça n'explique pas pourquoi c'est Guy qui nous voue une telle haine, surtout autant d'années après ?

Revenue auprès d'elles, Maggie lança un regard sévère à sa fille. Quoique sans un mot, elle semblait lui intimer : « Ne lui dis rien ! »

– Alors, ce détour à la Clouterie, ça a donné quoi ? changea-t-elle de sujet dans la foulée.

Louise s'engouffra dans la brèche, soulagée par cette échappatoire providentielle, et résuma en quelques mots ce qu'elle avait découvert, d'abord chez Guilloux, puis grâce à l'aide d'Alain.

Les deux autres membres de la BB accueillirent ces nouveaux éléments avec la plus grande attention.

Maggie, en particulier, partageait avec elle l'impression selon laquelle Solène Le Tohic jouait dans cette histoire un rôle beaucoup moins passif qu'elle ne voulait le confesser. Elle n'était pas dupe de la manière dont celle-ci cherchait à se victimiser dans le PV d'audition.

– À l'époque où tu fréquentais Paul, tu l'as croisée ?

– Solène ? Good lord, non. Il ne l'a rencontrée qu'après notre séparation. Et moi, jusqu'à avant-hier soir, j'ignorais jusqu'à son existence.

Leurs échanges s'étirèrent ainsi, au gré de leurs déambulations dans de petites rues moins envahies de flâneurs. Après avoir gravi un escalier, puis pris sur la gauche dans la rue du Pélicot, l'une des mieux conservées de l'intra-muros, elles débouchèrent sur le parvis de la cathédrale Saint-Vincent. Des gouttières de granit jaillissant de la façade, taillées en forme de canons, menaçaient les quelques touristes qui passaient à proximité, insouciants.

– Rassure-moi, s'enquit Maggie. Tu n'as rien raconté de tout cela à Alain ?

– Non, non… Tu le connais. Moins curieux et plus discret que lui, tu meurs.

– Et t'as bien effacé ton historique de recherche sur son ordi ? insista Énora.

– Oui, oui. J'ai fait au mieux, et au plus vite.

– Qu'est-ce qui t'a pris aussi longtemps, alors ? T'as disparu près d'une heure et demie après votre sortie de chez Guilloux.

– Eh bien…

Avec un air de gamine, la main prise dans le bocal de bonbons, Louise relata sa récente initiative. Du bout des mots, elle évoqua l'enveloppe destinée à Christophe Guilloux et qui, à l'heure qui l'était, devait reposer sur le bureau du commissaire.

Maggie remonta dans les tours plus vite encore qu'elle ne s'était calmée :

– Fuck me, mon Dieu ! Mais c'est pas possible d'être aussi cruche ! Qu'est-ce qui t'a pris ?!

– Je ne sais pas… J'ai pensé qu'on n'aurait pas trop de leur aide pour avancer.

– L'aide de la police ?! cria Maggie en sourdine. Faut que je te rappelle *qui* devrait être en tête de leur liste de suspects ? Et *qui* espionne leur grand patron, avec la complicité de *qui* d'autre ? Tu veux qu'on finisse toutes les trois en taule, c'est ça ?!

Théâtrale, elle tendait ses deux poignets reliés par des menottes imaginaires. Un passant étranger se réjouit du tableau, sans en saisir la charge dramatique.

– Non mais dis-le tout de suite, on gagnera du temps !

26

8 juillet, Saint-Malo, hôtel de l'Univers, 17 h 45.

Encore fulminante et écumante de son dernier emportement, Maggie cheminait d'un pas martial sur les pavés malouins. Les touristes, un peu ébahis, cédaient le passage sans discuter à cette vieille dame qui maniait sa canne comme un bâton de majorette. Et gare à ceux qui s'aventuraient un peu trop près, semblait-elle dire.

« Pas la peine de m'accompagner, avait-elle congédié sa fille et sa petite-fille quelques minutes plus tôt. Je peux très bien me débrouiller toute seule à la réception d'un hôtel. J'ai plus cinq ans ! »

Aussitôt dit, elle était repartie d'où elles venaient, en direction de la place Chateaubriand et de sa cohue de fin d'après-midi. À l'angle de la rue du même nom, l'hôtel de l'Univers occupait l'un des meilleurs emplacements de tout l'intra-muros, pile en face du château.

« Dis donc, elle se fait plaisir », songea-t-elle en poussant la double porte vitrée. De fait, pour une femme qui déplorait les dépenses excessives de son asso, Solène s'était choisi une chambre plutôt onéreuse. C'est Énora qui avait glané l'info en musardant dans les coulisses du concert. Ainsi que la durée supposée du séjour de la veuve à Saint-Malo : « On nous a demandé de rester ici jusqu'au 12 juillet inclus, s'était confié un musicien du BBB. Jusqu'aux obsèques de Paul. »

Le type à la réception, debout derrière un comptoir de bois à l'ancienne, sentait l'extra estival à plein nez. Guère plus de vingt ans et un sourire où affleurait un reste de candeur. Sa cravate mal ajustée sur sa chemisette ne corrigeait pas vraiment l'impression de dilettantisme.

– Bonjour, madame, que puis-je pour vous ?

– Hello, répliqua-t-elle sur un ton peu commode. Solène Le Tohic, elle est bien chez vous ?

– Je vous demande un instant…

Il se pencha sur son clavier et tapota le nom évoqué.

– Tout à fait, approuva-t-il après quelques secondes.

– Vous pouvez lui demander de descendre ici ?

– Je dois annoncer qui ?

« L'ex-maîtresse de feu son mari » était la seule vérité possible, mais évidemment elle ne pouvait l'énoncer ainsi. Au moment de les planter devant la cathédrale, Énora et Louise avaient bien tenté de la dissuader. « Faut savoir : tu nous dis qu'on n'est pas assez discrètes et maintenant tu veux interroger la propre femme de la victime ! Si ça se sait du côté de Guilloux, tous ses voyants vont clignoter au rouge. »

Vexée d'être renvoyée à ses contradictions, Maggie s'était emportée de plus belle. Et si elle s'en voulait à présent d'avoir houspillé sa fille aussi vertement, elle devait admettre que la personnalité de cette dernière demeurait pour elle une énigme. Comment Louise pouvait-elle être si différente d'elle ? Par quelle anomalie génétique avait-elle mis au monde une enfant si fragile, parfois même si inconséquente, là où elle n'était que détermination de bulldozer ?

– Dites juste que j'étais une amie de son mari.

– Que vous étiez une amie ? s'étonna-t-il.

– Que je le suis, se corrigea-t-elle en s'agaçant. Je *suis* une amie de son mari.

Il composa alors un numéro abrégé. Puis, après une dizaine de sonneries sans réponse, il annonça :

– Désolé, elle a dû sortir. Vous souhaitez lui laisser un message ?

Une fois de plus, elle tergiversa. Quel message aurait-elle pu déposer à Solène : « Votre époux a cherché à me sauter en mémoire du bon vieux temps, quelques minutes seulement avant de trouver la mort, bisou-bisou » ?

– Non, non, souffla-t-elle, ça ira. Je me demandais juste... À son arrivée hier, elle a pris sa chambre pour combien de jours ?

Solène resterait-elle elle aussi sur place jusqu'au jour des funérailles ? Organiserait-elle la cérémonie depuis cet hôtel ?

– Excusez-moi, madame. Mais je ne suis pas autorisé à vous donner ce genre de... tenta-t-il de réciter le script qu'on lui avait inculqué.

– Come on ! s'exclama Maggie, soudain tout sourire. Je ne suis pas en train de vous demander qui la retrouve dans sa chambre après minuit ! Ni combien ils sont ou le bruit qu'ils font ! Je veux juste savoir de quel laps de temps je dispose pour revenir la voir dans votre établissement. Il n'y a rien de mal à ça, non ?

L'éclat égrillard dans l'œil de la septuagénaire mit le pauvre intérimaire au supplice.

– Très bel hôtel, au passage, appuya-t-elle, flagorneuse. Et je sais de quoi je parle, je suis de la partie.

Cette fois, l'extra perdit toute contenance et réfugia son regard sur sa console, frappant à toute allure les touches azerty.

– Elle a réservé sept nuits.

– Sept nuits, vous êtes sûr ?

– Oui, jusqu'au 13, matin. Ça fait bien sept nuits. Du 6 au 13 juillet.

– Elle s'est enregistrée ici le 6 au soir ?! s'écria Maggie, qui chercha aussitôt à masquer sa stupéfaction derrière un mouvement de carré gris. Vérifiez, s'il vous plaît.

Prenant appui des deux coudes sur le bois verni, elle se pencha vers son interlocuteur, leurs deux visages presque nez à nez. Elle répéta d'un ton vif :

– Check, check !

– Je... oui, bafouilla-t-il, désormais prêt à tout déballer. Elle n'a d'abord réservé qu'une seule nuit. Puis elle est revenue le lendemain en fin d'après-midi, le 7, cette fois pour six nuits.

En décodé : 1. Solène était présente à Saint-Malo la nuit où son homme avait été assassiné. 2. Elle n'avait dans un premier temps prévu de n'y séjourner que quelques heures seulement, avant de prolonger lorsque la police lui avait appris la mort de Paul.

– Et le 7 au matin, elle a fait son check-out vers quelle heure ?

– C'est bizarre… s'écria-t-il après s'être exécuté.

– Quoi ?

– Eh bien, je vois qu'elle a rendu sa clé le 6 au soir, un peu avant minuit.

– Vous êtes en train de me dire qu'elle n'a pas occupé sa chambre dans la nuit du 6 au 7 ?

De plus en plus étrange.

– C'est ce que le système a consigné. Mais moi je n'étais pas de service ce soir-là… je ne fais que les journées.

– Qui occupait votre poste ?

– La femme du patron.

Maggie grimaça. Elle était bien placée pour savoir que celle-ci serait sans doute beaucoup plus coriace à cuisiner.

– Il n'y avait aucun autre personnel ? Je ne sais pas, moi, une femme de chambre ?

– Non, pas aussi tard. À cette heure-là, les seuls employés encore présents se trouvaient au restaurant. Ils devaient ranger après la fin du service.

« N'y songez même pas », paraissait dire l'expression du jeune homme, à nouveau sur la défensive. Il devait commencer à trouver cette visiteuse très (trop) curieuse, pour une soi-disant « amie de la famille ».

Pourtant, moins de trois minutes plus tard, un marmiton pakistanais au français approximatif, mais à l'anglais chantant, se présenta à l'accueil. Abandonnant son Magglish pour un anglais mâtiné d'accent irlandais, Maggie put l'interroger tout à son aise :

– Yeah, yeah, I saw this lady leaving the hotel, dit-il en découvrant un portrait de Solène sur le portable de Maggie. I was taking my last break outside.

– Was she alone ?

– No. There was a young girl waiting for her.

– Here, in the lobby ?

– Down the square. She was kind of hiding under the trees. But she waved at the lady.

– This girl... Do you remember what she looked like ?

Le commis haussa des épaules impuissantes. Idem devant une photo d'Arwen Caroff que Maggie dénicha dans les clichés d'Alain.

– I can't really say... It was dark, I was tired.[1]

La doyenne des Corrigan l'encouragea d'un sourire. Le réceptionniste, lui, paraissait dépassé par la fluidité d'une langue qu'il devait mal maîtriser. Son regard perdu allait de l'un à l'autre, comme s'il suivait une partie de tennis trop rapide pour sa faculté d'attention.

– But I think she was younger than that, acheva-t-il son récit. More like a teenager, you know. Her shoes, her outfit. And with lighter hair, too.[2]

Qui cela pouvait-il être ? S'agissait-il de Julie, fille de Solène et fille adoptive de Paul, selon les confidences glanées par Énora ?

1. – Oui, oui, j'ai vu cette femme qui quittait l'hôtel. Je prenais ma dernière pause dehors.

– Elle était seule ?

– Non. Une jeune fille l'attendait.

– Ici ? Dans le hall ?

– Plus bas sur la place. Elle donnait l'impression de se cacher sous les arbres. Mais elle a fait signe à la dame.

– Cette fille... Vous vous souvenez à quoi elle ressemblait ?

– Je ne peux pas vraiment dire... Il faisait sombre, j'étais fatigué.

2. – Mais je pense qu'elle était plus jeune que ça. Plutôt une adolescente. Ses chaussures, sa tenue. Et les cheveux plus clairs, aussi.

Cela aurait arraché la bouche de Maggie de l'admettre, mais Louise avait raison au moins sur un point : certains moyens leur manquaient cruellement. Seule la police était par exemple capable de borner un téléphone mobile. Impossible pour la Breizh Brigade de vérifier où se trouvait Solène Le Tohic, ou ne serait-ce que son portable, au cours des deux jours précédents.

Soupirant bruyamment sa déconvenue, elle pressa une dernière fois le brave gamin à la cravate de guingois :

– Vous savez si madame Le Tohic… Si Solène est venue ici en voiture ?

– Tout ce que je peux vous dire, c'est qu'elle a pris l'option parking, en effet.

– Quand elle est revenue le 7, ou les deux fois ?

– Apparemment, les deux fois.

Son départ nocturne relevait-il donc de l'imprévu ? Pire, s'était-il décidé dans la précipitation ?

27

8 juillet, Saint-Briac-sur-Mer, domicile des Le Tohic, 19 heures et plus tard dans la soirée.

Cette Louise, tout de même !

Elle n'était peut-être pas la plus courageuse d'entre elles. Ni toujours la plus clairvoyante. Mais clairement, et de loin, elle méritait la palme de la plus attentionnée. Au moment de quitter le *Manoir*, elle avait eu le réflexe de charger les cadeaux d'anniversaire de sa mère, toujours intacts, dans la malle avant de Lilybeth.

Fait exceptionnel, Maggie avait cédé le volant à sa petite-fille. Et voilà qu'elle déballait ses paquets sur la banquette arrière, avec sur le visage ce petit air de ne pas y toucher qui trahissait les émotions qu'elle répugnait à formuler à voix haute. Jamais ô grand jamais elle ne l'eût avoué, mais cela la remuait au plus haut point. Peu lui importait au fond la banalité relative des présents reçus : un foulard de plus, des livres quelconques ou un whiskey irlandais à découvrir. Tous contenaient une petite part d'amour, et c'était bien là l'essentiel.

Assise à la place du mort, Louise grignotait quant à elle l'en-cas attrapé en ville juste avant de récupérer la voiture au parking de la Galère. Déjà, son ventre privé de déjeuner glougloutait un peu moins fort.

Au-dehors, le jour commençait son déclin dans un embrasement du ciel. Il ne ferait pas nuit avant au moins trois heures. Et pourtant la température de la lumière s'était déjà réchauffée de quelques kelvins. Orientée plein ouest, la D603 reliant Saint-Malo à Saint-Briac-sur-Mer habillait son décor champêtre de longs filaments dorés.

« Et maintenant, c'est où ? » demanda la conductrice.

Sa part de far aux pruneaux finie, Louise endossa le rôle de copilote, portable en main. Au croisement suivant, là où se dressait une école primaire, elle indiqua une rue sur la droite qui contournait le centre-ville par le nord-est. Puis, après plusieurs lacets, elles débouchèrent dans une voie pavillonnaire desservant un lotissement aux maisons identiques. Le chemin de la Souris.

– Numéro 4, c'est ici.

– Ben mon vieux, commenta Énora en garant la Coccinelle bleue presque en face. Je ne sais pas s'il méritait d'être champion du monde de cornemuse, mais on ne peut pas dire que ça l'ait enrichi.

Le logement semblait assez récent, mais de taille et de facture assez modestes, en effet. Surtout… il était occupé. Par une fenêtre entrouverte à l'étage s'échappaient les jurons d'un rappeur qui braillait son mal-être dans un français de charretier. Celle qui écoutait une telle musique ne pouvait être que la jeune fille de la maison.

– Qu'est-ce qu'on fait ? s'enquit Louise, démunie.

– À ton avis ? On attend qu'elle s'en aille. Une ado seule chez elle un dimanche soir, elle va forcément ressortir. Ou alors, c'est qu'elle n'est pas normale…

Vingt minutes s'écoulèrent avant que la prophétie ne se réalise. Une jeune femme blonde, vêtue d'un survêtement et chargée d'un sac de sport, jaillit alors du pavillon et trotta vers elles. *Julie Le Tohic*. Les trois femmes se recroquevillèrent d'instinct dans l'habitacle.

Quand la menace se fut éloignée, elles reprirent leur souffle et leurs esprits.

– On a eu chaud !

– Faut dire que Lilybeth ne passe pas inaperçue… dit Énora.

– Tu proposes quoi, alors ?

– En priorité, définir le créneau dont on dispose pour essayer d'entrer dans leur palace. Et d'ici là, se trouver une meilleure planque.

Elle venait bien de suggérer une effraction ?!

– Où ça ?

– Je ne sais pas… Si, là par exemple !

Elle pointa du doigt une énorme benne en plastique noir, à quelques enjambées seulement. Vue imprenable sur le domicile des Le Tohic. « Compost goémons – Merci de ne jeter ni mégot ni allumette » alertait un panonceau placardé sur le container.

– Tu plaisantes ?! s'indigna Maggie, soudain écarlate.

– T'as une meilleure idée ? Si on reste là, je ne nous donne pas une heure avant qu'un voisin n'appelle les flics.

– Parce que trois andouilles qui se collent le cul dans une décharge, tu trouves ça plus discret, toi ?

– Ça va, détends-toi, je vous charriais. Attendez-moi ici.

Sautant du véhicule, elle alla sonner à la porte d'une des deux maisons mitoyennes du n° 4. Une petite dame fluette dans la soixantaine lui ouvrit presque instantanément.

– Bonsoir, madame ! se présenta Énora. Je suis Nolwenn, une amie de Julie. Je voulais passer la voir, mais ça ne répond pas chez les Le Tohic. Vous ne savez pas à quelle heure elle rentre, par hasard ?

– Ah ben, à cette heure-là, elle est à son entraînement, comme presque tous les jours. Elle en a au moins pour deux heures.

– Oui, j'suis bête, son entraînement, bien sûr.

– Y'a pas de mal.

– Ça a changé de lieu, non ? bluffa-t-elle.

– Changé, ça je ne sais pas, répondit la voisine avec un air soupçonneux. Pour moi ça a toujours été au Club nautique, à Lancieux.

– Vous devez avoir raison. Comme quoi, vous voyez, ce ne sont pas toujours les plus jeunes qui ont la meilleure mémoire !

La blagounette parut dissiper la défiance de son interlocutrice, laquelle referma sa porte sur un bonsoir accompagné d'un large sourire.

« Le Club nautique de Lancieux est au moins à une demi-heure de marche d'ici, annonça Énora en revenant dans la voiture, vérification faite sur le GPS de son smartphone. Donc vu l'heure qu'il est, j'imagine que son entraînement commence à 20 heures.

Ajoutez deux heures de séance, et un temps de trajet retour identique à l'aller, elle ne devrait pas arriver chez elle avant 22 h 30 au plus tôt. Peut-être même 23 heures. »

– Génial, sauf qu'en cette saison la nuit ne tombe pas avant 22 heures, 22 h 15, la corrigea Louise. On repassera pour la discrétion !

– Eh bien c'est parfait ! Faudra juste faire hyper vite une fois à l'intérieur. Et d'ici là, ça nous laisse deux bonnes heures pour dîner sur le port. On n'avait pas quelque chose à fêter ?

Son plan validé avec joie par Maggie, Lilybeth prit la direction du front de mer avec autant d'entrain que si elle devait participer elle aussi au festin. Saint-pierre rôti au beurre, merlu en croûte de sel, homard bleu au bleu, les plats dégustés sur la presqu'île du Nessay, face à l'astre couchant, régalèrent autant leurs yeux que leurs papilles. Après la tension accumulée au cours des deux derniers jours, ces instants de plaisir leur faisaient un bien fou.

– *Sláinte* à ce pauvre Jacques qui mange ses fruits de mer en tête à tête avec sa fuckin' bourgeoise, se gargarisa Maggie en levant son verre.

– *Sláinte !* s'écria à son tour Énora. Et fuck les fuckin' bourgeoises !

La suite ne fut que rires, délices, et cette très légère ébriété des soirées estivales.

Mais une fois qu'elles furent revenues au chemin de la Souris, Louise, déjà en partie dégrisée, sentit ses angoisses repartir de plus belle. Certes la nuit les dissimulait en grande partie. Certes la rue était déserte et l'éclairage public peu vaillant. Certes elles étaient parvenues à se glisser dans le jardin à l'arrière de la maison, à travers une clôture ajourée.

Mais quand même…

– Et si la gamine rentre chez elle plus tôt que prévu ?

– Darling dear, tu nous les gonfles avec tes « Et si », murmura sa mère. Et si on était des grandes filles ? Et si on n'avait pas besoin de Guilloux et ses comiques pour mener nos enquêtes ? Et si…

Empoignant sa canne, le pommeau enturbanné avec le foulard tout juste offert, elle asséna un coup sec sur le carreau qui s'offrait à elle. Celui de la cuisine, semblait-il.

– Et si je faisais ça, tiens ?!

Son audace laissa les deux autres femmes sans voix.

Une nouvelle fois, elles retinrent leur respiration. Mais aucun son ne leur revint en écho au bris de verre. Le voisinage paraissait s'en moquer, trop occupé à suivre une énième rediffusion d'un Louis de Funès à la télé, si l'on en jugeait par les éclats sonores alentour.

Pénétrer dans une habitation dépourvue d'alarme se révélait un vrai jeu d'enfants. Autrefois, la Breizh Brigade n'était qu'un club d'enquêtes épluchant la presse et quelques dossiers récupérés ici ou là. Dorénavant, les trois Corrigan n'auraient plus rien à envier aux grands enquêteurs privés des livres qu'elles affectionnaient, les Sherlock Holmes et autres Hercule Poirot.

Pourtant, la cuisine par laquelle elles s'introduisirent ne leur livra rien de très probant. Vaisselle abandonnée par Julie dans l'évier et, dans un angle, des montagnes de packs d'eau minérale. Sur la porte du frigo, au milieu des faire-part et des magnets, Maggie nota juste la présence d'un calendrier qui paraissait faire office de planning pour les déplacements de Paul avec le BBB. Folklores du monde y était bien indiqué, du 6 au 9 juillet inclus, avec mention du logement retenu par Solène pour son mari, l'annexe Beauregard du *Repaire des corsaires*. Mais les quatre jours de présence au FIL de Lorient, eux, s'étaient vu biffer d'un coup de feutre rouge rageur.

Le trio se répartit alors les opérations. À Maggie le rez-de-chaussée. À Énora et Louise les pièces de l'étage. Les volets roulants de la maison se trouvant en position haute, il fut convenu par signes de n'enclencher la torche de leur portable qu'en cas d'absolue nécessité. Elles se contenteraient sinon de la lueur diffuse des réverbères.

En haut, deux chambres et une petite salle de douche, Énora fouilla ce qui lui apparut comme le repaire de Julie. Sur un pan de mur tapissé de liège, s'étalaient des dizaines de photos de la jeune fille en maillot de bain une pièce. Certaines avec une médaille autour du cou ou une coupe entre les mains. Comme dans toute chambre de jeune sportif, les trophées en question trônaient sur une étagère au-dessus de son lit. Le bureau était peu encombré d'affaires scolaires, mais plutôt d'une pile de boîtes en métal assemblées en pyramide. « Supplément protéiné » indiquait leur étiquette. Juste au-dessus, punaisée au mur, elle avisa une photo de Julie et Loïc enlacés sur la plage, sortant de l'eau, gais et insouciants. Était-ce le garçon qui était malingre, ou sa petite amie qui était vraiment costaud ? Ses épaules paraissaient deux fois plus larges que celles du jeune tambour. Son amoureux.

Un détail surprit Énora. Sur la table de chevet traînait en effet un exemplaire de *Ouest-France*, édition « Région de Saint-Malo », daté du 30 juin précédent. Depuis quand une gamine de 15 ou 16 ans fan de rap hardcore lisait-elle la presse régionale ? Elle survola la feuille de chou, et n'y remarqua aucun sujet qui puisse justifier sa conservation huit jours plus tard par Julie, pas même à la rubrique des sports, où aucune compétition de natation n'y était couverte ou recensée. Qui sait, peut-être le gardait-elle comme vulgaire bourrage pour un futur colis.

Du côté de Louise, l'exploration de la chambre de Solène – aucun objet appartenant à un homme dans cette pièce – ne lui apprit pas grand-chose. Si ce n'est que la veuve Le Tohic menait une vie simple, on pouvait même dire frugale à en juger par l'état de sa garde-robe ou ses produits de beauté premier prix. Elle observa juste que Solène chaussait elle aussi très petit, sans doute autour du 37. Mais il n'était pas question d'embarquer tous les souliers alignés devant elle pour les comparer aux traces consignées dans le rapport de police.

« Ils faisaient chambre à part », déduisit Maggie un étage plus bas et pile au même moment. La chambre à coucher installée à ce niveau portait pour sa part tous les stigmates d'une occupation 100 % masculine. Vaste foutoir et propreté plus qu'approximative. Les murs couverts d'affiche de concerts et autres festivals composaient une galerie à la gloire de son instrument. Sur l'un des posters, on pouvait même reconnaître la chevelure blonde et mi-longue du cornemuseux aux dents proéminentes. « Starring Paul Le Tohic » pouvait-on lire en anglais – l'événement, déjà vieux d'une dizaine d'années, s'était déroulé en Irlande, dans ce comté de Cork que Maggie connaissait si bien. À l'idée qu'elle aurait pu voir son ancien amant se produire sur ses terres ancestrales, elle ne put contenir un frisson.

Mais elle n'était pas là pour s'émouvoir comme une midinette de soixante-dix balais. Retournant le contenu de chaque tiroir, elle finit par tomber sur une chemise à élastique sur la couverture de laquelle elle reconnut l'écriture chaotique de Paul. « Écosse », déchiffra-t-elle.

À l'intérieur, plusieurs feuilles au format A4, manifestement crachées par une imprimante à jet d'encre, s'y trouvaient agrafées ensemble. D'abord une réservation pour un vol Nantes-Édimbourg, aller simple et sans escale, programmé le 3 septembre, soit environ deux mois plus tard, et près d'un mois après le FIL.

Le deuxième document, libellé en anglais, correspondait à la réservation, via une agence immobilière du cru, d'un studio meublé au cœur de la capitale écossaise. Et ce pour une période minimale de six mois. On ne parlait pas là d'un banal aller-retour dans le cadre d'une tournée. Mais bien d'une véritable installation.

Plus important encore, concluant la liasse, Maggie trouva une lettre d'engagement de longue durée, au nom de Paul Le Tohic et établie par le Scottish Power Pipe Band d'Édimbourg. « Eight times winner World's Pipeband Championship » indiquait l'en-tête du courrier officiel. Le contrat de travail débutait lui aussi aux premiers jours de septembre.

En des termes plus intelligibles pour le commun des mortels : juste après ce fameux FIL où il escomptait cette fois triompher, Paul s'apprêtait à quitter femme et enfant pour rejoindre l'un des meilleurs ensembles au monde. La crème de la crème de la musique celtique. Adieu Yann et ses rapines minables, les concerts annulés et sans doute bien d'autres griefs encore. Solène savait-elle Paul disposé à les sacrifier, elle et Julie, sur l'autel de sa folle ambition ? Maggie, elle, n'avait pas mis plus de quelques minutes à mettre la main sur ces papiers accablants. Alors pourquoi pas la propre femme de Paul ?

Solène l'avait-elle tué, plutôt que de se voir abandonnée ?

28

8 juillet, Lancieux, Club nautique, 22 h 20.

Mener une investigation criminelle, elles le comprenaient à présent, ne consistait pas à tirer un unique fil déductif et à s'y tenir. Bien souvent, il fallait louvoyer, se dédire, récuser ses certitudes de l'instant précédent pour mieux repartir dans sa quête de la vérité.

Ainsi, elles qui avaient tout fait pour éviter Julie à son domicile, elles venaient de mettre leur rencontre avec la fille Le Tohic au premier rang de leurs priorités. Les sujets à aborder avec elle ne manquaient pas : Loïc et ses agissements pour le moins suspects au lendemain du meurtre ; Paul et ses projets de départ en Écosse ; ou encore sa présence supposée à Saint-Malo, la nuit du crime, aux côtés de sa mère.

– En voiture, on est à moins de dix minutes du Club nautique, leur précisa Maggie au moment de grimper dans Lilybeth. Ce serait mieux que de traîner ici, non ?

Leur exfiltration s'était déroulée aussi facilement que leur entrée dans le pavillon. Mais la réaction à retardement d'un voisin restait toujours possible.

– 22 h 22, ça se tente, dit Énora. Elle n'a pas dû finir son entraînement il y a bien longtemps.

– Et si…

« Et si Julie empruntait une autre route que la nôtre pour rentrer chez elle, allait objecter Louise. Et si on la loupait ? »

– Et si tu la fermais un peu, my love ? lança Maggie sans lui en laisser le temps.

Le trajet se déroula dans un silence boudeur de part et d'autre. Mais à peine parvenues sur le parking bordé de pins parasols, elles s'exclamèrent en chœur : « Là ! »

Elles venaient de repérer leur cible.

Les jeunes nageuses sortaient tout juste de la séance du jour, sac à l'épaule et cheveux mouillés relevés en chignon. Derrière elles, on devinait le dôme en plastique blanc couvrant le bassin extérieur. Vu l'heure tardive, certaines étaient récupérées en voiture par leurs parents. Pas Julie, et pour cause. Elle quittait le club au milieu d'un petit groupe de ses consœurs. Ça se poussait, ça se chambrait, ça riait fort et à propos de rien. De vraies ados, en somme.

Comme elle l'avait fait avec la voisine au chemin de la Souris, Énora s'avança la première, misant sur son air juvénile pour ne pas effaroucher la jeune fille.

– Julie ? l'interpella-t-elle, à quelques pas seulement. Je peux te parler deux minutes ?

Elle s'attendait à un « t'es qui ? » peu amène. Peut-être même une insulte en guise de bonjour. Mais pas à la réaction de bête traquée qui s'ensuivit aussitôt. Déjà Julie filait à pleines foulées sur le bien nommé boulevard de la Mer, lequel longeait la plage de Saint-Sieu.

Énora fit d'abord mine de la poursuivre, avant de renoncer au bout de quelques dizaines de mètres. Elle qui se trouvait en plutôt bonne forme, elle n'était pas de taille à rivaliser avec une athlète surentraînée.

– On fait quoi ? On la file en bagnole ?

– Trop dangereux, estima Maggie. Vu comme elle a détalé, god only knows la réaction qu'elle pourrait avoir.

– Et puis… glapit Louise.

Celle-ci désigna les parents et enfants interloqués par cet épisode d'un coup d'œil panoramique. Certains les considéraient déjà comme de potentielles menaces.

– … Je ne suis pas certaine qu'on ait besoin de plus de publicité.

Elles battaient en retraite, prêtes à quitter les lieux, quand une voix éclata sur le parking.

– Oh, là-bas ! Ne partez pas comme ça !

Un homme en jogging bleu électrique trotta dans leur direction. La quarantaine chauve et sportive. Un regard de la même teinte que ses vêtements. Et un verbe plus explosif encore :

– On peut savoir qui vous êtes pour faire fuir mes filles comme des voleuses ? les interrogea-t-il sans un bonjour.

Maggie se retint de lui répondre que seuls les fautifs prenaient ainsi la poudre d'escampette.

– Nous sommes des amies de son père, Paul Le Tohic, dit-elle avec aplomb. J'imagine que vous êtes au courant de ce qui lui est arrivé ?

– Ah, pardon… baissa-t-il aussitôt d'un ton. Oui, bien entendu. On ne parle même que de ça, ici. La rumeur n'a pas attendu que la presse s'en empare pour circuler. Vous savez, Paul Le Tohic c'est un peu LA gloire de Saint-Briac et des environs.

– Donc Julie *sait*, elle aussi ?

– Oui. Enfin, on n'en a pas parlé de manière frontale. Mais vu sa tête aujourd'hui… Il n'y a pas de doute là-dessus.

– Ça ne vous a pas surpris qu'elle vienne quand même s'entraîner ?

– Si, un peu. Et en même temps, ses attitudes cheloues, ça ne date pas d'hier.

– Qu'est-ce que vous voulez dire par là ?

– Eh bien, que ça fait un bon moment que ses chronos sont en régression. Je dirais même en chute libre.

Comme les résultats scolaires, les performances sportives se révélaient souvent un excellent baromètre des humeurs enfantines.

– À ce point-là ?

– Oh là, oui ! Elle s'est classée bonne dernière à toutes les courses auxquelles elle a participé depuis six mois.

– Et avant ?

– Avant, elle accrochait le podium de temps en temps. Rien de dingue, mais pas la merde qu'elle nous fait actuellement.

– Vous expliquez ça comment ?

– Pfff, je ne l'explique pas vraiment. Les ados vous savez, c'est fragile. Il suffit d'un pet de mouche pour impacter sur leurs perfs. Surtout avec une nage aussi exigeante que le papillon.

Le papillon. La plus physique des quatre nages officielles. Voilà qui justifiait les épaules de déménageur affichées par la fille Le Tohic.

– Julie ne vous a rien dit qui aurait pu vous mettre sur la voie ?

– Non. Ici, vous savez, on bosse, on ne se raconte pas nos vies. Je ne dis pas que parfois je ne sers pas d'oreille à certaines mômes. Mais de toute façon Julie n'est pas du genre à déballer facilement.

– Et vous avez une idée à qui elle peut se confier ?

– Sarah Benech, répliqua-t-il du tac au tac. C'est sa meilleure copine. Spécialité en papillon, elle aussi. Gardez ça pour vous, mais bien meilleure nageuse que Julie.

– Elle était là, ce soir ?

D'un coup d'œil oblique, Maggie constata que le parking du club était désormais désert. La Sarah en question avait dû s'évaporer depuis plusieurs minutes.

– Oui, dit-il avec un brusque regain de suspicion dans la voix. Mais vous leur voulez quoi, au juste, à mes championnes ?

– Comme je vous disais, nous sommes des amies de Paul. Et on a de sérieuses raisons de penser que Julie pourrait être impliquée dans sa mort.

– Impliquée ?!

– Comme témoin, intervint Louise pour le rassurer. Juste comme témoin indirect.

– OK. Mais c'est pas plutôt le boulot des flics, ça ?

– Good lord ! s'exclama Maggie. Parce que vous trouvez que les flics font bien leur boulot ?

C'était quitte ou double. Si le type avait un frère ou un cousin dans la police, il les renverrait *manu militari*. Mais les trois femmes crurent lire quelque chose comme un « c'est pas faux » dans le regard soudain plus enjoué de leur interlocuteur. Énora s'engouffra dans la brèche ouverte par sa granny.

– À propos de Julie, vous connaissez son petit copain, Loïc ?

– Comme ça, de vue.

– Vous pensez qu'il peut avoir eu des raisons de s'en prendre à Paul ?

– Hein ?! s'écria-t-il. Non, non, jamais de la vie !

Pourtant, une sorte de voile perplexe était tombée sur son visage glabre.

– Enfin, se reprit-il de lui-même. Il y a environ trois semaines, Paul est venu chercher sa fille ici. Ça m'a marqué, parce que ça n'arrivait jamais. Je ne crois pas qu'il soit venu une seule fois la voir nager.

– Même pas pour les compétitions importantes ?

– Non. Il semblait se foutre de ses résultats.

« Paul Le Tohic n'en avait décidément que pour sa cornemuse », songea le trio de concert.

– Et alors, ce jour-là, qu'est-ce qu'il s'est passé ?

– Au moment où Julie sortait de la piscine, Loïc est arrivé à son tour, et il s'en est pris à Paul.

– Physiquement ?

– Non, pas que je sache. Il lui a juste gueulé dessus.

– À quel sujet ?

– Aucune idée. J'ai pas entendu ce qu'il lui disait. J'étais déjà en voiture, je partais. J'ai préféré ne pas m'en mêler.

« Je suis entraîneur, moi, pas assistante sociale », exprima-t-il sans le dire, d'un rictus entendu.

– Pourtant, au sein du bagad Loïc a la réputation d'être le protégé de Paul, commenta Louise.

– Je sais que c'est ce qui se dit en ville. C'est d'ailleurs pour ça que je n'ai pas compris…

– Et Julie, elle a réagi comment ? Elle a cherché à s'interposer ?

– Pas du tout ! Ça aussi, ça m'a frappé. Elle souriait. Elle avait l'air presque contente qu'ils se fritent. Je vous jure, on aurait dit que ça la faisait triper que son mec pourrisse son père en public.

29

8 juillet, Saint-Malo, Manoir des Corrigan, *salle de jeu, 23 h 15.*

« Whiskey ? »

– Whiskey.

– Carrément, whiskey !

Puis, quelques minutes et autant de gorgées plus tard, la même question revint entre les trois fauteuils club réunis en conciliabule :

– Whiskey ?

– Whiskey.

– Oh yeah, whiskey !

De nouveau, Maggie remplit les verres de liquide ambré. Triplement distillé. Il fallait au moins ça, ce nectar tourbé, si suave, pour dissiper les contrariétés de cette journée interminable. À ce rythme, la bouteille reçue en cadeau ne passerait pas la nuit.

Sophie assurant le service au bar, les trois Corrigan pouvaient jouir de celle-ci sans servitudes ni scrupules. Parmi leurs pensionnaires, l'ambiance se faisait morose. Ils seraient rares à s'accouder ce soir-là sur le zinc, aux côtés de Constant. À présent que le stress du concert était retombé, les membres du

BBB paraissaient prendre la pleine mesure du drame qui les affectait. Pire, certaines rumeurs circulaient parmi eux. On s'interrogeait sur l'un, on soupçonnait l'autre. Bref, le poison de la défiance gangrenait cette belle cohésion qu'ils avaient affichée sur scène quelques heures auparavant.

« Well, d'après vous, ça nous laisse qui en piste ? » lança Maggie, l'élocution un peu pompette.

Vu l'heure et les circonstances, il n'était pas question d'établir un bilan détaillé de leurs investigations. Ce temps calme ne serait pas celui où la Breizh Brigade résoudrait l'affaire. Mais plutôt un « chit-chat » informel, selon l'expression employée par la doyenne d'entre elles.

De toute façon, le paysage criminel qui s'offrait à leur sagacité n'avait jamais été aussi brumeux. Des suspects comme s'ils en pleuvaient – en vrac Yann, Arwen, Maël, Loïc, auxquels étaient venues s'ajouter Solène et Julie – et à peu près autant de mobiles. Des complicités presque certaines – elles n'oubliaient pas les deux traces de pas distinctes et de petites pointures. Des alibis bancals, ou pour certains d'entre eux juste invérifiables.

Mais aucune preuve matérielle décisive.

– Qu'est-ce qui nous garantit par exemple que Loïc n'est pas remonté voir Paul après ton départ ? demanda Louise à sa mère.

La question se posait avec une brûlante actualité, à la lumière du témoignage recueilli à Lancieux.

– En remettant des chaussures crottées à l'intérieur ? Qui plus est des chaussures qui n'étaient pas les siennes ? Ça n'a aucun sens. Ce serait même débile !

– Alors comment tu expliques qu'il ait cherché à détruire deux paires le lendemain matin ?

Maggie réserva sa réponse quelques instants, avant de la délivrer d'un ton pâteux, empesé de whiskey irlandais :

– Maybe il est tombé sur ces bottes et ces chaussures de marche et il a voulu empêcher que les soupçons pèsent sur lui. Vu la taille un peu strange de ses pieds, ça se comprendrait.

– Ou maybe il sait à qui appartiennent ces deux paires, et il a voulu couvrir les personnes concernées, suggéra Énora. Si ça se trouve, il connaît les meurtriers.

Même Louise, pourtant peu anglophone, se prit au jeu des suppositions dans la langue de Shakespeare :

– Maybe c'est *lui* le tueur ! Il peut très bien avoir emporté plusieurs paires dans son bagage, et avoir prévu dès le départ de les brûler.

– Donc d'après toi il aurait fait exprès de déposer deux traces distinctes, pour faire croire à un duo criminel ? Tout ce cinoche, y compris la mise en scène SM, serait prémédité ?

– Et pourquoi pas ?! Ça expliquerait pourquoi les deux traces dans le couloir se chevauchent dans l'espace, mais pas dans le temps.

L'hypothèse avait beau être un peu tirée par les cheveux, elle ne leur sembla pas non plus si absurde.

– C'est vrai que cette histoire des complices qui débarquent séparément sur la scène de crime, j'ai toujours trouvé ça louche, approuva Maggie, avant de claironner un énième : whiskey ?

Mais les deux autres femmes, recrues de fatigue et d'alcool, déclinèrent presque d'une seule voix.

– Pas pour moi, j'ai ma dose, lâcha Louise.

– Pareil. Je monte me coucher. Bonne nuit, granny.

Mais de sommeil il n'aurait su être question pour Maggie Corrigan. Pas quand les chevaux fous des conjectures hennissaient aussi fort dans sa tête (et le whiskey aussi, bien sûr).

Comme à chaque fois que l'insomnie s'annonçait, elle préféra aller se changer les idées au jardin. L'air était encore très doux. Elle enfila juste un châle pour la forme, et s'attela à divers menus travaux dans la serre. Une lune partielle suffisait à éclairer l'imposante verrière. Ne demeuraient que quelques zones d'ombre, derrière des piles de pots en terre cuite ou sous le feuillage des citronniers.

« Anniversaire coquin dans ta chambre ? Minuit au lit ? » proposait Jacques dans le SMS qu'elle découvrit à retardement. Mais il était déjà minuit passé de plusieurs minutes. Son amant s'était-il cassé le nez à la grille du *Manoir* ? La dizaine d'appels restés sans réponse le suggérait, en effet.

Parfois, jamais longtemps, elle culpabilisait un peu de son attitude envers ce pauvre bougre de Gaillard. Après tout, il lui offrait plaisirs et cadeaux sans jamais compter ni ses efforts, ni son temps, ni même son argent. Pouvait-elle en dire autant de tous ses French lovers passés ? Évidemment pas de Paul, certes un expert sous les draps, mais le plus souvent indisponible, et pingre à faire peur.

Penchée sur un rempotage qui réclamait toute son attention, elle ne vit pas tout de suite la silhouette qui s'était glissée par l'unique porte du jardin d'hiver. Pas plus qu'elle ne sentit la présence furtive s'approcher d'elle.

– Bonsoir, Maggie.

Le coup au cœur fut tel qu'elle en lâcha sa serfouette à main. Puis, d'instinct, elle recula d'un pas, cherchant sa canne qui se déroba et tomba sur le sol terreux.

– Holy putain de feckin' Christ ! Qui êtes-vous ? Qu'est-ce que vous foutez chez moi ?!

L'homme, elle supposa que c'était un homme vu sa corpulence, portait une combinaison intégrale et un passe-montagne noirs. Ses yeux étaient chaussés de lunettes sombres et ses paroles émanaient d'un petit boîtier électronique qu'il tenait devant sa bouche masquée.

Plus une apparition cauchemardesque qu'un visiteur. Un instant, elle se demanda si les shots enquillés n'avaient pas altéré sa conscience. Ou si elle n'avait pas sombré dans l'une de ses crises flash de narcolepsie. Peut-être n'était-ce qu'un épisode de paralysie du sommeil hanté par ce spectre étrange. De fait, elle se sentait désormais incapable du moindre mouvement.

– Vous n'avez rien à craindre, reprit la voix robotique.

– Me voilà rassurée !

– Je suis là pour vous aider.

– Really ? s'écria-t-elle, retrouvant soudain son insolence naturelle. Parce que vous êtes expert en rempotage, en plus de jouer les épouvantails ?

– Je suis très sérieux. J'ai des informations importantes pour vous. Pour votre enquête.

Comment ce guignol pouvait-il savoir pour la Breizh Brigade ?

Maggie envisagea quelques noms à toute allure. Alain ? Impossible, le subterfuge utilisé pour maquiller son timbre n'aurait pas gommé son bégaiement. Jacques ? Elle voyait mal son joli cœur passer sans transition d'une proposition égrillarde à un rendez-vous digne de John Le Carré.

Guilloux ?!

Mais la stature de l'intrus lui parut moins athlétique que celle du sémillant commissaire. Plus tassée. Sans doute plus âgée.

– Paul souffrait d'une insuffisance cardiaque.

– What ?!

« Arrêt cardiaque consécutif à une probable asphyxie », concluait le rapport d'autopsie.

– J'imagine qu'il ne vous en a jamais parlé. Il n'aimait pas trop se confier sur son état de santé. Mais ce que je peux vous dire, c'est que son médecin lui avait déconseillé tout effort violent ou prolongé.

– Mais… Et la musique alors ?

Elle avait prononcé « music », à l'anglaise.

Souffler comme un forcené dans une cornemuse réclamait une endurance à toute épreuve. À ce niveau d'exigence physique, l'art de Paul Le Tohic s'apparentait presque à un sport de haut niveau.

– On lui a recommandé de réduire sa pratique. Je dirais même de manière drastique. Mais vous connaissez Paul…

Autant lui arracher le cœur plutôt que son instrument.

– Comment vous savez tout ça ?

– J'ai mes sources.

– Et pourquoi vous me le racontez à moi, et pas à la police ? Vous êtes au courant qu'on a un commissaire, dans cette ville ? Right ?

Mais le fantôme noir haussa les épaules – elle ne voyait pas son visage, mais elle eût juré qu'il lui souriait. Puis il s'évanouit dans l'obscurité aussi discrètement qu'il était apparu. Oiseau de nuit rendu aux ténèbres.

Horaires des marées
à Saint-Malo

09 juillet	
Marée haute	02 h 51
Marée basse	09 h 44
Marée haute	15 h 34
Marée basse	22 h 25

30

9 juillet, Saint-Malo, commissariat central, 8 h 30.

« C'est le Mozart breton qu'on a assassiné ! » titrait *Le Pays malouin*, enfin autorisé à lâcher les chiens de l'accroche emphatique. Dans le genre, il fallait l'avouer, cela tapait plutôt fort. À titre d'illustration, un portrait de Paul Le Tohic souriant de toutes ses dents, sa cornemuse sous le bras, occupait un bon huitième de page.

– T'as vu la une du *PM* ? s'écria Emma Lobo depuis le couloir, journal en main, hésitant entre consternation et hilarité.

– Comme disait ma maman d'accueil, ils n'y sont pas allés avec le dos de la main morte.

Guilloux lui fit signe d'entrer dans son bureau.

Pudique, le commissaire parlait très peu de son enfance. Mais, en quelques occasions, l'air de rien, il avait tout de même levé le voile sur un parcours qu'elle devinait chaotique. Naissance sous X, adoption avortée, placements successifs en famille d'accueil, etc. Qu'il fût arrivé à ce niveau de responsabilités tenait du miracle, pour qui ne connaissait pas son opiniâtreté et son extraordinaire force de travail. Pas pour Emma.

– Bon, en tout cas, reprit celle-ci, la miss Leroy doit être soulagée. Le festival est quasi fini et les spectateurs n'ont pas fui en masse. La saison est sauve.

– Ni les spectateurs… ni les tarés. Regarde un peu ce que j'ai reçu au courrier.

À ces mots, il lui tendit les deux feuillets sous pli anonyme. L'enveloppe l'attendait sagement sur bureau, à son arrivée une heure plus tôt.

– C'est quoi ces conneries ? lâcha-t-elle, circonspecte.

– Manifestement, une bonne âme n'a pas attendu la presse de ce matin pour être au courant et mener sa petite enquête en loucedé.

– La Breizh Brigade ! Carrément ! Et pourquoi pas le Bagad du crime, tant qu'ils y sont ?!

– Je t'accorde qu'ils n'ont pas peur du ridicule. En revanche, ce qu'ils ont levé là n'est pas inintéressant. Regarde.

Elle parcourut les deux rectos versos à toute allure, ses lèvres ourlées par une moue dubitative.

– Et alors ? Ça confirme juste ce que nous a dit Solène Le Tohic en audition : l'asso du BBB est dans le rouge depuis belle lurette et ça rendait Paul furieux.

– OK. Mais si tu compares les comptes *avant* et *après* la faillite et le renflouement par la mairie de Saint-Briac-sur-Mer, tu constates que les dérives ont continué comme si de rien n'était.

– Tu veux dire… ?

– Comme si Solène avait plombé les finances de l'asso exprès, en misant sur le côté irrépressible du comportement dépensier de Yann. Et si je comprends bien l'esprit, c'est dans cette direction-là que cherche à nous aiguiller notre gentil justicier masqué.

– T'en déduis quoi ?

– Qu'elle savait parfaitement ce qu'elle faisait, répondit-il en brandissant l'article annonçant le retrait du BBB au Festival interceltique. Pas de fric, pas de FIL. Et pas de FIL, pas de carrière internationale pour Paul. Son homme restait à la niche.

« Il s'était persuadé qu'avec un trophée FIL en poche, des portes jusque-là fermées s'ouvriraient à lui », avait avoué Solène à demi-mot.

– Ça tient presque la route, conclut Emma. Va falloir qu'on la réentende fissa.

– Exact. Tu te charges de la convoquer ? Genre... Maintenant ?

Elle approuva d'une parodie de salut militaire et s'échappa de la pièce en coup de vent.

Presque aussitôt, la ligne de l'accueil résonna sur le combiné fixe de Guilloux.

– J'écoute... OK... OK, faites-le monter.

Moins de deux minutes plus tard, la grande carcasse de Loïc le tambour fit son apparition dans le cadre de la porte, suivi comme son ombre par un agent en uniforme. Celui-ci était de taille modeste et l'effet Dalton tira un sourire fugace au commissaire.

– C'est bon, ordonna ce dernier. Vous pouvez nous laisser. Et fermez la porte derrière vous, s'il vous plaît.

L'échalas aux petits pieds dansait sur le pas de la pièce, interdit.

– Je vous en prie, asseyez-vous. Vous vouliez me parler ?

– Oui, souffla-t-il en posant une fesse, tiraillé semblait-il entre la peur et une envie irrépressible de se livrer.

– Ceci est un entretien informel. Pas une audition. Il n'y aura pas de PV.

Comprenez : ce que vous direz restera entre vous et moi. Rien ne sera consigné par écrit.

– D'accord… Eh bien, quand on s'est vus la première fois, à Beauregard, j'ai oublié de vous raconter quelque chose. Quelque chose d'important. Enfin, je crois.

– Ça arrive, vous savez. Tout ne revient pas toujours du premier coup. Surtout après le choc d'une telle découverte.

– C'est sûr…

– Alors, c'est quoi ce détail qui vous a poussé à me rendre visite ?

Guilloux le savait d'expérience. Ne venaient témoigner de leur propre initiative que trois types d'individus : 1. Les délateurs professionnels 2. Ceux qui portaient sur la conscience un poids trop lourd pour eux, et pour finir 3. Les coupables qui cherchaient à enfumer la police. La première catégorie étant a priori exclue – Loïc s'était montré très sobre dans son récit initial – restait à savoir si le jeune homme était un sauveur ou un tueur.

– Vous vous souvenez, je vous ai dit que vendredi soir, après notre arrivée, j'avais passé la fin d'après-midi à textoter dans ma chambre ?

– En effet.

– Eh ben, j'ai fait autre chose. Avant qu'on parte au restau, j'veux dire.

– Quoi donc ?

– Paul m'a confié un mot à livrer.
– À qui ça ?
– La proprio du *Manoir* à côté.
– Maggie Corrigan ?!
– C'est ça.
– Ce mot, vous saviez ce qu'il contenait ?

Le grand dadais piqua du nez sur ces chaussures minuscules, tel un enfant mis au piquet. Mais qui aurait résisté à pareille tentation ?

– Il l'invitait à le rejoindre dans sa chambre après le dîner, confessa-t-il après un silence penaud. La « Cézembre ».
– Je vois. Il a précisé une heure ?
– Oui. 21 heures. Il savait qu'on irait manger tôt et qu'on rentrerait sans doute dans la foulée.

« Il semblait très impatient de retourner à sa chambre, avait relaté Yann Guesnet, à propos de ce retour précipité à leurs hébergements respectifs. Comme s'il était attendu par quelqu'un. Ou quelqu'une. » La quelqu'une en question portait désormais un nom et un visage.

Ceux de Maggie Corrigan.

– 21 heures, vous êtes certain ? Pas plus tard dans la soirée ?
– Oui, 21 heures, confirma Loïc.

21 heures, soit pile au début du créneau criminel établi par le légiste. Dodik Cadiou ne leur avait-elle pas parlé d'une sortie subreptice de la vieille Irlandaise autour de cette heure-là, par la porte dérobée de son domaine ? La balade pour profiter de la douceur estivale, telle qu'évoquée par l'intéressée, venait de se transformer en rendez-vous galant.

En rendez-vous meurtrier ?

– Vous l'avez remis *quand*, à madame Corrigan ?

– Je dirais vers 18 heures, j'ai pas trop fait attention.

– Et j'imagine que vous ne savez pas ce qu'elle en a fait ?

À sa place, n'importe qui ou presque aurait détruit le papier. Ce serait donc la parole de ce jeune homme contre celle de la châtelaine soupe-au-lait.

– Non... On s'est à peine parlé. Elle a pris la note. Elle avait l'air un peu surprise. Peut-être même émue, difficile à dire avec ce genre de personnes.

– Et ensuite ?

– Elle m'a remercié, et je suis reparti à Beauregard. C'est tout.

– Au *Manoir*, à part elle, vous avez croisé quelqu'un d'autre ?

– Pas que je me souvienne. Quand j'ai tiré la cloche du portail, c'est elle qui m'a ouvert. Je ne suis même pas entré dans la cour.

Renouvelant sa consigne de ne pas quitter Saint-Malo dans les quatre prochains jours, Guilloux libéra son visiteur. Une expression de soulagement évident se lisait sur le visage de ce dernier.

Puis, dès qu'il fut à nouveau seul en son royaume, le flic se jeta sur son téléphone :

– Tu peux m'appeler la procureure Le Cam, s'il te plaît ? On va avoir besoin d'un mandat de recherche au nom de madame Margaret Corrigan, dite Maggie Corrigan, aux fins de sa mise en garde à vue. Ah oui, et sans doute aussi d'une CR de perquisition à son domicile. Non, non, pas demain ! Tout de suite !

31

9 juillet, Saint-Malo, Manoir des Corrigan, *bureau de Maggie, 9 heures.*

L'avantage d'avoir eu beaucoup d'amants, mais aussi d'avoir su leur offrir du bon temps en dehors de leur routine conjugale, c'est que nombre de vieux messieurs dans la région se sentaient (chacun à sa manière) débiteurs de Maggie Corrigan. Y compris quand elle était celle qui les avait quittés. Pas la peine de chercher, c'est toujours elle qui quittait.

Ainsi, en dépit des difficultés financières chroniques du *Manoir*, elle parvenait à maintenir son domaine dans un état presque décent, et ses affaires à flot. Ceux qui ne contribuaient pas sous la forme de travaux réalisés pro bono se faisaient fort de combler ses trous de trésorerie. Ou de lui donner tel contact utile ou tel petit tuyau qui lui manquait. Ces gentlemen se sentaient pour la plupart incapables de refuser quoi que ce soit à Maggie, même plusieurs décennies après la fin de leurs galipettes.

« Roland, my man, tu ne pourrais pas jeter un œil à mes gouttières. » Et Roland accourait.

« Yves, my darling dear, toi qui te sers si bien de cette magnifique tronçonneuse, tu ne viendrais pas élaguer mes arbres, par hasard ? » Et Yves se ruait lui aussi au *Manoir*.

Pas une semaine ne se passait sans que l'un d'entre eux ne déboule rue du Puits-Sauvage, alimentant sans le savoir la machine à cancans Dodik Cadiou.

Or, parmi ce diligent cheptel, figuraient plusieurs médecins, dont l'un d'entre eux officiait dans un cabinet médical de Saint-Briac-sur-Mer, le pôle de santé Armordoc. Trois généralistes et une demi-douzaine de spécialistes répartis sur deux niveaux d'un bâtiment récent, en partie financé par la mairie. De par son âge et son ancienneté, 58 ans déjà, Ludovic Abgrall y occupait le plus confortable des bureaux, un beau cube d'angle vitré.

– Ludo, my love ! se renseigna Maggie par téléphone, dès l'ouverture. Est-ce que par le plus grand des hasards tu aurais un Paul Le Tohic parmi tes patients ?

– Ça ne me dit rien. Et quand bien même : tu te souviens qu'il existe un truc qu'on appelle le secret médical ?

Ludo Abgrall était le plus jeune des amants qu'elle ait jamais fréquentés. À ce titre, elle s'autorisait avec lui un ton plus libre encore qu'avec ses autres « relations » :

– Right ! Comme ce secret que je garde sur la taille de ton dick, c'est ça ?

Sans être affublé d'un micro-pénis, il se situait dans ce que l'on qualifiera pudiquement de moyenne basse. Un motif de complexe qui l'accablait, et sur lequel il lui avait fait maintes fois jurer la plus absolue discrétion.

– Tu fais vraiment chier, Maggie… souffla-t-il. Attends deux minutes, je consulte le fichier du cabinet.

Puis, quelques cliquetis de clavier plus tard :

– Oui, on a bien ça en magasin, Paul Le Tohic, 63 ans. Mais dis-moi : c'est ce Paul Le Tohic dont parlent les journaux ce matin ?!

– J'en ai bien peur, oui, admit-elle, chagrinée. Tu pourrais vérifier un détail pour moi ?

– Un détail… ?

– Dans son dossier médical, darling.

Une sorte de cri étouffé résonna dans l'écouteur.

– Tu cherches à me faire révoquer, en fait, c'est ça ?

– Non, non, pas toi, tu penses. Juste ton mini-dick !

Il dut prendre la menace drolatique au sérieux, car il ne s'écoula pas plus de quelques dizaines de secondes (et autant de jurons grommelés) avant qu'il ne reprenne le combiné :

– Qu'est-ce que tu voulais savoir ?

– Est-ce qu'il avait des problèmes cardiaques ?

– Oui, une insuffisance assez prononcée, détectée il y a deux ans seulement… Rien de trop critique a priori, mais le genre qui mérite un aménagement de l'activité et une surveillance régulière. Mais comment tu sais ça, toi ?

– Oh, tu me connais. Les gens se confient volontiers à moi. Surtout quand je le demande gentiment à leur entrejambe.

– C'est malin… se vexa-t-il. T'as couché avec lui ?

– I pass, old story, soupira-t-elle. Juste une dernière question : Paul a-t-il pu cacher sa condition à ses proches ?

– Tu penses à quelqu'un en particulier ?

– Sa femme, sa fille…

– Bien sûr. Si un patient souhaite tenir son état de santé confidentiel, rien ne l'oblige à en parler à son entourage. Ce n'est pas toujours facile à tenir, mais c'est une décision que nous, praticiens, on est censé respecter.

– Et, dans son cas, tu aurais un moyen de savoir ce qu'il a fait à ce propos ?

– Pas vraiment. C'était entre lui et elles… Attends une seconde.

Nouveau silence traversé de frappes rapides :

– Ce que je peux te dire, c'est qu'il est toujours venu seul à ses consultations de cardio. Ah tiens… c'est pas banal. Je vois ici qu'il a demandé à ce que ses bilans ne lui soient pas adressés par courrier à son domicile. Mais qu'on les lui envoie seulement sur son mail perso. C'était Mitterrand, ton pote, ou quoi ?

– Non, répondit-elle, songeuse. Mais t'as pas tort. Pour lui non plus, il n'était pas question que la maladie soit un obstacle à ses ambitions.

Louise et Énora occupées au service du petit-déjeuner, Maggie décida qu'il était temps pour elle d'un bon « bain de granit » matinal. Les informations fournies par Ludovic tournaient en boucle dans son crâne encore chargé de vapeurs alcooliques.

Paul avait-il sciemment dissimulé son état de santé préoccupant à Solène ? In fine, celle-ci avait-elle mis la main sur les comptes rendus accablants ? Mais surtout : le meurtrier, quel qu'il soit, connaissait-il cette faiblesse chez sa future victime ?

La mer, le vent, les rochers… Il lui fallait se mettre les idées au clair, et vite ! Filant sur le parking à l'arrière du domaine, elle grimpa dans Lilybeth qui ronronna aussitôt d'aise à la perspective d'une promenade. Dans moins d'un quart d'heure, canne en main, Maggie déambulerait sur le môle des Noires. Puis, son aller-retour rituel achevé, elle descendrait sur la plage en contrebas, et grimperait sur son rocher préféré, a priori sec à cette heure-là, sur lequel elle s'allongerait de tout son long. Les bras en croix. Comme à chaque fois ou presque, les estivants se pousseraient du coude, amusés par cette vieille folle en pleine communion minérale.

Ce qu'elle n'anticipa pas ce matin-là, c'est que les vacanciers la considéreraient moins comme une originale que comme une femme dangereuse. La faute, bien sûr, à ce groupe de flics en uniformes qui débouleraient au milieu des serviettes de plage, et convergeraient vers la gisante aux yeux clos.

32

9 juillet, Saint-Malo, commissariat central,
10 heures.

Digne, ainsi apparut Maggie Corrigan aux yeux du commissaire quand celle-ci pénétra dans son bureau, les poignets pourtant menottés. Digne encore, et stoïque, quand Emma Lobo annonça à la prévenue que le bornage de son mobile confirmait sa présence à Beauregard autour de 21 heures le soir du meurtre.

Digne, enfin, quand Christophe Guilloux lui demanda de but en blanc :

– Le 6 en fin d'après-midi, Paul Le Tohic a adressé un SMS à sa maîtresse, Arwen Caroff, pour rompre avec elle. SMS dans lequel il lui avouait, je cite, « avoir quelqu'un d'autre en tête ». Cette autre femme, c'était vous, n'est-ce pas ? C'est *vous* qu'il a voulu recevoir dans sa chambre cette nuit-là ?

La septuagénaire leva ses beaux yeux bleus au ciel. Elle prenait la chose comme si on lui parlait d'amourettes adolescentes un peu ineptes. Pourtant, n'étaient ce flic et ces circonstances inconfortables, elle l'eût volontiers admis : occuper les pensées de Paul si longtemps après leur séparation ne la laissait pas totalement indifférente. Sans cela, sans cette émotion ravivée, se serait-elle rendue au rendez-vous nocturne sollicité par son ex-amant ?

– Vous refusez de répondre à cette question, madame Corrigan ?

– Tout à fait, dit-elle avec aplomb. D'abord parce que je serais bien incapable d'établir l'inventaire amoureux d'un homme aussi notoirement infidèle que Paul. Homme que je n'avais plus croisé depuis une quinzaine d'années, je vous le rappelle. Ensuite, pour la bonne raison que, ce soir-là, je suis sortie me promener *sans* mon téléphone. Il n'a pas quitté le *Manoir*. Et si vous aviez fait votre job correctement, vous le sauriez très bien.

D'un point de vue technique, il était donc impossible que son mobile eût été borné dans la chambre de Paul. L'adjointe de Guilloux avait bluffé, et elle avait perdu la partie. C'était le risque, quand on auditionnait un suspect sans avoir effectué tous les contrôles nécessaires au préalable.

Son patron adressa à Emma une grimace furibarde. Rien ne l'énervait plus que de telles approximations.

Quelques instants plus tôt, entendue une nouvelle fois dans ce même bureau, Solène Le Tohic les avait elle aussi menés en bateau.

Certes, elle avait admis s'être montrée trop coulante s'agissant des mauvaises pratiques de Yann. Trop longtemps. Jusqu'à mener le BBB à la faillite, et même au-delà. Mais elle avait aussitôt invoqué sa vieille amitié avec le *penn-soner*, alcoolique et dépressif notoire, qu'elle s'était refusée à enfoncer un peu plus encore. Rien à voir selon elle avec une quelconque vengeance qu'elle aurait voulu assouvir à l'égard de son époux. Et quand Emma Lobo l'avait confrontée à la triangulation de son portable le 6 juillet au soir – cette fois-ci avérée – qui la positionnait à Saint-Malo, place Chateaubriand, à partir de 19 heures, la veuve s'était drapée dans son rôle de femme bafouée. « Je savais qu'Arwen serait là et j'ai voulu les surprendre, je ne dis pas le contraire. Il était vraiment temps que Paul et moi on ait une discussion sur ses *écarts*. » Elle leur avait pourtant caché ces faits lors de sa première audition. « Mais une fois arrivée à Saint-Malo, je n'ai pas eu le cran. Je suis restée dans ma chambre à l'hôtel de l'Univers. Si j'avais su… »

Quelques larmichettes opportunes coulèrent sur son visage émacié.

– C'est ce qu'indique en effet le bornage de votre numéro, approuva Guilloux. En revanche, je ne m'explique pas pourquoi celui-ci a cessé d'émettre un peu avant minuit…

– Je l'ai coupé avant de me coucher. C'est tout.

– J'entends bien. Sauf que notre système est capable de borner les mobiles même quand ils sont éteints. Le seul moyen de les rendre intraçables, c'est d'ôter la carte SIM.

Pas le genre de manipulation qu'on réalisait par hasard, ni même par erreur.

– Je ne savais pas, dit-elle sans conviction.

– Donc vous maintenez qu'une fois votre chambre prise vous ne l'avez plus quittée de toute la soirée ni de toute la nuit ?

– Je… Oui, bafouilla-t-elle. J'ai juste grignoté un truc à la brasserie de l'Univers et je suis remontée.

Suivant la procédure, Christophe Guilloux informa Maggie de sa mise en garde à vue pour une période initiale de vingt-quatre heures. Mais cette perspective ne parut pas plus émouvoir la Franco-Irlandaise que les précédentes tentatives pour la déstabiliser. Elle ne réclama même pas la présence d'un avocat à ses côtés, comme le lui autorisait le Code pénal. Elle semblait presque plus soucieuse du sort réservé à sa canne, laquelle lui avait été prise au moment de son interpellation.

– Ne vous inquiétez pas, elle vous sera rendue à votre sortie, précisa le commissaire, dans le rôle du gentil flic.

– *Si* vous sortez, ajouta aussitôt Emma Lobo sur un ton volontairement menaçant.

– Feckin' Hell ! Je peux savoir ce que l'on me reproche, au juste ?!

Sans se départir de son flegme, Guilloux mentionna le témoignage du jeune Loïc, à propos du billet qu'il affirmait avoir remis à madame Corrigan de la part de Paul, en cette fin d'après-midi du 6 juillet.

– Right, j'ai bien reçu ce mot.

– Vous en avez fait quoi ?

– Je l'ai jeté, ou peut-être balancé dans ma cheminée, je ne sais plus.

– Et donc vous affirmez que vous n'avez pas honoré ce rendez-vous dans la chambre de Paul Le Tohic ?

– Hell no !

– Pour quelle raison ?

– Vous vous rendez à tous les rencards pourris que vous proposent vos ex, vous ?

La question tira un sourire fugace à Emma, qu'elle chassa aussitôt, affichant à nouveau son faciès « bad cop ».

– Non, mais ce n'est pas le sujet.

– Et c'est quoi alors, le *sujet* ? demanda-t-elle sur un ton de défi.

« Elle est beaucoup trop sûre d'elle pour être totalement innocente », ne put s'empêcher de songer Guilloux. Mais pour l'heure, la piste menant à elle ne reposait que sur le témoignage du tambour du BBB. C'était mince. La vieille dame indigne (si digne) ne broncha même pas quand il évoqua une prise d'empreintes et un prélèvement d'ADN auxquels elle serait soumise à son tour, dans la foulée de cette audition.

Glissant un œil sous son secrétaire, il l'interrogea sur un détail qui, pour la première fois, parut troubler son interlocutrice :

– Je peux vous demander votre pointure ?

– Euh, oui… Du 37. Enfin, 37 et demi, ça dépend des modèles et des marques.

– Entre 37 et 38, alors ?

– Oui, on peut dire ça.

– Très bien. Je vous signale à ce propos qu'une perquisition sera effectuée à votre domicile durant le temps de votre garde à vue, afin de saisir l'ensemble de vos paires de chaussures.

Pour la première fois, elle ne trouva rien à rétorquer, et se contenta de relever une mèche grise échappée de son carré, avec cette élégance un peu rêche qui la caractérisait. Mais si la passionaria qui avait tenu tête à la descente de flics la veille semblait désormais loin, elle n'avait pas perdu pour autant toute contenance. Que savait-elle qu'ils ignoraient encore ? Quel élément leur échappait, qui paraissait constituer pour Maggie Corrigan un bouclier assez solide pour essuyer leurs questions sans presque sourciller ?

Guilloux en était là de ses conjectures, lorsqu'un agent en uniforme déboula dans son bureau sans frapper :

– Faut plus se gêner !

– Désolé, patron. C'est urgent. Y'a un monsieur qui veut vous parler… À propos de la dame.

Planté sur le seuil, il désigna Maggie d'un mouvement de menton.

– Un monsieur ? Quel monsieur ?

– Gaillard, Jacques Gaillard.

– Quel rapport avec vous ? s'enquit-il auprès de la gardée à vue.

– Jacques ? Oh, c'est simple, c'est mon amant. Pas le meilleur que j'ai connu. Mais vous savez ce que c'est dans une ville moyenne comme la nôtre. On fait avec le cheptel disponible. Et je n'ai plus soixante ans non plus…

Cette fois, Emma ne put contenir un bref éclat de rire.

Tel le preux chevalier, son soupirant du moment venait à sa rescousse. Une impression confirmée par le témoignage dudit Jacques Gaillard, recueilli par Guilloux dans une pièce voisine.

Lorsqu'il revint dans son propre bureau, le commissaire n'en menait plus vraiment large. Il reprit, d'une voix de toute évidence contrariée :

– Bien, monsieur Gaillard affirme qu'après votre petite balade d'une quinzaine de minutes, entre 21 heures et 21 h 15, vous l'avez rejoint dans votre chambre, où vous avez passé la nuit ensemble, sans plus vous quitter. Vous confirmez ses propos ?

– Je les confirme, dit-elle, avec un air de triomphe qu'elle cherchait à maîtriser.

– Vous êtes tout de même consciente que cela ne constitue pas un alibi valable sur le créneau concerné, celui de votre promenade ?

– If you say so.

– Moyennant quoi, je maintiens les prélèvements, la perquisition et la saisie de vos chaussures.

– Be my guest.

Exaspéré par ces anglicismes snobinards, Guilloux se sentait à deux doigts de lui balancer à son tour un bon « fuck off » des familles pour lui clouer le bec, quand Maggie Corrigan le déconcerta une fois de plus :

– Il vous a parlé de Julie ?

– Pardon ?

– Loïc, mon gentil petit messager…

Ou plutôt, son gentil petit délateur.

– Eh bien quoi ?

– Il vous a dit que sa petite amie était Julie Le Tohic, la fille de Solène et la fille adoptive de Paul ?

Pris de court, les deux flics se dévisagèrent sans un mot.

– Comment vous savez ça, vous ?

– Well, nos clients ne se contentent pas de dévaliser le buffet du petit-déjeuner. Voyez-vous, ils nous parlent, aussi.

33

9 juillet, Saint-Malo, Manoir des Corrigan, *serre du parc, 13 heures.*

Oui, leurs clients leur parlaient. Et, quand bien même ce n'était pas le cas, les trois Corrigan disposaient d'autres moyens pour leur extorquer des confessions. Par exemple le mannequin de Constant, qu'Énora et Malo avaient remis en service au comptoir, juste après la première collecte d'images volées.

– Tu y as déjà jeté un œil ? demanda Louise, au moment où les trois Corrigan se retrouvèrent dans la cour du *Manoir*.

– Non, pas encore. Avec granny en taule, j'avais pas vraiment la tête à ça…

– Je n'étais pas en taule, s'insurgea l'intéressée. J'étais en garde à vue.

Elle avait prononcé vue comme vous, garde-à-vous.

– Et comme tu peux le constater, ces silly bollix n'ont rien retenu contre moi.

En effet, ni les comparaisons d'empreintes digitales ou d'ADN dont elle avait fait l'objet, ni ses chaussures taille 37-38 saisies lors de la perquisition, moins d'une heure auparavant, n'avaient permis de l'incriminer. Comme si elle n'avait jamais mis un pied ni même un cheveu à l'intérieur de l'annexe Beauregard. L'intervention providentielle de Jacques – il faudrait qu'elle songe à une façon de remercier celui-ci – avait fait le reste.

Ainsi, Maggie Corrigan s'était vue mise hors de cause à titre provisoire, et sa « garde-à-vous » levée dans la foulée. La seule condition que Guilloux avait posée à sa libération immédiate était conforme aux injonctions adressées aux membres du bagad : interdiction de quitter Saint-Malo jusqu'aux obsèques de Paul Le Tohic.

La plupart des musiciens le vivaient mal.

Ceux des pensionnaires qui ne s'étaient pas claquemurés dans leurs chambres, apeurés par la nouvelle descente de police au *Manoir*, tournaient en rond dans le parc, tels des poneys sillonnant les jardins du Luxembourg. « Ne restez pas à vous morfondre ici, allez donc vous promener en bord de mer, leur avait conseillé Louise, comme elle l'aurait fait avec ses élèves. Vous avez déjà vu les rochers sculptés ? Sinon vous pourriez faire un tour à la plage des Chevrets, c'est un très joli coin, vous savez ! » Mais ils préféraient ressasser les dernières rumeurs concernant l'affaire, hantant les couloirs ou les allées arborées de la malouinière.

– Venez ! intima Énora, entraînant les deux autres. Dans la serre, au moins, ils nous foutront la paix.

– La serre, tu es sûre ?

Cette hésitation craintive ne ressemblait guère à Maggie. Mais sa petite-fille passa outre cette anomalie, et les trois femmes se retrouvèrent bientôt sous la cloche de verre, à l'abri des oreilles et des regards qui patrouillaient alentour.

Là, la benjamine dégaina la tablette tactile sur laquelle elle avait transféré la dernière vidéo capturée par l'œil électronique de « Constant », la veille au soir. Las, la vue offerte ouvrait sur un zinc déserté, et une salle commune tout aussi vide. Affalée derrière le comptoir, faute de clients à servir, Sophie paraissait s'ennuyer ferme.

– Super, ta spy-caméra, s'agaça Maggie. Elle a filmé un bar sans personne à espionner !

– Attends, attends… Écoute…

Hors champ, sans doute dans le dos du mannequin, on pouvait percevoir l'échange de deux voix d'hommes. Faibles, mais une fois le son poussé au maximum, assez distinctes, pour percevoir la teneur de leur discussion.

– On dirait Yann Guesnet, non ? suggéra Louise.

– Si ! Et Loïc.

– Fuck me Jesus ! La ferme ! On n'entend rien avec vos blablas.

Sans relever l'injure, Énora cala à nouveau la vidéo au tout début, et cette fois elles purent capter la conversation dès les premiers propos échangés. Tout n'était pas audible pour autant. Mais soudain, un éclat s'éleva, plus sonore que la moyenne de leur papotage assourdi : « Putain ! Mais il fallait bien que j'invente quelque chose ! Je ne pouvais pas laisser les flics remonter jusqu'à elle sans rien faire ! »

– C'est le gamin qui a sorti ça ? s'inquiéta Maggie.

– Oui, aucun doute, c'est Loïc, confirma Louise.

– Vous croyez qu'il se sait dans notre collimateur ?

– Probable. Julie a dû lui cafter notre petite visite à la piscine de Lancieux.

Une visite qui avait provoqué la fuite de l'adolescente, elles ne l'oubliaient pas.

– Il doit sentir que l'étau se resserre sur ses complices et sur lui, spécula Énora. Ça expliquerait pourquoi il est allé te balancer à Guilloux, granny.

– That's right. Pourtant, si tu fais attention, il ne s'exprime pas comme le ferait un meurtrier. Il a dit « laisser les flics remonter jusqu'à elle », pas « jusqu'à moi ».

Un instant circonspect s'étira entre elles. Le soleil au zénith frappait la serre de plein fouet. Il faisait très chaud, désormais, sous les panneaux de verre ébréchés. Des gouttes de sueur perlaient sur leurs fronts. À moins que ce ne fût un effet de leurs communes angoisses.

– À votre avis, il parle de qui quand il dit « elle » ? s'interrogea Maggie.

– D'ailleurs, elle au singulier ou elles au pluriel ?

– Bonne question… En tout cas, la ou les coupables seraient des femmes, songea Louise à voix haute, de toute évidence perturbée par cette perspective choquante.

– Ça nous laisserait qui, alors ? Solène ? Arwen ? Une autre membre du BBB ?

– Arwen, je n'y crois pas, trancha la doyenne.

– Et pourquoi pas ? s'écria Louise. On n'a pas encore la certitude qu'elle était absente de Saint-Malo le 6 au soir. Je te signale que le résultat du bornage de son mobile ne figurait pas dans les PV qu'on a parcourus chez Guilloux.

– Je ne sais pas… Si tu étais aussi charming que cette petite dinde, tu tuerais un vieux bouc comme Paul, juste parce qu'il te largue ? Elle peut se taper n'importe qui. Le Tohic ne voulait plus d'elle ? Big deal, Bill !

Ce fut dit avec une pointe de nostalgie. Elle aussi, dans ses jeunes années…

– Justement, intervint Énora. Quand tu peux choper qui tu veux, ça doit être d'autant plus vexant de se faire bâcher par un croulant. Orgueil féminin blessé. Besoin de revanche.

– Hum… Le mobile me semble un peu léger. Du côté de Solène, par contre…

Maggie leur relata alors ce qu'elle avait découvert le matin même à propos de la fragilité cardiaque de Paul, juste avant de se faire serrer sur la plage du môle.

– Soit, dit Louise. Mais tu viens de nous dire toi-même que Paul a tout fait pour cacher son insuffisance à sa femme.

– Who knows… Ça n'a peut-être pas marché aussi bien qu'il l'espérait. Maybe elle a fouillé dans les mails de Paul pour en apprendre plus sur ses maîtresses…

– … Et maybe elle est tombée sur ses comptes rendus médicaux ! conclut à sa place Énora.

Déjà pourvue d'un mobile puissant – châtier un époux infidèle qui s'apprêtait à les abandonner, sa fille et elle –, Solène aurait alors mis le doigt sur un possible mode opératoire : provoquer un arrêt cardiaque.

Ne lui aurait plus manqué qu'une occasion propice…

– Admettons. Mais ça ne nous explique pas le rôle de Loïc et de Yann là-dedans… Peut-être même celui de Julie. Je vous rappelle qu'elle se trouvait aux côtés de sa mère, à Saint-Malo, la nuit du meurtre.

– Tu n'as pas tort, reprit Maggie. Même si pour Yann, j'ai ma petite idée.

– C'est-à-dire ?

– Eh bien, à sa place, pour qui fermerais-tu les yeux sur toutes ses malversations et toutes ses dérives… Si ce n'est pour ton amant ?

– Yann et Solène, t'es sérieuse ?!

– Ça ne tient pas debout, ton truc, se récria à son tour Nono. Personne dans le bagad n'a mentionné de proximité entre eux. D'après ce que nous a raconté Alain sur la répétition avortée au palais du Grand Large, c'est même le contraire. Elle lui a collé une gifle devant tout le monde !

– Je ne vois pas ce que ça prouve. Maybe ils sont juste plus discrets et plus malins que Paul avec ses bloody maîtresses. Et maybe ils ont fait exprès de se chamailler devant témoins pour brouiller les pistes.

Solène et Yann, amants diaboliques ? On aurait juré du L.T. Meade dans le texte.

34

9 juillet, Saint-Malo, Manoir des Corrigan,
piscine à chevaux, 13 h 45.

Pour un possible complice d'homicide, Yann Guesnet ne se montrait guère fébrile. Vautré sur un tapis d'herbes fraîches à proximité de la piscine à chevaux, aux confins du parc, il sirotait une bière au goulot, nonchalant, les yeux mi-clos. Les trois ou quatre cadavres gisant autour de lui indiquaient que ladite bibine n'était pas sa première victime.

– *Gast !* Vous m'avez foutu les jetons ! s'exclama-t-il en voyant les trois femmes se dresser devant lui.

– Jusqu'à preuve du contraire, on a encore le droit de se promener dans *notre* jardin.

C'est Maggie qui avait pris l'initiative de ce traquenard. « Je crois qu'il est high time qu'on ait une petite discussion avec l'ami Yann », s'était-elle écriée au sortir de la serre, dans son habituel volapük sauce franggie.

Les Corrigan encerclaient à présent le petit homme chauve. Aussi vite dessaoulé que sur la première vidéo, celui-ci se releva sur ses pieds, comme pour mieux les affronter.

– Je ne dis pas le contraire, se défendit-il.

– Et ça, embraya Énora, en lançant la vidéo qui l'accablait, vous en dites quoi ?

« Il fallait bien que j'invente quelque chose ! Je ne pouvais pas laisser les flics remonter jusqu'à elle sans rien faire ! » criait Loïc mezza voce. Ce à quoi Yann avait répondu : « C'est pas une raison pour t'agiter n'importe comment. À partir de maintenant, c'est profil bas. Tu ne bouges plus d'ici, compris ? »

– Je… je n'ai aucun compte à vous rendre, bredouilla Guesnet.

Déjà, il avait reculé de quelques pas, en direction du bassin en forme de fer à cheval. Le relief de récentes averses remplissait ce dernier aux deux tiers. Une eau trouble, piquée de feuilles mortes, y croupissait.

– Qui est cette « elle » dont parle Loïc ?

– Mais personne ! Personne !

Maggie marchait sur lui, menaçante, sa canne brandie comme une arme, suivie par sa garde rapprochée.

– Vous voulez nous faire croire que ni vous ni Loïc ne savez qui a tué Paul ? gronda-t-elle.

Les talons du *penn-soner* avaient atteint le bord en pierres de la piscine. Encore un pas en arrière, et il sombrerait dans l'eau fangeuse. Un masque paniqué s'était abattu sur son visage. Il paraissait parfaitement sobre, désormais. Et pourtant, il titubait plus qu'un ivrogne. Sa peur de chuter était manifeste.

– C'est Solène ! glapit-il.

– C'est Solène qui a tué son mari ?!

Comme cogné par la question, Yann bascula pour de bon dans le bassin. Mais, en un geste réflexe,

Maggie lui tendit sa canne à laquelle il s'agrippa *in extremis*.

En reprenant ses esprits sur la margelle en granit, sain et sauf, il souffla :

– Non, j'en sais rien… Vous me demandez de qui parlait Loïc, alors je vous réponds : c'est Solène qu'il voulait protéger des flics.

– Et pas vous, peut-être ? le pressa Maggie.

– Jamais de la vie ! Pas après ce qu'elle m'a fait !

La thèse des amants maudits éclata comme une vulgaire bulle de savon dans l'air estival.

– Qu'est-ce que vous voulez dire par là ?

– Rien, rien…

Mais Maggie leva son pommeau juste au-dessus du crâne dégarni, sauveur devenu Damoclès. Guesnet trembla comme une feuille, à deux doigts de verser en arrière une nouvelle fois, et finit par lâcher :

– Elle m'a forcé à planter les comptes du BBB. Voilà ! Vous êtes contentes, maintenant ?

– Quoi ?! s'écria de concert le trio.

– Attendez, vous voulez dire que c'est Solène qui vous a demandé de taper dans la caisse ?

– Non, ça, je le faisais très bien sans elle… Mais quand elle l'a découvert, au lieu de balancer aux autres membres du bagad, elle m'a fait chanter : soit je continuais à rendre l'asso insolvable, soit elle leur racontait tout.

– En priorité à Paul, j'imagine.

– Vous imaginez bien. Sauf qu'avec l'annulation de notre participation au FIL, il a fini par deviner tout seul ce qu'il se passait, comme un grand.

Voilà qui expliquait l'acharnement de Solène Le Tohic à couvrir les extorsions de Yann. Non, elle n'avait pas agi par faiblesse ou par simple miséricorde. Loin de fermer les yeux, comme la Breizh Brigade l'avait d'abord cru, Solène avait instrumentalisé les fâcheux penchants du *penn-soner* pour mieux compromettre les rêves de gloire et d'indépendance de son époux.

Tout ce que Louise avait découvert sur l'ordinateur d'Alain faisait sens.

– Mais la manœuvre de Solène n'a pas suffi à convaincre Paul de rester auprès d'elle ? demanda-t-elle.

– Apparemment non… Cela dit, ça faisait longtemps qu'il parlait de l'Écosse. La seule chose qui a changé ces derniers mois, c'est qu'il envisageait de partir seul.

Sans femme ni enfant. Elles n'avaient trouvé qu'un seul billet Nantes-Édimbourg dans ses affaires. Qui plus est, un aller simple… Paul ne cherchait pas à s'offrir une simple escapade de plus. Il voulait larguer les amarres pour de bon, comme ces milliers de disparus volontaires qui se volatilisaient chaque année.

– Vous croyez que Solène serait allée jusqu'à le punir de cet abandon ?

– Aucune idée… Est-ce qu'on ne sait jamais ce qu'il se passe dans la tête et dans le cœur d'une femme bafouée ?

– Mais alors, ce clash entre elle et vous, l'autre jour, au palais du Grand Large… ça rimait à quoi ? C'était juste de la comédie ?

– Ouais. Je suppose qu'elle a voulu écarter les soupçons qui pouvaient peser sur elle. Jouer à plein son rôle de veuve inconsolable.

Un ange sidéré glissa sur le parc. Il fallut de longues secondes aux femmes de la Breizh Brigade pour digérer ce flot d'informations. Dans cet intervalle, le vol chaotique d'un jeune goéland retint leur attention. Yann profita pour sa part de ce moment d'accalmie pour mettre deux ou trois pas supplémentaires entre la piscine et lui.

Tenaient-elles enfin la coupable, en la personne de Solène Le Tohic ? Certains détails clochaient, pourtant. Comme la mise en scène SM (inutile), ou la force requise pour enfourner le chalumeau de la cornemuse dans la gorge de Paul (force qui faisait de toute évidence défaut à la frêle trésorière du BBB).

– À propos de comédie… revint à la charge Énora. C'est quoi votre truc avec l'alcool ? Comment vous faites pour débourrer aussi vite ?

– Ah ça… Vous avez déjà entendu parler des enzymes aldéhyde-déshydrogénase du foie ?

– Euh, non. C'est quoi ?

– Ce sont les enzymes qui gèrent l'assimilation de l'alcool dans le sang. Les Asiatiques en ont très peu à l'état naturel, d'où leur faible résistance aux boissons alcoolisées. Et moi, c'est l'inverse. J'en ai quatre ou cinq fois plus que la moyenne des Occidentaux.

De quoi alimenter les a priori sur la capacité des Bretons à encaisser les excès de bouteille.

– Holy shit ! La chance ! s'écria Maggie.

– Pas vraiment, non… Non seulement je supporte mieux l'alcool que la moyenne, mais je m'en remets aussi beaucoup plus vite.

Confer l'étonnante scène de récupération expresse immortalisée par les yeux électroniques de Constant, sur la première vidéo.

– Moralité, poursuivit-il d'un ton las, je ne dispose pas de garde-fou comme le commun des mortels. Je n'ai aucun moyen de savoir si je dépasse les limites ou si je me fusille la santé. Et croyez-moi, je me la fusille !

En quelques mots, il s'apitoya alors sur son sort, leur relatant ses innombrables tentatives pour se désintoxiquer.

– Mais les cures coûtent une blinde et sont très mal remboursées. C'est d'ailleurs pour ça, pour me les financer, que j'ai commencé à tirer du cash sur le compte de l'asso… Et puis, vous savez ce que c'est, ça a fini par déraper. J'ai pris de plus en plus gros. Et plus seulement pour mes soins.

– Pour l'honnêteté non plus, persifla Louise, vous n'avez pas les bons enzymes ?

Guesnet haussa les épaules, vexé.

– En parlant de santé… Vous étiez au courant des problèmes cardiaques de Paul ?

– Cardiaque ? Paul ?!

Il semblait sincèrement surpris. Surpris comme un homme qui entend cette assertion pour la première fois.

– Non, enchaîna-t-il. Par contre, je savais pour son « truc » avec le chlore.

– Quel truc ?

– Paul était allergique au chlore. Une vraie allergie, hein, pas juste une petite intolérance de rien du tout.

– Vous voulez dire… ?

– Qu'un simple taux de chlore au-delà de la normale dans l'eau du robinet aurait pu lui être fatal, la coupa-t-il. D'ailleurs, je crois que dans le doute, il n'en buvait presque jamais.

Maggie observa mentalement qu'à aucun moment Ludovic n'avait mentionné cette spécificité. Mais, après tout, son ex-amant médecin s'était borné à répondre à ses questions sur le cœur de Paul Le Tohic. Il ne lui avait pas récité l'intégralité du dossier médical du cornemuseux.

– Cette allergie, il en parlait ouvertement ? l'interrogea Louise. Beaucoup de monde était au courant ?

– Non, à ma connaissance, y'a que sa famille qui savait.

– Et vous, vous avez compris comment ?

– Paul plaisantait volontiers sur le fait qu'il était un très mauvais nageur. Que son père ne lui avait pas appris quand il était gamin. Comme moi. Comme pas mal de fils de marins.

D'un coup, elles comprenaient mieux la peur panique de leur interlocuteur à l'approche du marigot voisin.

Elles revirent aussi les montagnes de packs d'eau minérale dans la cuisine des Le Tohic.

– Mais un jour, poursuivit-il, je l'ai vu crawler pour sauver un gamin de la noyade, sur la grande plage de Dinard. J'ai compris que son aversion pour la piscine n'avait rien à voir avec ses soi-disant difficultés à nager. J'en ai parlé à Solène, qui m'a déballé le fin mot de l'histoire, en me faisant jurer de n'en parler à personne.

– Il en avait honte ?

– Pas de l'allergie à proprement parler, mais de l'image que ça pourrait donner de lui. Paul n'était pas du genre à avouer ses faiblesses, vous savez.

Maggie se souvenait, en effet.

– Alors, c'est pour ça qu'il n'allait jamais voir Julie nager à la piscine ? À cause du chlore ?

– Je suppose, oui.

Abandonnant Yann Guesnet, sur la promesse qu'il ignorait où était passé Loïc – il affirmait ne pas l'avoir revu depuis leur échange au bar clandestin, la veille au soir –, les trois Corrigan reprirent leurs conjectures au gré des allées du parc. Le goéland débutant s'était posé sur la cime d'un cerisier, cahin-caha.

– Le taux de chlore dans l'eau de ville, ça ne vous rappelle rien ? lança Louise.

– Si ! Jacques m'a même over-saoulée avec ça.

– L'info était en une du *Pays malouin*, il y a deux jours.

– Attendez, dit Énora. Vous êtes en train de me dire que la mort de Paul serait accidentelle ? Qu'il serait juste mort à cause d'une connerie d'ajout de chlore dans l'eau de la Régie malouine ?! Et vous faites quoi de la cornemuse dans sa gorge ? Vous faites quoi du tableau BDSM ?

– Picture this, proposa Maggie. Après que je l'ai repoussé, Paul reçoit sa maîtresse du jour dans sa chambre pour un jeu érotique un peu… spicy, disons. Il a soif. Et comme il a déjà les mains attachées dans le dos, elle lui donne à boire un verre d'eau du robinet. Bien chargée en chlore.

– Pourquoi elle ferait ça ? Pourquoi elle ne lui file pas de la Plancoët ? Je te rappelle qu'il y en avait dans sa chambre.

Elles se remémoraient bien la présence d'une petite bouteille d'eau sur la table de nuit, celle remise par

Loïc de son propre aveu, sans parvenir à se souvenir si celle-ci était encore scellée lorsque le corps sans vie de Paul avait été retrouvé.

– Ils ne se connaissent pas bien, rebondit Maggie. Elle n'a pas l'info pour son allergie. Et, excité comme il l'est dans ces moments-là, Paul ne fait pas attention. Il boit. Il étouffe. Œdème de Quincke fulgurant. La fille panique. Elle finit par prendre ce qui lui tombe sous la main pour essayer de dégager les voies respiratoires de son amant : la cornemuse. Bref, un accident complètement stupide !

– Punaise, granny, t'as trop d'imagination ! Tu devrais écrire des romans, pas gérer une maison d'hôtes. Et les deux traces de pas dans le couloir et l'escalier, elles viennent d'où selon toi ?

– Well. Quand la naughty girl comprend que c'est fichu, que Paul est mort, elle appelle une copine à la rescousse. That's it. Game over.

– Pourquoi elle n'a pas plutôt contacté les secours ?

– Parce que, même si c'est malgré elle, elle vient de tuer un vieux type à poil avec une cornemuse dans l'œsophage. Franchement, à sa place, tu saurais comment justifier un truc pareil ? Tu ne te barrerais pas en courant ?

Énora la rousse n'opposa d'abord qu'une moue interdite. Avant de reprendre :

– Et Loïc, dans tout ça ? Tu crois qu'il connaît la maîtresse en question ? Qu'il aurait intérêt à la couvrir ?

– Peut-être. Ou alors, il cherche juste à disculper la mère de sa copine. Sa future belle-mère que tout accable. Comme nous l'a dit Guesnet. Ça peut se comprendre, non ?

Puis, après un nouveau silence, Maggie ajouta, soudain tout sourire :

– You know what ? Je crois que notre ami le beau commissaire a mérité qu'on lui file un nouveau petit coup de main.

35

9 juillet, Saint-Malo, Manoir des Corrigan, *commissariat de Saint-Malo, 16 heures.*

La Breizh Brigade…

La première fois, Christophe Guilloux avait jugé l'appellation un peu comique. Une sorte de blague potache comme en conçoivent les étudiants.

Mais retrouver un deuxième mot de la main de ce mystérieux groupuscule, qui plus est sur son propre paillasson, ne l'avait pas amusé du tout. D'abord, car cela signifiait que son adresse personnelle et le code de son immeuble circulaient. Ensuite, car cette action le mettait *de facto* dans une position de vulnérabilité qu'il détestait plus que tout. Voilà qu'il se trouvait à la traîne de vulgaires enquêteurs amateurs ! Presque dépendant des indices que ceux ci lui délivraient au compte-gouttes.

Cependant, il lui fallait bien l'admettre, le contenu de ce nouveau billet, quelques lignes dactylographiées seulement, n'était pas dénué d'intérêt. Les informateurs anonymes y divulguaient en particulier plusieurs éléments concernant l'état de santé antemortem de Paul Le Tohic : insuffisant cardiaque, allergique au chlore. Pas besoin d'être médecin pour comprendre qu'un choc anaphylactique pouvait entraîner un arrêt cardiaque fatal, plus encore chez un sujet fragilisé du palpitant.

Guilloux décrocha son combiné fixe et composa le numéro de l'IML de Rennes, en priant pour que le légiste ayant procédé à l'autopsie fût en service ce jour-là.

*

* *

« Eh bien dis donc, ça doit être un besoin sacrément urgent, pour que tu m'appelles en plein après-midi ! »

Planté sur le seuil du bureau de Maggie, Jacques Gaillard affichait cet air triomphant de celui qui se croit (enfin) désiré.

– Tout doux, cow-boy, le rabroua-t-elle en contenant un sourire. Ce n'est pas à ton corps que j'en veux.

– Et à quoi donc, alors ?

D'un geste, elle l'invita à la rejoindre dans la pièce et à prendre place sur l'un des sièges vacants. Jacques appréciait l'ambiance cabine de bateau de ce réduit aux murs lambrissés d'acajou. Pour tout dire, il se serait bien vu à la barre d'un tel vaisseau.

Maggie Gaillard, ça sonnait bien, non ?

– Dans l'exercice de ton job, l'attaqua-t-elle sans préambule, je suppose que tu utilisais assez souvent du chlore. Am I right ?

– Oui, bien sûr. En bout de chaîne de potabilisation de l'eau de ville. C'est la toute dernière intervention, pour garantir l'élimination des virus et des bactéries résiduelles. Pourquoi tu me demandes ça ?

– Well... Imaginons que j'ai un ami qui soit allergique au chlore.

– C'est qui, cet ami ?

– On s'en fout. Reste concentré, s'il te plaît. Je disais donc, prenons un type allergique au chlore. Vraiment *très* allergique. Quels moyens il a de détecter la présence de chlore autour de lui ? De se prémunir d'une exposition ?

– Eh bien, c'est simple, tout dépend du milieu dans lequel il se trouve.

– Du « milieu » ?

– Oui. Crois-le ou non, mais le chlore en tant que tel est une substance parfaitement inodore. Qu'il soit à l'état solide ou même liquide. Ce n'est qu'au contact de l'eau qu'il produit une émanation gazeuse, la chloramine. C'est elle qui développe l'odeur dite « de chlore » que tout le monde connaît. Ce parfum caractéristique des piscines publiques.

– So, si je te suis bien, du chlore pur, je veux dire sans eau dans laquelle le diluer, serait sur le principe indétectable ?!

Le rapport de l'IJ ne mentionnait aucune odeur spécifique dans la chambre « Cézembre » de Beauregard, le matin où Fanny avait découvert le corps. Celle-ci n'en avait parlé à aucun moment.

– D'un point de vue olfactif, oui, tu as raison. Après, ça reste une substance chimique comme une autre. Y'a d'autres moyens que le nez pour le mettre en évidence.

– Quel genre de moyens ?

– Des bandes réactives, un spectromètre de masse, ou même un microscope électronique pour une identification plus précise.

Pas vraiment le genre d'instruments avec lesquels on se baladait au quotidien. De fait, rien de tout cela n'avait été retrouvé sur Paul Le Tohic ou dans sa chambre. Si du chlore était entré en contact avec lui, le pauvre hère s'était vu bien incapable de le déceler… En tout cas pas avant d'en ressentir les premiers effets. Gonflement de la gorge. Obstruction des voies respiratoires. Asphyxie. Arrêt cardiaque.

La fameuse cornemuse enfoncée dans son œsophage avait-elle servi à une vaine tentative pour le sauver… ou à maquiller ce qui n'était qu'un empoisonnement ?

*

* *

« Bonjour, c'est Guilloux, à Saint-Malo. Je voulais vous demander : il est encore temps pour procéder à des analyses toxicologiques complémentaires sur Paul Le Tohic ? OK, OK, très bien. Vous me rappelez dès que vous avez un résultat ? De préférence sur mon mobile. Je vous donne mon numéro. »

L'appel intervint moins d'une heure plus tard. Dans l'intervalle, il avait fait ce crochet par l'hôtel de l'Univers qu'il envisageait depuis la dernière audition de Solène. Sur place, un commis de cuisine pakistanais avait confirmé le départ nocturne de cette dernière, la nuit du meurtre, peu avant minuit.

« J'ai coupé mon portable avant de me coucher », s'était-elle confiée lors de son interrogatoire.

« Se coucher peut-être, mais manifestement pas dans sa chambre d'hôtel », songea Guilloux.

Il n'y avait plus de doutes possibles : la veuve les baladait dans les grandes largeurs.

Comme il l'avait fait la première fois qu'on l'avait interrogé à ce sujet, se gardant toutefois d'évoquer la visite de la « old lady with a cane », le marmiton mentionna la présence aux côtés de madame Le Tohic d'une ado blonde. Sa fille, supposa le flic, et la petite amie de Loïc le tambour, selon les dires de Maggie Corrigan.

– C'est bon, on a ce que vous cherchiez, annonça le légiste à l'autre bout du fil.

– Je vous écoute…

Christophe Guilloux remontait le quai Duguay-Trouin bordant le bassin éponyme. Dès son arrivée dans la ville, il avait pris l'habitude d'effectuer ses déplacements intra-muros à pied. À peine un kilomètre séparait le commissariat central des remparts.

Au loin, l'immense bâtiment de la Compagnie des pêches de Saint-Malo, le *Joseph Roty II*, grouillait d'une foule de mousses préparant un départ en mer imminent.

– On a effectué des prélèvements dans les principaux organes où peut se fixer un excès de chlore présent dans l'eau consommée : estomac, reins, etc.

– Et alors ?

– Alors rien de très probant. Ce type ne devait pas boire d'eau du robinet bien souvent. On n'a rien relevé de suspect non plus dans la bouteille de Plancoët entamée. Par contre, ses poumons se sont montrés plus loquaces.

– Ses poumons ?! s'étonna le commissaire, lui-même un peu essoufflé par sa marche.

– Oui. On a des dépôts de chlore en concentration notable dans tout le système respiratoire. Jusqu'aux alvéoles. J'avoue que je n'avais jamais vu ça. Pas même chez des sujets qui bossent avec cette substance.

– Vous voulez dire… qu'il aurait sniffé du chlore ?

– Ça m'en a tout l'air. J'imagine que chacun s'éclate comme il le peut. N'est-ce pas, commissaire ?

*

* *

Une arme de femme.

C'est ce que confirmaient les innombrables polars que Maggie avait lus au cours de son existence. Elle se souvenait même d'un reportage de la BBC analysant les modes opératoires dans les soixante-six romans écrits par Agatha Christie, dont il ressortait que, dans l'immense majorité des cas, l'usage du poison relevait de tueurs de sexe féminin. Pour quelle raison ? Parce que l'empoisonnement ne réclamait ni force physique, ni de confrontation directe avec le corps sans vie de la victime. Avec le poison, ces dames tenaient à distance tous les aspects les plus inconvenants et les plus pénibles. *Arsenic et vieilles dentelles*, comme l'illustrait si bien le classique de Frank Capra.

« Une arme, deux femmes », se corrigea-t-elle, en repensant aux deux traces de pas, de petite pointure, relevées dans l'escalier et le couloir.

Deux femmes. Dont une assez costaud pour enfoncer un chalumeau de cornemuse dans l'œsophage tuméfié de la victime.

Deux femmes. Dont l'une était arrivée sur la scène de crime *après* l'autre.

Deux femmes… À moins que Loïc et ses pieds minuscules, Loïc et sa haute stature, Loïc et sa volonté manifeste de la couvrir « elle », sa complice, fût la trompeuse moitié du duo meurtrier.

Mais, homme ou femme, qui diable avait pu envisager d'employer ce produit d'apparence si anodine, le chlore, comme une arme ? Qui connaissait Paul Le Tohic d'assez près pour concevoir un plan aussi ingénieux ?

Pourtant, un détail jurait dans ce dispositif. Pourquoi recourir d'un côté à un modus operandi aussi discret… et composer de l'autre un tableau à ce point baroque, Paul nu et ligoté, sa cornemuse dans la gorge ? Il y avait là une contradiction qui échappait à Maggie. Comme si deux tendances antagonistes s'étaient affrontées dans la conduite même de l'acte criminel.

36

9 juillet, Saint-Malo, Manoir des Corrigan,
place Chateaubriand, 16 h 35.

Longtemps, elles avaient cru qu'il suffisait de s'aimer et de partager cette grande bâtisse pour (re) composer une famille. À la faveur de cette enquête, les trois Corrigan réalisaient que seule l'action commune les soudait pour de bon. Que la Breizh Brigade serait à n'en pas douter ce ciment qui leur faisait défaut.

Ainsi, Maggie avait beau être disculpée, au moins temporairement, elles n'envisagèrent pas une seule seconde de mettre un terme à leurs investigations. Car à l'émulation s'ajoutait à présent l'ivresse d'une résolution qu'elles devinaient à portée de main.

Après plus de deux heures de recherches séparées, chacune creusant de son côté, elles se réunirent en coup de vent dans le bureau de Maggie.

– Je viens d'appeler l'entraîneur de Julie, annonça Louise.

– T'avais chopé son 06 ?

– Non, répondit-elle en rosissant. J'ai juste contacté le secrétariat du club de natation, à Lancieux. J'ai prétendu que je voulais inscrire ma fille.

Les deux autres approuvèrent d'un sourire. Louise la discrète, Louise l'effacée, faisait, elle aussi, sa mue.

– Alors, il a dit quoi ?

– Il dit que d'après Sarah Benech, la meilleure copine de Julie, la fille Le Tohic n'a plus refait surface depuis qu'on s'est pointé à la piscine. Elle est injoignable depuis lors, chez elle comme sur son portable.

– Elle est probablement avec son Loïc, spécula Énora.

Lui aussi aux abonnés absents depuis la veille au soir, à en croire Yann Guesnet.

– Sans doute… mais où ?

– All right, all right, tenta de les remobiliser Maggie. On va se répartir les tâches de la manière suivante. Je vous explique.

Leur petite équipe se voulait certes démocratique. Mais s'il avait fallu désigner une cheffe, une seule d'entre elles se serait naturellement imposée.

*

* *

Une fois n'était pas coutume, Maggie confia les clés de sa Lilybeth à Énora, et cette dernière et Louise foncèrent bientôt en direction de l'intra-muros. Objectif : l'hôtel de l'Univers. Lors de leur visite nocturne chez les Le Tohic, Nono avait eu en effet la présence d'esprit de capturer avec son portable l'un des portraits de Julie. Il devenait crucial de s'assurer qu'elle était bien cette adolescente qui traînait à Saint-Malo avec Solène, la nuit du meurtre.

Le commis pakistanais qu'on leur indiqua à la réception de l'établissement semblait partagé entre lassitude et amusement. Jamais de sa vie il n'avait dû être aussi demandé.

– Yes, yes, approuva-t-il en apercevant le visage de Julie. As I already told the policeman, this is the girl I saw the other night.

– Policeman ?! s'étrangla Louise. What policeman ?!

Mais le petit homme souriant et affable s'empressa de les rassurer : au commissaire, car il s'agissait de lui, il n'avait pas parlé des autres curieux qui semblaient tant s'intéresser aux événements de cette fameuse nuit.

– Vous n'avez rien remarqué d'autre à son sujet ? s'enquit Louise dans son anglais de cuisine.

– You know, it was dark, I was tired…

– Anything ? insista-t-elle.

– Maybe…

– Maybe ?

– She looked quite sporty to me. Very large shoulders.

Il mima un gabarit athlétique et des épaules carrées dont il était lui-même dépourvu.

Une fille bien charpentée, cette Julie. Sans doute dotée d'une force suffisante à l'introduction d'un chalumeau de cornemuse dans une gorge contractée.

D'un regard entendu, les deux Corrigan parvinrent à cette même conclusion.

– Nothing else you can remember ?

– The opening of her sports bag… It was loose.[1]

1. – Oui, oui, comme je l'ai déjà dit au policier, c'est bien la jeune femme que j'ai vue l'autre nuit.

– Policier ?! Quel policier ?

– Vous savez, il faisait noir, j'étais fatigué…

– Quoi que ce soit ?

– Loose ?! geignit Louise. Qu'est-ce ça veut dire « loose », pour un sac ?!

– Je crois que ça veut dire lâche. Grand ouvert, si tu préfères.

*
* *

Pour la circonstance, Maggie dégaina son plus bel accent irlandais. Et aussi son meilleur talent de comédienne. Après avoir été baladée de service en service, elle finit par accrocher une responsable du Scottish Power Pipe Band d'Édimbourg, l'un des meilleurs pipe bands au monde.

– Lorsque nous nous sommes parlé la semaine dernière, monsieur Le Tohic a prétendu qu'il était libre de tout engagement, et j'apprends à l'instant qu'il aurait signé chez vous pour la prochaine saison. Imaginez un peu ma surprise !

– Je comprends. Mais vous représentez quel bagad, déjà ?

– Le Baltimore Pipe Band. Près de Cork. Vous ne connaissez sans doute pas. On n'existe pas depuis très longtemps.

– Et vous avez essayé d'en reparler directement avec Paul ? suggéra son interlocutrice à l'autre bout de la ligne.

– Peut-être…
– Peut-être ?
– Elle m'a semblé sportive. Des épaules très larges.
– Rien d'autre dont vous pouvez vous souvenir ?
– L'ouverture de son sac de sport… Elle était lâche.

– Vous pensez bien. Mais il ne répond plus à mes appels. D'où ma démarche.

– Je vois. Mais si ça peut vous « rassurer »…

Les guillemets étaient bien perceptibles.

– … Le contrat que nous avons conclu avec Paul Le Tohic est attaché à une condition suspensive. À l'heure actuelle, il n'est pas encore garanti qu'il nous rejoindra en septembre.

– Quelle condition, je vous prie ?

– Oh c'est très simple : nous avons pour règle de n'embaucher pour premier sonneur que des musiciens qui ont obtenu le premier prix du FIL dans leur spécialité. En l'occurrence, la cornemuse.

« Il a fini deux fois deuxième. Le Poulidor du biniou », avait dit Solène à propos de Paul lors de sa première audition chez Guilloux.

Or, faute de présence du BBB au Festival interceltique au mois d'août suivant, Paul avait d'ores et déjà perdu toutes ses chances de décrocher le trophée tant convoité. Adieu l'Écosse…

Dans ce cas, quelles raisons Solène avait-elle encore de vouloir tuer son lâcheur de mari ? Par la force des choses, celui-ci n'était-il pas condamné à rester auprès d'elle ?

Était-elle assez folle (ou blessée) pour vouloir châtier malgré tout celui-là même qu'elle avait réussi à conserver ?

*

* *

Elles regagnaient déjà la petite place Vauban, nichée entre la place Chateaubriand et les remparts, avisant l'endroit où elles avaient garé Lilybeth, quand Énora souffla à l'intention de sa mère :

– À neuf heures…

– Quoi, neuf heures ? Il est à peine dix-sept heures.

– Putain, maman, regarde à neuf heures ! À ta gauche, quoi !

À cent mètres de là, la blonde et fragile Solène grimpait dans une petite citadine aussi flambante que la 206 de feu son époux était vétuste.

– Elle ne devait pas rester à Saint-Malo jusqu'au 13 ?

– Rien ne nous prouve qu'elle quitte la ville.

– Rien ne nous prouve le contraire, trancha Énora.

À ces mots, la rousse fonça vers la voiture d'une étrange couleur violine. De mémoire, Solène et elle ne s'étaient encore jamais croisées. Pas même lors de la répétition du bagad dans le potager du *Manoir* – cette fois-là, Nono était partie en balade chez ses amis éleveurs.

– Excusez-moi, madame…

Déjà installée derrière son volant, prête à claquer la portière, Solène Le Tohic releva un regard surpris et un peu méfiant. Prudente, Louise restait quelques pas en retrait de la scène, hors du champ de vision de la conductrice.

– J'ai crevé, mentit Énora avec un large sourire. Et je n'ai pas de roue de secours dans le coffre.

– Désolée, moi non plus.

– Bien sûr, bien sûr… Mais vous pourriez me prendre avec vous ? Je suis attendue en urgence dans une ferme. Pour une mise à bas. Je suis véto.

Dégainant sa carte d'élève vétérinaire, elle brandit le rectangle de plastique officiel sous le nez de Solène. Par chance, le document avait été établi au nom de son père, Le Divellec, et non sous le patronyme usuel de sa mère, Corrigan. Un nom que Solène Le Tohic ne connaissait que trop bien.

– D'accord, grommela cette dernière à contrecœur. Mais vous allez où ?

– Eh bien, entre Dinard et Saint-Briac, bluffa-t-elle d'instinct. Et vous ?

– À Saint-Briac.

Pas de doute, elle contrevenait bien aux injonctions de la police. Le motif de cette entorse devait être vraiment impérieux.

– Ah, super ! s'exclama Énora en contournant la voiture jusqu'au côté passager.

Juste avant de monter, elle adressa à Louise un petit signe qui voulait dire : « Tu nous suis discrètement. »

Les premiers tours de roue se firent dans un silence que ne rompaient que les vaines tentatives de l'autostoppeuse pour dérider sa bonne samaritaine. Après quelques détails peu ragoûtants sur le vêlage et autres banalités, Énora demanda à la conductrice la permission de toucher à la console électronique du tableau de bord.

– Y'a un GPS ? Je ne suis encore jamais allée à cette ferme. Je ne connais pas le chemin.

– Oui, oui, y'a un GPS. Mais vous n'en avez pas un sur votre portable ?

– Je n'ai plus de batterie, argua la passagère. C'est pour ça que j'avais besoin d'aide. Merci encore, hein.

– Je vous en prie, répondit l'autre, glaciale.

À la sortie de Saint-Malo, pile à l'embranchement conduisant au barrage sur la Rance, Énora fit mine de renseigner l'adresse voulue. Heureusement, elle se souvenait d'une ferme bien réelle dans le coin.

– Ça va ? Vous vous en sortez ? demanda Solène, un regard oblique et soupçonneux porté sur l'écran.

– Ça va, j'ai juste pas trop l'habitude de ce type d'engin. Ma voiture est bien moins moderne que la vôtre.

Elle redoubla alors d'anecdotes plus ou moins bidon pour détourner l'attention de la conductrice, déjà fort sollicitée par la densité de la circulation en cette fin d'après-midi estivale. En cette saison, l'axe Saint-Malo-Dinard distribuant des stations balnéaires telles que Saint-Lunaire ou Saint-Jacut était l'un des plus empruntés de la région.

Consulter l'historique de navigation tout en déjouant la surveillance de la femme à un mètre d'elle seulement ne fut pas chose aisée. D'ailleurs, lorsqu'elle sortit enfin du menu concerné, elle put sentir tout le poids du regard de Solène sur son profil gauche. Celle-ci l'avait-elle démasquée ? Avait-elle compris le motif véritable de sa présence dans cet habitacle ?

Dans le doute, la jeune femme rousse s'exclama :

– C'est là ! La prochaine à droite. Si vous voulez, vous pouvez me déposer ici. J'en ai plus que pour trois cents mètres à pied, et vous, ça vous évitera un détour.

Solène s'exécuta sans le moindre commentaire. Un beau soleil déclinant nimbait ses traits creusés d'une aura angélique.

Énora la remercia avec chaleur et accrédita son mensonge en s'engageant sur le sentier inconnu. Ne pas se retourner, ne pas même jeter un œil par-dessus son épaule, lui réclama un sang-froid dont elle se serait crue incapable quelques jours plus tôt.

L'irruption sonore d'un klaxon dans son dos faillit la faire verser sur le bas-côté.

Lilybeth venait de s'arrêter à sa hauteur et, par la fenêtre entrouverte, la mine candide de sa mère sollicitait déjà son rapport :

– Alors ?!

– Je ne peux pas te garantir que c'était elle derrière le volant, dit-elle en reprenant ses esprits. Mais ce qui est certain, c'est que sa caisse est bien allée du parking Vauban jusqu'au hameau Saint-Étienne le soir du 6 juillet. Elle s'est garée sur un terre-plein en bordure de champ, à environ deux cents mètres du Beauregard, à 21 h 22 très précises.

Soit deux minutes après que Maggie eut quitté Paul et l'annexe du *Repaire des corsaires*. Pile dans la fenêtre de tir criminelle.

– La vache… soupira Louise. Tu viens de faire la route avec une meurtrière !

37

9 juillet, Saint-Briac-sur-Mer, chez Sarah, 17 h 10.

« Elle s'est pas effondrée d'un coup, hein… Genre, ça a plutôt été une lente dévalade. »

– Tu veux dire, une dégringolade ?

– Ouais, voilà.

Sarah Benech, quinze ans, leur avait ouvert cinq minutes plus tôt, un peu surprise par la visite de cet étrange trio : une presque jeune, une quasi vieille et une très vieille. Mais la tchatche de la doyenne d'entre elles l'avait convaincue de les laisser entrer malgré l'absence de ses parents.

La maison était l'une de ces bâtisses clonées sur ses voisines, comme il en pullule dans tous les lotissements de France. Mais là où le foyer des Le Tohic transpirait la déprime, un bonheur simple régnait chez les Benech, comme en témoignaient les très nombreuses photos familiales placardées dans le hall. Disneyland, Costa Brava, la plage de Lancieux… Des sourires et un amour qu'on devinait sincères.

– Tu penses que c'est lié à sa relation avec Loïc ?

– Loïc ?! Pas du tout… Je dirais presque « au contraire ». Sans lui, elle aurait encore moins tenu le coup.

– Ils sont très amoureux ?

– Amoureux, j'en sais rien, mais super fusionnels, dit-elle, assez fière semblait-il d'avoir employé un terme aussi élaboré. Ça les fait marrer que Lolo ait des pieds de nain, alors ils échangent leurs grolles pour déconner, ce genre de trucs.

« Tiens tiens, des chaussures interchangeables », songea Maggie.

À la descente du taxi qui l'avait conduit à Saint-Briac, celle-ci affichait une mine sombre qui ne lui ressemblait guère. Elle s'était contentée d'évoquer les doutes qu'elle nourrissait désormais quant à la culpabilité de Solène. Puis les trois Corrigan avaient sonné au numéro déniché sur le site des Pages blanches – aussi surprenant cela fût-il, certaines personnes y figuraient encore.

L'ado qui s'était présentée à la porte était aussi athlétique que Julie, mais elle paraissait plus épanouie. D'instinct, on pouvait sentir que sa vie à elle ne serait pas qu'une longue suite de déconvenues.

– Bon, si c'est pas Loïc, le problème de Julie… C'est quoi, alors ? C'est qui ?

– Paul, répondit-elle sans hésiter.

Elle paraissait peu encline à en révéler davantage. Comme si tout le drame de son amie était contenu dans ce seul prénom.

– Tu veux dire que Paul… ?!

– Non ! Non ! s'empressa-t-elle de dissiper le malentendu, agitant les deux mains pour mieux chasser l'odieuse perspective. Y'a rien eu d'aussi glauque. Enfin...

– Enfin quoi ?

– Si vous connaissez un peu Paul, vous devez savoir qu'il était sacrément chaud de la... se censura-t-elle. Du genre gros brancheur. À sauter sur toutes les filles un peu jolies, quel que soit leur âge.

Maggie accueillit la dernière remarque comme si elle ne la concernait pas, d'un double battement de cils.

– Mais pas jusqu'à tenter quelque chose avec sa propre fille, on est d'accord ?

– Ça non. Julie me l'aurait dit. C'est clair.

– Dans ce cas, qu'est-ce qui n'allait pas entre eux ?

– J'ai pas les détails, hein. De toute façon, Julie se braque à chaque fois que j'aborde le sujet.

– L'esprit général suffira, l'encouragea Énora.

L'ado hésita, puis reprit son souffle :

– Je crois juste qu'elle en avait marre de voir sa mère se faire bébar par lui.

– Tu veux dire, se faire tromper, c'est ça ?

– Ouais, de ouf, soupira-t-elle. Faut dire qu'il se cachait à peine. Tout le monde est au courant dans le bled. Et elle, ça la faisait grave souffrir qu'il humilie Solène comme ça.

– Elle ruminait le truc depuis longtemps ?

– J'sais pas trop. Je dirais six mois. P'têt plus. En tout cas, ce que je peux vous dire c'est que ça la bouffait.

« Elle s'est classée bonne dernière à toutes les courses auxquelles elle a participé depuis six mois », leur avait dit l'entraîneur des deux jeunes femmes, la veille au soir.

– Je crois qu'elle a vraiment ouvert les yeux quand Paul a commencé à se balader partout avec sa p'tite jeune, là. La fille du bagad, précisa-t-elle.

– Arwen ?

– Ouais, c'est ça, Arwen. Une bonne tepu, celle-là.

Un voile affligé tomba sur les trois visages des Corrigan.

– Loïc est au courant de ce que Julie avait en tête ?

– Je crois pas. Connaissant Julie, ça m'étonnerait qu'elle lui en ait parlé direct. Mais il est pas con, non plus. Il a dû se douter qu'il y avait un gros malaise chez elle.

À en croire l'accrochage entre le cornemuseux et le jeune tambour à la sortie de la piscine, ce dernier devait entretenir en effet un peu plus qu'une vulgaire présomption. D'ailleurs, en tant que membre du bagad, il s'était même trouvé aux premières loges, lorsque Paul était allé jusqu'à entretenir une liaison au nez et à la barbe de ses confrères musiciens, sans se cacher ou presque.

Un silence plombé occupa tout l'espace du petit séjour bien entretenu. Coussins alignés au cordeau. Table basse impeccable. Rien à voir avec le désordre observé chez les Le Tohic.

Énora, dont le regard cherchait à fuir par la baie vitrée, paraissait la plus affectée des trois visiteuses par les révélations de leur hôte. Elle qui avait compris qu'Alain n'était pas son père, l'année de ses dix ans – un document attestant de la stérilité chronique de ce dernier, qu'elle avait retrouvé dans les affaires de Louise. Elle qui se désolait si souvent de ne pas connaître son papa biologique.

Elle pensa qu'il valait sans doute mieux pas de père du tout qu'un salaud pareil à la maison. Quant à Alain, si tendre et attentif au fil des ans, ne s'était-il pas montré un supplétif exemplaire ? Un faux papa probablement meilleur que l'original.

– Est-ce que tu penses que Julie aurait pu aller jusqu'à se venger de ce que Paul faisait subir à sa mère ? finit-elle par demander.

– Se venger… ?

– Tu m'as très bien comprise.

– Le tuer ?! s'écria-t-elle, scandalisée par la perspective. Non, mais vous êtes malade ! Jamais de la vie ! Julie n'est pas comme ça !

– Julie était à Saint-Malo le soir du meurtre, on en a la preuve, appuya Louise.

– C'est n'imp', votre délire ! Cette nuit-là, Julie a dormi à la maison, avec moi ! Même qu'on s'est levées super tard. Vous pouvez demander à mes parents, on a pris notre petit-déj' quand ils en étaient déjà au déj'.

– D'accord, mais elle est arrivée ici à quelle heure ?

– J'sais plus… éluda-t-elle, ses sourcils épilés soudain froncés.

– Tard ? Après minuit, c'est ça ?

– Ouais, ouais, dans ces eaux-là. Mais je vois pas ce que ça change…

Cela changeait tout, au contraire. Cela laissait non seulement le temps à Julie de faire un tour du côté de Beauregard dans la soirée, mais aussi de repartir avec sa mère à Saint-Briac, plus ou moins autour de minuit comme l'avait attesté à deux reprises le commis pakistanais de l'hôtel de l'Univers.

Si elle cherchait à couvrir sa copine, c'était raté. In fine, l'alibi de Julie pour le soir du meurtre était aussi vide qu'une plage bretonne en plein hiver.

Plutôt que d'insister sur ce point, Maggie choisit de revenir sur les autres aspects de la mécanique criminelle. Par exemple, sur l'arme…

– Julie savait-elle que Paul Le Tohic était allergique au chlore ?

– Ouais…

– Donc toi aussi, j'imagine ?

– Quand j'ai compris, elle m'a fait jurer de n'en parler à personne. Je crois qu'à l'époque elle voulait surtout lui éviter de l'afficher.

– L'afficher ?

– De lui foutre la honte.

– Et c'était quand ?

– Ouh là, y'a longtemps. On devait avoir onze ans, douze ans…

Il n'y avait guère que trois ou quatre ans. Mais l'échelle du temps chez une adolescente différait de celle des adultes, elles ne l'ignoraient pas. Une heure valait pour des jours. Une année pour des décennies.

– T'as découvert ça comment ?

– La seule fois où il est venu la voir nager. Je crois que c'est Solène qui avait insisté.

– Il s'est passé quoi ?

– Il s'est passé qu'il a failli crever ! À peine il s'est assis sur les gradins en bord de bassin, il est devenu tout rouge, avec des plaques pas possibles… Sa tronche et son cou ont triplé de volume…

L'allergie de Paul était si sévère que de simples émanations de chloramine avaient failli le tuer.

– Personne d'autre n'a été témoin de la scène ?

– Non, on était hyper en avance à l'entraînement. La gardienne nous a ouvert et je crois qu'elle est repartie chez elle juste après. Quand notre coach et les autres filles sont arrivés, le SAMU avait déjà embarqué Paul.

Au sortir du pavillon Benech, la Breizh Brigade hésita quelques instants entre un retour immédiat au *Manoir* et un conseil improvisé sur la plage la plus proche. Un peu d'air du large ne serait pas du luxe, pour chasser les images abjectes qui les hantaient désormais. Maggie, en particulier, bien moins pétulante qu'à son habitude, affichait sur son visage cette culpabilité de celle qui se sent complice d'un drame dont elle ignorait tout.

– Je retournerais bien faire un coucou à la voisine des Le Tohic, suggéra Louise.

– Pour quoi faire ?

La réponse tomba quelques minutes plus tard, lorsqu'elles pressèrent la sonnette du n° 6 chemin de la Souris. « Encore vous ! » se retint de dire la petite dame en avisant Énora. Bien que toujours sur la défensive, la retraitée répondît sans se faire prier à leurs interrogations toutes policières. Elle paraissait avoir compris qu'Énora ne s'appelait pas réellement Nolwenn, et que les trois fouineuses sur le pas de sa porte ne s'intéressaient pas qu'aux entraînements de natation à Lancieux. En un sens, être témoin dans une affaire de meurtre devait l'exciter, fût-ce en dehors de tout cadre officiel :

– Pour sûr que je l'ai vue partir ce soir-là !

– À quelle heure ?

– Je dirais entre 19 et 20 heures. Même que ça m'a surprise.

– Qu'elle sorte à cette heure-là un vendredi soir ?

– Non, qu'elle prenne la direction opposée à l'arrêt de bus.

– C'est-à-dire ?

– Par là, dit-elle en désignant sa gauche, c'est l'arrêt de la ligne 16. Normalement, le week-end, c'est là que tous les jeunes vont prendre le car pour Dinard et Saint-Malo.

Pour aller faire la fête, décryptèrent-elles d'elles-mêmes.

– Et de l'autre côté ?

– De l'autre côté, c'est le chemin vers la D603.

– Et ça ne mène pas aussi à Saint-Malo ?

– Si, bien sûr… Mais les gamins du quartier, vous savez, ils ont rarement des voitures. Surtout pas aussi jeunes.

– Vous pensez que ce soir-là Julie a fait du stop ?

– Oui, et c'est ça qui m'a étonnée.

– Pourquoi ?

– Ben, dit-elle sur un ton d'évidence. Parce que c'est la fille d'un conducteur à la BreizhGo ! Elle paie pas son badge. Quel intérêt elle aurait d'aller prendre des risques sur la départementale alors que ses trajets en bus ne lui coûtent rien ?

38

9 juillet, Lancieux, Club nautique, 18 heures.

Lilybeth repartait vers l'est et Saint-Malo, poussée dans le dos par un soleil déjà déclinant. Dans l'habitacle baigné de lumière orangée, la sidération avait cédé la place à des vagues ininterrompues de conjectures.

Sur un point au moins, la cause semblait entendue : en évitant de badger dans le bus le soir du meurtre, Julie avait cherché à quitter Saint-Briac en toute discrétion. Mais si l'on bornait son portable sur les quelques heures suivantes, en cette fin de journée du 6 juillet, quels déplacements révélerait-il ? Où donc l'adolescente était-elle allée entre son départ et ses retrouvailles avec sa mère sur la place Chateaubriand, un peu avant minuit ?

Quant à Solène, dont l'emploi du temps était plus clair depuis l'inspection de son GPS embarqué, Maggie leur relata ce qu'elle avait découvert à son sujet en appelant le Scottish Power Pipe Band à Édimbourg :

– Elle n'avait plus vraiment de raisons de s'en prendre à lui, déduisit Louise.

– You got it right. C'est ce que je me dis aussi. Pourquoi elle tuerait celui qu'elle a tout fait pour retenir auprès d'elle au moment même où il est contraint de renoncer à ses projets de départ ?

– Peut-être qu'elle ignorait l'existence de cette clause « FIL » dans son contrat écossais. Peut-être qu'elle se figurait encore qu'il allait l'abandonner.

– Possible…

La Coccinelle bleue s'engagea alors sur l'étroite bande asphaltée qui courait tout le long du barrage sur la Rance. Une seule voie dans chaque sens. À cette heure, et en cette saison, la circulation se faisait presque à touche-touche. Dans les voitures familiales, l'exaspération des parents n'avait d'égal que la joie des enfants.

Derrière le volant, Maggie laissait son regard glisser sur le flux libéré par les bouches immenses de l'usine marémotrice. Le spectacle était fascinant. Tant de puissance dans un mouvement pourtant si discret, tant d'énergie développée…

Mais, parvenue plus ou moins au milieu du guet, la conductrice pila net.

– Eh ! Ça va pas bien ?! Qu'est-ce qui te prend ! brailla Énora en écho au concert de klaxons déclenché par leur arrêt brusque.

– Attendez… souffla Maggie.

Elle semblait sortir d'un songe. Ou plutôt, d'un flash aveuglant.

– Loulou, tu nous as bien dit que *Le Pays malouin* avait parlé de l'excédent de chlore dans l'eau de la régie dans son édition du 7 juillet ?

– Oui. Pourquoi tu me demandes ça ?

– Moi je sais ! s'écria Énora, soudain en phase avec sa grand-mère.

À ces mots, la rousse dégaina son smartphone et cala le navigateur web sur le site officiel du quotidien *Ouest-France*. En quelques clics, elle afficha les titres du samedi 30 juin. L'accès aux articles complets supposait un abonnement. Mais, en l'espèce, les accroches leur suffiraient.

Par les fenêtres baissées de leurs véhicules, plusieurs automobilistes les invectivaient, avec force variété de langues et d'accents. Quelle que fût leur origine, il y était semblait-il beaucoup question de femmes de petite vertu.

– « Possible augmentation du taux de chlore dans l'eau malouine », lut-elle à voix haute. L'info circulait déjà une semaine *avant* le papier du *Pays malouin*.

– Et alors ? Où est-ce que vous voulez en venir, toutes les deux ?

– Alors ?! Alors j'ai trouvé une copie de cette édition du *Ouest-France* dans les affaires de Julie !

– Bizarre… Depuis quand les ados lisent-ils la presse locale ?

– C'est bien ce que je me suis demandé aussi. En tout cas, ça nous prouve qu'une semaine avant la mort de Paul, Julie savait que celui-ci s'exposerait à un risque de réaction au chlore en allant à Saint-Malo pour le festival.

– Et pas chez lui, peut-être ?

Tout autour d'elles, les pouet pouet courroucés et les injures redoublèrent.

– Non, précisa Maggie, bien renseignée à ce sujet par Jacques. Le réseau d'eau de Saint-Briac-sur-Mer est distinct de celui de Saint-Malo.

– Admettons… Mais je croyais que Paul ne buvait jamais d'eau du robinet ?

– Exact. Mais j'imagine que l'info a soufflé une certaine idée à la gamine, spécula Énora.

– Et comme personne ou presque ne savait pour l'allergie de Paul, intervint derechef Maggie, elle s'est dit que ce serait l'arme la plus insoupçonnable qu'elle pourrait trouver.

– La plus insoupçonnable… et aussi la plus facile à se procurer ! Surtout quand on passe sa vie dans les piscines.

Maggie railla gentiment sa fille :

– Tu vois, Loulou, quand tu veux !

Dans un nouveau tintamarre d'avertisseurs furieux, Lilybeth procéda à un demi-tour au chausse-pied, et la voiture vintage fila bientôt vers Saint-Briac, aussi vite que le permettaient les encombrements qu'elle avait elle-même générés.

Au Club nautique de Lancieux, qu'elles atteignirent une vingtaine de minutes plus tard, l'entraîneur était absent. Ne se trouvait sur place que la gardienne, laquelle se montra aussi accommodante et bavarde que l'autre était méfiant.

– Des vols de chlore ?! s'exclama-t-elle. Si vous saviez, y'en a tout le temps.

– À ce point-là ? Mais ils en font quoi ? Ils le sniffent ?

– Ah ah, non, s'esclaffa la matrone en blouse à fleurs. Ils le revendent. Ça vaut cher, cette cochonnerie. D'ailleurs la direction du club en avait tellement marre que, le mois dernier, elle a fait installer une caméra de surveillance.

– Où ça ?

– Face à la pièce où on le conserve.

– Mais elle n'est pas verrouillée, cette pièce ?

– Si, mais vous savez ce que c'est. Les mômes se débrouillent pour copier la clé, les copies circulent… bref, vous voyez le tableau. Au moins, avec la vidéo, on sait à qui on a affaire.

Elle ne se fit pas plus prier que précédemment pour leur montrer les images des dernières semaines en accéléré. La vue ainsi offerte, plan large sur un couloir souterrain en faïence bleutée, se révéla vide pendant des jours et des jours. Une brève séquence montrait juste l'entraîneur chauve pénétrer dans le réduit et en ressortir presque aussitôt, sans rien entre les mains ni à l'aller ni au retour. Sans doute se bornait-il à contrôler l'état du stock.

Puis enfin, le 3 juillet autour de 18 heures, comme l'indiquait l'horodatage en bas à droite de l'écran, une silhouette blonde en survêt' se présenta devant l'œil électronique. On pouvait y voir Julie entrer à son tour dans la réserve, en effet munie de la clé requise, puis quitter les lieux avec deux petites fioles, chacune de la taille d'un demi-knacki.

– Bingo !

– J'imagine que ce vol a été signalé à la direction du club ? s'enquit Maggie.

– Je ne sais pas. Ce n'est pas moi qui m'occupe de la sécurité. Ce que je peux vous dire, c'est que les autres fois, les quantités chapardées étaient bien plus balaises. Là, franchement, je ne suis pas certaine qu'ils aient appelé les flics pour si peu. La fille a dû s'en tirer avec un avertissement ou une suspension.

Avec ses petites cabanes en bois blanc et son tracé rectiligne, la plage de Saint-Sieu était loin de distiller un charme comparable à ses rivales de Dinard ou de Saint-Lunaire. Mais elle présentait l'avantage de se situer à deux pas seulement du Club nautique.

Après avoir arpenté les planches en bordure de sable, le temps de repérer l'un des rares spots encore vacants, les trois Corrigan s'y allongèrent avec un soulagement manifeste, à peine troublées par les cris s'échappant du minigolf voisin. Les séances officielles de débrief avaient beau avoir la préférence de Maggie, elle devait admettre que ces petites réunions improvisées n'étaient pas dénuées d'agrément. Au diable le protocole et le rituel, vive la douceur d'une fin d'après-midi au bord de l'eau.

– Well, lança-t-elle, sans trop m'avancer, je crois qu'on peut dire qu'on tient notre mobile et notre arme. Et sans doute aussi notre coupable.

– *Nos* coupables, la corrigea Louise.

– Ou bien *notre* coupable et *son* ou *ses* complices, ajouta Énora.

– OK, OK… J'avoue qu'on a encore du boulot pour établir le film de la soirée et la répartition exacte des responsabilités.

L'excitation ressentie quelques minutes plus tôt retombait dans cette langueur estivale qui les aspirait à présent. Aussi plaisante qu'émolliente.

– À ce sujet, vous croyez que Solène était consciente du ressentiment que sa fille nourrissait à l'égard de Paul ?

– Bonne question. On a tendance à dire qu'une mère sent ces choses-là.

– Oui, mais manifestement, elle avait elle-même choisi de fermer les yeux sur les agissements de monsieur. Donc je ne suis pas sûre qu'elle ait perçu le niveau de haine que cela inspirait à Julie. Quand on est aveugle, on a tendance à croire que tout le monde l'est aussi, non ?

Solène Le Tohic avait-elle occulté la douleur que son silence ajoutait à son humiliation, une souffrance que Julie avait faite sienne ? Elles n'étaient pas loin de le croire.

– Je constate juste qu'ils se sont tous les trois évaporés dans la nature au même moment. Pile quand on a commencé à s'intéresser à eux de plus près.

– Mouais... la pondéra Énora. Ou peut-être que Solène est juste partie à la recherche de sa fille. On ne sait pas. Elle peut avoir eu peur que Julie ne fasse une autre connerie.

– En tout cas, vu nos moyens, je ne vois pas comment on pourrait leur mettre le grappin dessus.

– En parlant de ça... Vous ne pensez pas que ce serait le moment d'impliquer plus directement Guilloux ? suggéra Louise. Lui au moins, il pourrait localiser tout ce petit monde.

– No way ! hurla presque Maggie. Pas si près du but.

L'exclamation claqua de manière si tonitruante que plusieurs vacanciers se retournèrent vers cette drôle de vieille dame à la canne.

Maggie voulait bien orienter les ressources de la police quand celles-ci pouvaient les aider en retour. Mais il était hors de question qu'elles cèdent aux flics des lauriers qui leur revenaient de plein droit.

La BB avant les poulets.

– Plutôt crever que donner la solution sur un plateau à cette andouille ! Got it, girls ?

39

9 juillet, Saint-Malo, commissariat central, au même moment.

« J'aimerais comprendre : qu'est-ce qui vous a poussé à vous livrer ? »

La question de Christophe Guilloux était à son image, directe et simple. Et pourtant celle-ci sembla plonger Solène Le Tohic dans des abîmes de perplexité.

La veuve s'était présentée quelques minutes auparavant, à l'accueil du commissariat, disposée selon ses propres termes « à faire des aveux complets ».

Aveux de quoi ? Pour quelle raison ?

Tout dans sa démarche comme dans son attitude demeurait pour l'instant nébuleux. Une seule chose paraissait certaine : elle ressentait le besoin impérieux de se décharger du poids qui pesait sur ses frêles épaules. « Écrasée de culpabilité », c'est ainsi qu'Emma Lobo la perçut, en voyant Solène prendre l'ascenseur entre deux uniformes.

Comme il l'avait fait les deux fois précédentes, eu égard à son statut de conjointe de la victime, Guilloux ne la reçut pas dans une salle d'audition, froide et impersonnelle, mais dans son propre bureau. Ce n'était guère plus chaleureux, mais au moins était-ce incarné. Un peu de déco, quelques bibelots, beaucoup de paperasse.

Il savait d'expérience qu'il ne servait à rien de brusquer un suspect qui se disait disposé à tout déballer. Le plus souvent, il suffisait de laisser à celui-ci le temps nécessaire à sa propre reddition intérieure. Avant d'être écouté, il fallait qu'il s'avoue et se pardonne à lui-même ce qu'il venait confesser aux autorités. Et, selon les cas et l'individu concerné, cette auto-absolution pouvait prendre de quelques minutes à plusieurs heures.

– Je m'inquiète pour ma fille, finit-elle par lâcher d'une voix éteinte.

– Julie, c'est ça ?

– Oui…

Le premier mot coûtait toujours plus que la suite. Déjà, un début de soulagement pouvait se lire sur son visage éprouvé.

– Pour quelle raison ?

– Elle ne répond plus sur son téléphone.

– Depuis quand ?

– Depuis le 7 juillet au matin.

– Après que vous vous êtes retrouvées à Saint-Malo la nuit précédente, c'est bien ça ? Devant l'hôtel de l'Univers ?

Ce fut dit d'un ton doux, plus soucieux de compléter son récit que de la confronter à ses omissions des interrogatoires précédents.

– Oui, c'est ça… admit-elle en baissant les yeux. Mais elle a passé le reste de la nuit chez sa copine Sarah, à Saint-Briac.

– Vous en êtes certaine ?

– Oui, les Benech, les parents de Sarah, m'ont appelée pour me dire que Julie s'était levée tard et qu'elle n'avait pas l'air dans son assiette. Qu'ils allaient la déposer chez nous.

– Et ce n'est pas ce qu'elle a fait ? Rentrer chez vous ?

– Si. Enfin, je crois. D'après ses copines de la natation, elle est même allée à son entraînement hier soir.

– Et depuis, plus de nouvelles ?

– Non…

– Vous avez vérifié qu'elle n'était pas rentrée à votre domicile après la piscine, tout simplement ?

– Si, bien sûr. Mais ma voisine du numéro 6 m'a dit qu'elle ne l'avait pas revue depuis son départ au Club nautique de Lancieux.

Le commissaire se redressa dans son fauteuil directorial. Ainsi positionné, il reprenait une forme d'ascendant physique naturel sur son interlocuteur. Le genre de détails qui comptaient, lors des auditions sensibles.

– Madame Le Tohic, reprit-il avec un regain de fermeté. Vous venez me parler de votre fille soi-disant disparue depuis le 7 à midi. Puis vous m'expliquez que vous saviez où elle se trouvait jusqu'au 8 au soir. C'est-à-dire hier soir. Rassurez-moi : vous n'avez pas demandé à me voir en urgence pour me parler d'une simple bouderie entre mère et fille ?

– Je… je suis vraiment très inquiète. C'est pas du chiqué !

– D'accord, d'accord, se fit-il à nouveau plus conciliant. Si vous me donnez son numéro, on va essayer de la borner. En espérant qu'elle n'ait pas retiré sa carte SIM du combiné.

Solène accusa la pique d'un rictus plein d'amertume. Peut-être n'était-elle encore pas prête à revenir sur tous ses mensonges, en fin de compte.

– En attendant, reprit-il, racontez-moi plutôt ce qu'il s'est passé la dernière fois que vous avez cherché à la joindre. Quand était-ce ?

– Ce matin. Vers dix heures.

– Et elle ne répondait toujours pas ?

– Non… Pas elle.

– Quelqu'un d'autre ?!

– Oui. Un type au camping de la Cité d'Aleth.

– Et pourquoi était-il à l'autre bout de la ligne ?

– Il m'a dit qu'il a retrouvé le portable de Julie sous une tente vide, plantée juste à côté de la sienne. Comme ça sonnait sans arrêt, il s'est permis d'entrer et de décrocher.

– J'imagine qu'il ne sait pas où est partie votre fille ?

– Non.

– Ce campeur, il vous a dit si elle était seule ?

– Il m'a parlé d'un grand type qui l'aurait rejointe dans la soirée d'hier. Mais il n'était pas sûr que le gars en question ait passé toute la nuit là.

– Un grand type, ça ressemble pas mal à Loïc, son petit ami, non ?

– Je ne sais pas… c'est possible.

– Si elle s'offre juste une petite « fugue » avec son amoureux – il est majeur, n'est-ce pas ? – y'a pas vraiment de motif à s'angoisser. Vous ne croyez pas ?

Pour toute réponse, elle écarquilla des yeux pleins de larmes, larmes qu'un ultime effort de contrôle tentait de contenir. La maïeutique policière de Guilloux paraissait à deux doigts de porter ses fruits.

– J'aimerais comprendre, madame : qu'est-ce qui vous a poussé à vous livrer ? À l'accueil vous avez parlé d'aveux. Pas d'une déclaration de disparition ou d'un banal différend familial.

– Oui... bafouilla-t-elle.

– Vous êtes là pour me parler de vous, ou de Julie ?

– De nous deux ! s'écria-t-elle soudain, libérant le torrent qui déferlait à présent sur ses joues. Vous comprenez ? On est toutes les deux dans le coup !

Prévenant, il quitta son siège et lui apporta une pleine boîte de mouchoirs en papier, puis posa une fesse sur son bureau. Solène épongea les pleurs tant bien mal, secouée par des sanglots aussi rapprochés et secs qu'un hoquet.

– Je vous écoute, dit-il d'une voix grave, presque rassurante. On a tout notre temps.

– Oui, d'accord, ânonna-t-elle.

– Si ça peut vous aider, reprenez dans l'ordre. Depuis le début. À quelle heure êtes-vous arrivée à Saint-Malo le 6 juillet ? Et que veniez-vous faire ici ?

Alors, d'un filet tremblant, elle débita sa vérité à toute allure. Comme si cela la libérait de tout balancer d'un bloc. Comme un paquet de bile.

– Au départ, je voulais juste le surprendre, vous savez.

– Paul, vous voulez dire ?

– Oui. Je savais qu'Arwen serait là durant le festival. Mais à ce moment-là j'ignorais qu'elle ne devait rejoindre Paul que le lendemain de l'arrivée du bagad à Saint-Malo. Je cherchais juste à avoir une explication avec eux.

Elle paraissait sincère. Au passage, ses propos contredisaient ce qu'elle avait soutenu lors de sa précédente audition – « J'ai juste grignoté un truc à la brasserie de l'Univers et je suis remontée » – et confirmaient qu'elle avait laissé son portable dans sa chambre d'hôtel au moment de ressortir. De manière délibérée ? Ce point demeurait obscur.

– Pourtant, jusque-là, vous n'aviez jamais cherché à confronter Paul au sujet de ses tromperies ?

Dans ses précédents interrogatoires, elle s'était même plutôt montrée blasée.

– Alors pourquoi maintenant ? poursuivit Guilloux.

– J'imagine que j'ai mes limites. Comme tout le monde. Et puis cette histoire de départ en Écosse me travaillait. Je sentais bien que Julie le vivrait très mal. Qu'elle le prendrait comme un abandon.

« Un de plus », s'abstint-elle de préciser.

La mort de feu son mari ne pouvait certes être qualifiée de la sorte, mais c'est pourtant bien ainsi que leur enfant avait dû l'éprouver, à l'époque. Les hommes, ces êtres qui finissent toujours par partir, dans une voiture, un avion ou un cercueil, peu importait au fond.

– Je comprends. Donc vous êtes parvenue à Beauregard à quelle heure ?

– 21 h 15, 21 h 20, dans ces eaux-là. Je me suis garée en bordure de champ, à environ deux cents mètres de la maison d'hôtes.

– Pourquoi n'êtes-vous pas venue plus tôt ?

– Parce que je savais que le bagad devait dîner en ville. J'ai supposé que même s'ils avaient à cœur de se coucher tôt, ils ne seraient pas de retour au bercail avant ces eaux-là.

– Et ensuite ?

– Ensuite, je me suis postée devant le bâtiment, de l'autre côté de la rue. Y'avait une seule fenêtre d'éclairée. À l'étage.

– Vous avez entendu quelque chose, comme des éclats de voix ?

– Non. À cet instant-là, ça paraissait calme. Et puis, j'ai aperçu une première silhouette sortir de la maison, puis de la propriété, et remonter la rue vers le *Manoir des Corrigan.*

– Cette silhouette, vous pourriez me dire à quoi elle ressemblait ?

– Une femme, je pense. Même si…

– Même si quoi ?

– Je crois qu'elle tenait un bâton, ou un genre de canne.

Maggie Corrigan ! La vieille châtelaine les avait gentiment promenés. En dépit de son alibi et des témoignages en sa faveur, celle-ci avait bien rendu visite à son vieil amant.

– Vous ne l'avez pas suivie ?

– Non, parce que juste après j'ai vu une autre ombre, qui rentrait dans la maison Beauregard. C'est elle que j'ai suivie.

– Tout de suite ?

– Non, avoua-t-elle dans un nouveau sanglot, comme si elle s'en voulait encore de cet atermoiement. J'ai laissé passer quelque chose comme cinq minutes.

– D'où vous étiez, vous pouviez voir ou entendre ce qu'il se passait là-haut ?

– Pas vraiment. De toute façon, depuis la rue, tout paraissait calme.

– Cette ombre, demanda-t-il sans lui laisser de répit, c'était Julie, n'est-ce pas ?

Un soupir venu d'une profondeur abyssale s'échappa de sa bouche entrouverte.

– Oui… Quand je suis entrée dans la chambre, c'était trop tard. Elle avait fait semblant de faire des avances à Paul – il faut croire qu'en fin de compte, si l'occasion se présentait à lui, il était prêt à franchir la ligne rouge. Puis elle avait simulé une sorte de jeu érotique pour avoir une bonne raison de l'attacher. J'imagine qu'il avait facilement accepté, d'abord de se désaper, puis de se laisser ligoter… Il était plutôt friand de ce genre de pratiques de domination, tout le monde le savait.

« Il n'a pas dû voir venir ce qui allait suivre. »

Peu à peu, mot après mot, le tableau macabre se recomposait, semblable à ces animations 3D restituant la genèse d'une toile de maître.

– À ce moment-là, elle lui avait déjà enfoncé le chalumeau dans la gorge ?

– Non, ça, c'est moi qui ai eu l'idée. C'est venu après. Pour détourner l'attention.

Aucun symbole dans l'emploi de l'instrument, donc. À l'écouter, il fallait plutôt y voir un leurre. À moins que ce ne fût un acte manqué, Solène punissant inconsciemment Paul à l'aide de « celle » qui avait été le grand amour du sonneur. Sa passion exclusive. Sa cornemuse.

– Après quoi ? Comment l'a-t-elle tué ?

– Avec le chlore qu'elle lui a fait respirer malgré lui, dit-elle d'une voix blanche.

« On a des dépôts de chlore en concentration notable dans tout le système respiratoire, jusqu'aux alvéoles », avait conclu le légiste rennais quelques heures plus tôt. En lui indiquant l'allergie de Paul au chlore dans sa seconde missive, la mystérieuse Breizh Brigade lui avait l'air de rien révélé l'arme du crime.

Il n'en revenait pas. Qui donc se cachait derrière ce club ridicule ? Qui l'avait dépossédé de la primeur de la résolution ?

Reprenant son sang-froid, il exigea de Solène tous les détails qui lui manquaient encore. À commencer par le mobile. Et plus il écoutait le récit sordide des déviances de Paul Le Tohic, plus il avait honte de faire passer son orgueil de flic avant sa compassion d'homme.

Tout s'éclairait à présent. En particulier les faux témoignages à répétition de Solène. Jusqu'à cet instant, cette dernière n'avait eu qu'une seule obsession en tête : disculper sa fille, maquiller le crime perpétré par cette dernière, éloigner les vautours policiers de son enfant. Lui éviter tout simplement la prison.

– Et Loïc, insista Guilloux en douceur. J'imagine qu'il est au courant de tout ça ?

– Loïc nous a surprises toutes les deux, au moment où on ressortait de Beauregard.

– Il vous a fait chanter ?

– Pas du tout ! Cet idiot est fou amoureux de ma fille. Il était au contraire prêt à tout pour la couvrir.

– Comme quoi ?

– Il a proposé de brûler les chaussures qu'on n'avait pas pris le soin d'enlever en entrant dans la maison. Ce qu'il a fait le lendemain matin, si j'ai bien compris.

– C'est tout ? Il n'a rien accompli d'autre ?

« Si ce n'est sa tentative maladroite pour orienter les soupçons sur la matriarche Corrigan », songea Guilloux.

– Presque… Il souhaitait éviter le pire à Julie, mais il ne voulait pas pour autant faire tomber un innocent à la place. C'est pour cela qu'il a raconté ce qu'on avait fait à Yann, au moins dans les grandes lignes. Après l'accrochage avec Paul, au restaurant, il était évident que Yann ferait partie des principaux suspects. Mais Yann nous a fait du Yann.

– C'est-à-dire ?

– Tout ça l'a tellement fait paniquer qu'il s'est torché comme jamais.

D'où les comportements incohérents de l'ivrogne détourneur de fonds.

Laissant son témoin à ses regrets douloureux, Christophe Guilloux s'absenta de la pièce quelques instants. Juste le temps pour lui d'émettre un avis de recherche sur la personne de Julie Le Tohic, née Gallais. Quant à Loïc, il se trouverait avec elle, à n'en pas douter.

Enfin, et comme le commissaire s'y attendait, la triangulation sur les numéros de portable des deux jeunes fugitifs se révéla infructueuse.

Il s'apprêtait à revenir dans son bureau, là où l'attendait cette étonnante mère courage, quand il réalisa qu'elle n'avait pas répondu à cette question, pas la plus importante certes, mais la seule susceptible d'expliquer sa présence entre ces murs : « Qu'est-ce qui vous a poussée à vous livrer ? » La culpabilité lui semblait être un moteur insuffisant. On ne renonçait pas à tout, à commencer par sa liberté et celle de son enfant, pour quelques états d'âme.

Mais jamais il n'obtiendrait de réponse sur ce point, il le pressentit.

Jamais Solène ne lui dirait que c'est en découvrant l'historique de ses allées et venues le soir du meurtre, dûment consulté par la stoppeuse rousse sur le GPS de sa propre voiture, qu'elle s'était sue condamnée tôt ou tard à l'aveu. Qui que fût cette jeune inconnue, et quoi que cette dernière fît de ces éléments accablants, il était évident désormais qu'un jour ou l'autre on la confondrait.

Et Julie avec elle.

Mère et fille dans le même et sinistre bateau.

40

9 juillet, Saint-Malo,
plage de Bon-Secours et Grand Bé, 19 heures.

« Merci, Hugo ! On arrive tout de suite », dit-elle avant de couper son portable.

Étonnamment, les informateurs de Maggie n'étaient pas tous d'anciens amants. Certains, sans prétendre au titre d'amis, entretenaient avec la vieille Irlandaise une forme de copinage respectueux, selon les cas amusés ou bluffés par sa légendaire faconde.

Hugo, le fameux sonneur des Bés en sursis, appartenait à cette seconde catégorie. Et à peine l'aînée des Corrigan avait-elle mobilisé son réseau, que celui-ci s'était manifesté depuis ce bout de plage qu'il surveillait en permanence.

D'un bond, les trois femmes de la Breizh Brigade décollèrent de Saint-Sieu et de son coucher de soleil pour cartes postales.

– Alors, il t'a dit quoi ? s'enquit Louise.

– Il a vu deux jeunes gens s'engager sur le passage des Bés, à marée montante, il y a une grosse demi-heure. Un garçon et une fille.

– Il pense qu'il s'agit d'*eux* ?

Julie et Loïc.

– Il n'est pas sûr. Lorsqu'il les a repérés, ils étaient déjà loin. Mais d'après Yvon, le patron de l'école de voile, ils ont été aperçus quittant le camping d'Aleth, tôt ce matin.

– OK. Donc ils sont bien ensemble.

– Il semblerait…

De même qu'il paraissait désormais établi que le couple s'était lancé dans une cavale criminelle, décidé à fuir leurs potentiels accusateurs. Aussi bien professionnels qu'amateurs.

Dans l'intervalle, la circulation sur le barrage s'était fluidifiée, et Lilybeth ronronna d'aise tout le long du trajet jusqu'à Saint-Malo intra-muros. Faute de mieux, elles abandonnèrent la Coccinelle sur un emplacement handicapé au Placitre, cette esplanade rectangulaire à deux pas de la porte Saint-Pierre, et se ruèrent sur la plage de Bon-Secours.

Hugo n'avait pas menti, hélas. Le chemin pavé conduisant au Grand Bé disparaissait déjà sous un ou deux mètres d'eau couleur émeraude. D'ailleurs, sans doute déçues de ne pouvoir se promener sur le promontoire rocheux, la plupart des familles avec enfants refluaient vers l'intérieur de la ville close. Ne restaient plus sur le sable, pour profiter du spectacle conjugué de l'astre descendant et de la marée montante, que quelques couples enlacés, ou autres groupes de jeunes munis de bières.

– Maggie ! Hey ! Ici !

Depuis la cale qui coulait vers la plage, perché sur un Hobie Cat mis au sec, un gaillard brun et hirsute, quinqua vêtu d'une combinaison intégrale en néoprène, leur adressait de grands signes. En quelques enjambées, elles le rejoignirent.

– Salut, Yvon.

– Hugo m'a dit que vous pistiez deux gamins qui jouent aux Robinsons ?

C'était un défi, presque une sorte de tradition pour les amoureux venus à Saint-Malo, que de se constituer volontairement prisonniers sur le Bé, si possible une nuit entière, au gré des horaires de marée. Un jeu romantique dangereux et qui, bien souvent, n'était pas sans conséquences. En témoignaient les fréquents sauvetages d'urgence.

– Exact. T'as toujours ton zodiac ? Tu pourrais nous emmener là-bas ?

– J'allais te le proposer, dit-il en les entraînant jusqu'à la cabane de son club. Venez !

Elles revêtaient déjà leur gilet de sauvetage, quand Louise leur fit sa Louise :

– Vous savez ce que dit la légende à propos du Grand Bé ? Que le géant Gargantua l'a recraché dans la mer après avoir trop mangé.

– Le Gargantua de Rabelais ?

– Oui, enfin sa version mytholo…

– Damn it, Loulou ! s'agaça Maggie. On n'est pas dans ta classe, là. Y'a plus pressé que tes jolies histoires. Allez, on se bouge !

Moins de dix minutes plus tard, Yvon les débarqua, non sans mal, sur la façade sud-est de l'îlot. Trois cents mètres à peine séparaient le Grand Bé de la plage. Mais le courant était tel, à cet endroit, que des remous puissants propulsaient l'embarcation sur les rochers blanchis d'écume. Le barreur du zodiac dut s'y reprendre à plusieurs fois avant d'aborder le rivage accidenté sans risque.

Le pied aussitôt posé sur la terre ferme, elles remontèrent le petit sentier de randonnée qui courait sur ce flanc-là. Puis, parvenues au sommet, elles décidèrent de se séparer pour mieux se répartir les recherches. À Énora ce versant, côté ville. À Louise le versant opposé, côté mer. Et à Maggie les taillis et les blockhaus au centre de l'île.

Las, malgré plusieurs tours complets et deux retrouvailles au croisement des chemins, elles durent s'admettre bredouilles.

– Bleedin' fuck ! grinça Maggie. C'est pas possible ! Ils doivent bien être quelque part, ce caillou n'est pas si grand !

Les investigations reprirent de plus belle. Mais il s'écoula encore un temps qui leur parut interminable, avant que ne s'élève un cri échappé d'une des structures en béton, relief de l'occupation allemande durant la guerre :

– Ici ! Je l'ai !

Lorsque Énora rejoignit Maggie à l'intérieur du bunker puant la pisse, le tableau qui se révéla sous l'éclairage de son mobile faillit lui tirer un rire nerveux. De sa canne brandie tel un fouet, la troisième Corrigan tenait en respect un Loïc pétrifié, blotti dans un angle, bête apeurée.

– Ce petit salopard essayait de s'échapper.

– J'ai rien fait ! cria-t-il, d'une voix trop aiguë pour son gabarit. Vous n'avez rien contre moi ! C'est Solène qui s'est débarrassée de Paul.

Après avoir dénoncé Maggie, voilà qu'il cherchait à charger la mère de sa petite amie.

La grande classe.

– Te fatigue pas, l'apostropha alors Énora, qui progressa de quelques pas dans l'obscurité. On connaît le mobile de Julie. On sait pourquoi elle voulait venger sa mère.

– N'importe quoi !

– Ah bon ? Il ne trompait pas Solène avec la terre entière peut-être ? Il ne s'apprêtait pas à les abandonner, toutes les deux ?

– Ça prouve que dalle, putain ! Vous n'avez rien sur Julie.

– C'est là que tu te goures. On sait que c'est elle qui s'est procuré le chlore qui a tué Le Tohic. On sait aussi qu'elle est venue exprès ici, à Saint-Malo, le 6 au soir, sans prévenir personne. Pas même toi. Et qu'elle est repartie dans la nuit, avec sa mère. On sait même que tu l'as aidée à détruire les preuves de son passage à Beauregard ? Ça te suffit, ou t'en veux encore ?

Un peu sonné par cette énumération, pourtant très partielle et dépourvue de preuves tangibles, Loïc s'affaissa encore un peu plus. Sa longue silhouette se repliait à présent sur elle-même, comme un accordéon privé d'air.

– J'vous jure qu'elle ne m'avait rien dit, finit-il par lâcher.

– De son projet contre Paul, tu veux dire ?

– Ouais…

– Et quand as-tu compris ?

Son regard fouillait la pénombre, comme s'il y cherchait ses souvenirs. Puis, d'un coup, le film des événements sembla défiler à nouveau devant ses yeux.

– Je lui avais demandé de venir avec moi pour le festival, mais elle a prétexté un truc avec Sarah. Ça va vous paraître con, mais elle m'a manqué dès qu'on est arrivés à la maison d'hôtes.

D'où les échanges de textos avec Julie, en fin d'après-midi, le 6 juillet. Il l'aimait comme on aime à cet âge-là. Aveuglément.

– Plus tard, poursuivit-il, quand on était au restau, j'ai essayé de l'appeler sur son portable, et aussi sur le fixe, chez elle. Mais elle ne répondait nulle part. Sur le coup, je ne me suis pas inquiété. En tout cas, pas jusqu'à notre retour à Beauregard.

– Pourquoi ? Qu'est-ce qui s'est passé une fois que vous êtes rentrés ?

– Comme je l'ai déjà dit aux flics, Paul et moi on s'est croisés dans la cuisine avant de se coucher.

– Pour prendre une bouteille d'eau, c'est ça ?

– Oui. Même que c'est moi qui lui ai tendu la sienne.

Confer ses empreintes relevées sur la Plancoët.

– Et après ?

– Après, quand j'ai regagné ma chambre, j'ai cru voir une ombre qui se déplaçait dans le petit bois au fond de la propriété.

– Julie ?! s'écrièrent-elles de concert.

– Oui. Mais à ce moment-là, j'étais à des kilomètres d'imaginer qu'elle pouvait traîner là. Je suis resté là une minute ou deux, pour vérifier que personne de louche ne se pointait, puis je suis retourné dans ma piaule.

– Mais alors, quand est-ce que vous vous êtes croisés, tous les deux ?

– Je pense qu'elle planquait là depuis un bon bout de temps. Elle n'a pas dû avoir eu de mal à repérer la chambre de Paul, parce que c'était la seule éclairée de ce côté-là de la maison. Il a suffi qu'il passe devant la fenêtre... Il a un genre de profil qui se reconnaît, même de nuit, même de loin. Ensuite, j'ai entendu des bruits de pas. Une première fois dans le couloir à l'étage et dans la chambre de Paul...

Échos de la visite éclair de Maggie, certainement. Julie l'avait-elle aperçue depuis sa cachette ? C'était probable. Sans doute l'avait-elle prise pour une maîtresse de Paul, une de plus, et en concevoir un regain de rage vengeresse.

– ... Puis à nouveau un peu plus tard. Comme si deux personnes entraient, l'une après l'autre.

Julie puis Solène ? À moins que ce ne fût l'inverse ?

– Quand j'ai capté plusieurs pas qui redescendaient l'escalier, cette fois en même temps, je suis sorti de ma chambre en coup de vent, et c'est là que je les ai surprises. Dans le hall. Toutes les deux.

– Solène et Julie...

– Oui.

– Elles t'ont dit quelque chose ?

– Pas tout de suite, non. Elles avaient l'air totalement paniquées. Je crois que j'avais jamais vu personne d'aussi effrayé.

– Il était quelle heure ?

– Pff, je sais plus. Au moins 21 h 30. Peut-être un peu plus.

– Et alors, vous avez fait quoi, tous les trois ?

– Rien qu'à voir leur tête, j'ai compris qu'il s'était passé un truc grave. Elles n'arrivaient même plus à parler. Elles répondaient des trucs incohérents à mes questions. Alors j'ai proposé de faire comme si elles n'étaient jamais venues à Beauregard ce soir-là.

– Vous avez brûlé leurs chaussures.

– Ça, je l'ai fait seul, le lendemain matin.

En lisière des champs de maïs de Fred le céréalier.

– Sur le coup, je me suis contenté de planquer les bottes de Julie et les chaussures de marche de Solène dans le jardin. Dans une jardinière vide.

Ceci dit, Loïc reprit son souffle et se redressa un peu, glissant sa longue carcasse contre la paroi en béton brut. Il semblait aussi exténué que soulagé par ses aveux.

À ses pieds, Maggie nota la présence du sac de sport de Julie.

Mais où est-elle, au fait ? Et Louise, qu'est-ce que fiche encore cette nouille ?

Un détail la frappa : la cordelette en nylon qui aurait dû assurer la bonne fermeture de la poche de toile était manquante. Un lien en nylon. Comme celui qui avait servi à lier les mains de Paul. Sans un mot, elle désigna l'objet à sa petite-fille.

« Loose » leur avait bien dit le commis pakistanais de l'Univers, à propos du sac de Julie. Elle comprenait à présent pourquoi celui-ci béait de la sorte. Par l'ouverture large, on devinait une paire de gants en cuir, sans doute ceux utilisés par Julie dans la chambre de Paul. Ainsi équipée, elle avait pu saisir le chalumeau de la cornemuse sans y déposer la moindre empreinte.

Énora s'agenouilla devant la poche en toile et fouilla son contenu. Presque aussitôt, elle en sortit deux pages A4. « Des photocopies », conclut-elle à en juger par la piètre qualité de la reproduction. Elle les parcourut à toute allure puis les tendit à sa granny.

– Damned... Un duplicata du contrat de Paul au Scottish Power Pipe Band.

– Donc Julie *savait* de source sûre qu'il allait les larguer comme deux vieilles chaussettes, Solène et elle.

La peur de l'abandon. Un motif puissant, et un mobile qui n'avait dû qu'amplifier la rancœur accumulée toutes ces années par la petite fille, puis l'adolescente qu'elle était devenue, témoin impuissante des infidélités de Le Tohic.

Refermant cette parenthèse essentielle, Maggie reprit l'interrogatoire de Loïc.

– Comment ça a fini ?

– Je ne pouvais pas les accompagner. Ça aurait paru encore plus suspect que je disparaisse en pleine nuit. Surtout d'une...

D'une scène de crime. Mais les mots restèrent figés dans sa gorge éteinte.

– Et elles ?

– De ce que j'ai compris, elles sont restées près de deux heures planquées dans la voiture, le temps de reprendre leurs esprits. Le temps d'improviser un plan, aussi. Puis elles sont passées récupérer les affaires de Solène à l'hôtel de l'Univers, et elles sont reparties à Saint-Briac.

– Solène... C'est elle qui a eu l'idée de bricoler cet alibi à Julie, n'est-ce pas ?

– Vous parlez de quoi ?

– La soirée pyjama chez Sarah Benech.

Son œil s'éclaira d'une lueur nouvelle. Il paraissait surpris qu'elles détiennent autant de détails sur l'emploi du temps de sa fiancée le jour du meurtre.

Il valida l'hypothèse d'un simple mouvement de tête.

La suite, les deux femmes pouvaient la recomposer d'elles-mêmes : Julie qui portait le poids de ses actes et tentait tant bien que mal de reprendre le cours ordinaire de sa vie d'ado ; Julie qui paniquait en se croyant démasquée, lors de leur premier passage à la piscine de Lancieux ; Julie qui appelait Loïc au secours et l'embarquait dans sa fuite, avec option camping en amoureux à la Cité d'Aleth.

Autant dire, le comportement d'une gamine aux abois.

Au fil de ce récit, Maggie avait senti un poids inédit peser sur ses épaules. Elle qui n'employait jamais sa canne pour se reposer, voilà qu'elle s'y cramponnait des deux mains, avec l'énergie d'un soudain désespoir. À l'intérieur comme à l'extérieur, tout en elle vacillait.

Julie Le Tohic avait tué Paul pour venger sa mère, et celle-ci était sa complice. Rien ne paraissait désormais plus indiscutable que cette vérité-là.

Et pourtant… Le seul fautif, dans cette affaire, n'était-il pas celui par qui le malheur était entré dans leur famille ? Paul, égotiste, volage, infidèle, et pour finir déserteur ?

Elle en tremblait, rien que d'y penser.

Elle ne put s'empêcher de songer que si elle lui avait dit « oui » quinze ans plus tôt, sans doute cette tragédie aurait-elle pu être évitée. Et que ni Julie ni Solène n'auraient été victimes de cet homme.

Encore moins les coupables qu'elles étaient devenues.

41

9 juillet, Saint-Malo,
entre le Grand Bé et Cézembre, 20 heures.

En partie étouffé par l'épaisseur de béton, un cri venu de l'extérieur parvint jusqu'aux tréfonds du blockhaus. Maggie et Énora validèrent son origine d'un regard échangé dans la pénombre : *Louise !*

D'un même mouvement, elles se ruèrent au-dehors, puis sur le chemin de ronde qui donnait accès au versant nord-ouest de l'île. Elles ne tardèrent pas à repérer la brune aux cheveux longs, plantée devant la croix marquant la tombe de Chateaubriand.

La plaque commémorative à leur droite ne mentionnait même pas le nom du grand homme : « Un grand écrivain français a voulu reposer ici pour n'y entendre que la mer et le vent. Passant, respecte sa dernière volonté ».

Comme si elle avait eu à cœur de respecter la consigne, Louise ne leur dit pas un mot. À la place, elle tendit une main flageolante en direction du large.

Là, un point minuscule dansait au milieu des flots. À peine visible, à peine humain.

– C'est Julie ?! s'écria Énora, incrédule.

– Oui… Quand elle m'a vue, elle a préféré sauter à l'eau que de me parler. Pourtant, je vous jure, j'ai tout fait pour la rassurer.

– On te croit.

Mais une ombre était tombée sur le regard si clair de Maggie. Muette, celle-ci ne quittait plus la nageuse intrépide des yeux. Ce chenal entre le Grand Bé et Cézembre, où le vent du nord levait à présent une houle puissante, elle ne le connaissait que trop bien. C'est là que, vingt ans plus tôt, Constant avait disparu à bord du *L. T. Meade*. Et si elle n'avait pas assisté à la scène fatale, mille fois elle se l'était figurée. Mille fois elle avait pleuré sur l'erreur de navigation, incompréhensible de la part d'un marin aussi chevronné, qui avait eu raison de son homme.

Et si cette passe et ses courants terribles étaient capables d'engloutir un bateau, à quoi fallait-il s'attendre s'agissant d'une simple baigneuse ? La mer n'était pas une piscine. Nul bord, nulle perche, nul entraîneur ici, pour la sortir de l'eau. Par instants, la tête blonde disparaissait dans un creux.

À chaque fois, les trois femmes sidérées retenaient leur respiration. Ce spectacle virait au supplice.

Énora fut la première à se ressaisir. Empruntant le sentier en sens inverse, à toutes jambes, elle avisa bientôt le zodiac d'Yvon. Par chance, ce dernier avait jugé prudent de les attendre sur son esquif. Elle agita ses deux bras dressés pour l'appeler à l'aide. Et il ne fallut que quelques instants au moniteur de voile pour rallier l'îlot, puis embarquer la rousse à bout de souffle.

– Elle va se noyer ! s'exclama-t-elle.

– Elle est où ?

– De l'autre côté. Entre ici et Cézembre.

Yvon ne se fit pas plus prier et relança le moteur hors-bord à sa pleine puissance. L'embarcation rebondissait sur les vagues comme une vulgaire balle en caoutchouc. Mais ce qui, en d'autres circonstances, aurait suscité en elle une excitation de gosse, n'imprimait à son corps qu'une onde écœurante.

– Là ! hurla-t-elle en pointant ce qu'elle prit pour Julie.

Mais, vue de plus près, la tache sur l'eau ne se révéla être qu'un banal paquet d'algues et d'écume.

À cet endroit précis, courant de surface et lame de fond devaient lutter, générant de larges tourbillons. Même un excellent nageur n'aurait pu résister à cette force qui aspirait tout vers les profondeurs. Était-il déjà trop tard ?

Lorsque la chevelure blonde surgit presque au contact du zodiac, dans un premier temps ils le crurent. Le corps de la nageuse paraissait inerte. À deux, ils la hissèrent à bord. Il fallait bien cela. Ses vêtements gorgés d'eau pesaient une tonne. Puis, aussitôt allongée sur le fond, elle toussa et vomit des paquets de jus saumâtre, secouée par des spasmes de vie. Sa poitrine se soulevait par saccades.

– Elle respire, dit Énora en se penchant sur la rescapée.

– Oui, mais apparemment, elle est déjà attendue.

Yvon désigna une vedette rapide frappée des mots « Police nationale » sur le fronton de sa timonerie. Sans doute avertie par des badauds, probablement partie du port des Bas-Sablons, celle-ci avait contourné le môle et fonçait désormais droit sur eux.

Un quart de mille les séparait encore mais, vu sa vitesse, elle parviendrait bientôt à leur hauteur.

– Redépose-moi sur le Bé, supplia Énora. Tout de suite !

– T'es sûre ?

– Oui. Et si on te demande qui les a repérés, Loïc et elle, tu diras que c'est toi. De toute façon, t'es tout le temps dans le coin pour tes leçons, ça n'étonnera personne.

Le barreur la considéra un instant, interdit, puis il propulsa son zodiac dans la direction demandée, sans réclamer plus d'explications. Que ce fût justifié ou non, cet habitué du *Manoir* (et de son bar) vouait une confiance aveugle aux Corrigan.

Le temps de cette manœuvre, ils disparurent aux yeux des flics, la masse du Grand Bé, haute d'une trentaine de mètres, composant le meilleur des écrans. Mais il fallait faire vite.

Lorsqu'elle eut regagné l'îlot, et rejoint sa mère et sa grand-mère, cette dernière félicita son initiative d'une accolade. Énora jugea l'émotion de son aïeule à l'aune de ce geste. Maggie se montrait d'ordinaire si avare de tels élans. Elle devait être submergée par le trouble, pour se comporter avec elle de la sorte.

– Bravo, ma chérie, souffla-t-elle en l'étreignant de longues secondes. Very well done.

– C'était hors de ques' de démasquer la Breizh Brigade, on est d'accord ?

– Hors de ques' ! s'esclaffa en retour Maggie.

– C'est pas pour jouer les rabat-joie, mais si on veut vraiment conserver notre anonymat, je crois qu'on ferait mieux de se mettre à l'abri.

Quoique touchée par ce tableau, Louise les rappela aux réalités de l'instant. La vedette de la police contournait déjà le Grand Bé par le détroit de Cézembre et approchait de leur versant. À la proue du navire, elles crurent même distinguer la haute stature de Christophe Guilloux.

Heureusement, les policiers semblaient pour l'instant concentrés sur ce qui se déroulait sur l'eau. Yvon avait coupé son moteur et attendait de se laisser aborder. Il avait jeté son propre sweat-shirt zippé sur les épaules de Julie, trempée et tremblante.

– Bunker ? suggéra Louise à mi-voix.

– Bunker ! approuvèrent les deux autres en lui emboîtant le pas.

Certes tout n'était pas résolu. Certes il faudrait encore trouver un moyen (discret) de livrer Loïc aux autorités. Mais en se glissant dans leur abri, elles surent sans le moindre doute possible qu'elles avaient fait le bon choix.

42

10 juillet, Saint-Malo, Manoir des Corrigan, *salle commune, 22 heures.*

« Nom de fuck de fuck ! » lança-t-elle en levant son verre.

Maggie ponctua son propos de plusieurs coups de canne sur le parquet ciré de la salle commune. Après une journée complète passée à se remettre de leurs aventures îliennes, le petit théâtre des réjouissances pouvait enfin ouvrir, semblait-elle signifier.

– Je crois qu'on l'a tous bien mérité. Tournée générale de la maison ! Let's drink, my friends ! *Sláinte !*

Son injonction déclencha bien quelques vivats. Mais à dire vrai, les convives présents n'avaient guère besoin qu'on les encourage. En la matière, la plupart d'entre eux s'étaient déjà permis de prendre une certaine avance. Tarifée ou non, peu leur importait. L'essentiel résidait dans l'ébriété douce qui s'emparait d'eux, et la convivialité qui allait de pair, gage d'insouciance et (mieux encore) d'oubli. Comme une boule de flipper à la trajectoire imprévisible, la joie rebondissait d'un groupe à l'autre, du zinc jusqu'aux confins de la pièce.

Derrière le bar, efficace et plus gargouillante que jamais, Louise remplissait des verres de whiskey irlandais qu'Énora et Sophie s'employaient à servir aux diverses grappes de buveurs. De petites assiettes de *potato farl* encore fumantes accompagnaient le breuvage.

Bien que sous le choc des arrestations de Julie, Solène et Loïc – celui-ci s'était rendu moins d'une heure après le sauvetage de sa petite amie – le bagad était là, presque au grand complet. Yann paraissait déjà fort éméché malgré ses récents vœux de sobriété. Emporté par l'alcool, il proposa d'ailleurs un petit bœuf musical, soi-disant « en hommage à Paul ». Saisissant leurs instruments, Maël en tête, une bonne moitié des sonneurs entonnèrent alors le *Bro gozh ma zadou*, l'hymne breton. De l'autre côté de la rue du Puits-Sauvage, Dodik Cadiou devait enrager à l'écoute de ce nouveau tintamarre.

Alain immortalisa la scène en quelques clic-clac de son vieux Leica.

– Ton père, il photographie toujours tout, comme ça ? demanda Fanny en interceptant la rousse affairée.

– Tu le connais, à partir du moment où ça peut lui éviter de parler aux autres…

– Même à ta mère ?

– T'es folle ! *Surtout* pas à ma mère !

Pourtant, les deux ex-époux se jetaient des œillades en coin, aussi transis que deux jeunes amoureux. Dix-huit ans après leur divorce, ces deux-là vibraient encore d'une même passion muselée.

Quant à Fanny, Énora l'avait conviée à cette petite fête contre la promesse d'une discrétion exemplaire – on ne savait jamais, certains des habitués présents pourraient parler à Guy Le Divellec ou aux Horvais. En attendant, ça les changeait du sempiternel *Java Café* et de sa clientèle queer. Ce n'était pas désagréable de se voir ainsi, au milieu d'une foule ordinaire, en un lieu aussi familier, même sans pouvoir s'afficher aussi librement que dans leur QG. Si l'on exceptait Malo, qui fixait les deux jeunes femmes d'un regard un peu triste, personne ne paraissait rien soupçonner à leur sujet.

– Bon, et ton stage ? enchaîna Fanny, histoire de se composer une attitude crédible. Ça se présente comment ?

– Très bien. D'après Franck, la clinique des Guérets est au top niveau.

– Et après ? Tu comptes te faire embaucher par eux ?

Depuis qu'elle connaissait son affectation, Énora évitait d'aborder cette perspective avec sa copine. « T'irais où ? Pas à Rennes, quand même ? » l'avait taquinée son ami berger.

– Je sais pas encore… C'est loin, non ? On a encore tout un été devant nous ! s'exclama-t-elle en prenant le risque d'effleurer la main de Fanny. Et plein de trucs à fêter !

– Tu trouves ? Un mort et trois personnes en taule, ça te donne envie de faire la teuf, toi ?!

– Je dis pas ça non plus, lui sourit Énora en retour, baissant d'un ton. Mais grâce à *qui* on est parvenues à ce résultat, toutes les trois ? Sans toi, on n'aurait jamais réussi à venir à bout de cette affaire.

Sans les images de la scène de crime qu'elle leur avait fournies dès les heures suivant le meurtre. Sans son silence à propos de Maggie. Et par-dessus tout sans son aide pour détourner les rapports de police…

La Breizh Brigade serait sans doute restée ce petit cercle d'enquêtes « pour rire » qu'elle était autrefois.

S'agissant de leurs contributeurs, l'un d'entre eux semblait bien décidé à monnayer le concours apporté à leur succès. Couvant Maggie d'un regard jaloux, Jacques finit par intercepter sa maîtresse, laquelle virevoltait d'une table à l'autre. Après tout, c'est son faux témoignage à lui qui avait disculpé la jeune septuagénaire.

– Tu te souviens ce que je t'ai dit au saut du lit, la veille de ton anniversaire ?

– Que ce n'était pas si well done que ça ?

Il accueillit la pique d'une grimace.

– Non, ça c'est toi qui me l'as dit…

– Peut-être bien, susurra-t-elle, l'air ingénu.

– Tu sais bien, quand je t'ai parlé de mon alliance…

– So what ? Tu as fini par la refourguer à Emmaüs ?

– Arrête de faire l'enfant, Maggie. Je suis très sérieux.

– C'est bien ce qui m'inquiète, darling dear. Tu es beaucoup trop sérieux. Regarde un peu les autres : ils viennent de perdre leur meilleur musicien et ils s'amusent comme des petits fous !

Jacques laissa s'écouler une seconde, puis revint à la charge, d'un ton suave, presque cauteleux.

– Ça ne te dirait pas d'avoir quelqu'un à tes côtés pour regarder pousser ton *Rosa Baltimora* ?

– Rosa quoi ?

Elle semblait avoir oublié de quoi il s'agissait en toute bonne foi.

– *Baltimora*…

– Ah, le nouveau rosier ! s'écria-t-elle mollement.

– Et ici, regarde, on pourrait y installer un vrai pub irlandais ! Avec mes contacts à la sous-préfecture, je suis à peu près sûr de pouvoir te décrocher ta licence 4. Ce serait pas magnifique ?!

– Tu voudrais emménager ici, avec moi, c'est bien ça ? demanda-t-elle, un éclair facétieux dans le regard.

– Oui !

Le cœur de pierre de Maggie Corrigan allait-il enfin céder sous ses assauts enamourés ?

– Écoute… je crois que Roland est quelque part par là. Si tu veux, je peux lui commander un mannequin à ton effigie. Comme ça, tu tiendras compagnie à Constant. Ce serait pas magnifique ?

Elle désigna le pantin de cire accoudé au comptoir. À sa place habituelle. Immobile et éternelle.

Gaillard essuya l'affront comme un gosse à qui l'on reprend son jouet. Partagé entre la colère et les larmes.

« Il en devenait presque touchant », songea-t-elle, soudain traversée par une onde de culpabilité. Elle ne l'eût jamais admis en public, encore moins à l'intéressé, mais elle aimait Jacques, c'était indéniable. D'ailleurs, à cet instant même, sous sa marinière rouge et blanc, elle portait le sécateur miniature qu'il lui avait offert en sautoir.

Mais se sentait-elle pour autant prête à remplacer Constant, son Co_2 ? L'ironie du tableau la saisit : son amant du présent venait de lui demander sa main sous l'œil (électronique) de son grand amour du passé.

Devait-elle lui céder ?

Non. Pas tant qu'elle n'aurait pas élucidé cette autre énigme, celle de la disparition de feu son mari. Cet impératif l'avait foudroyée en voyant Julie Le Tohic manquer se noyer à l'endroit même où Constant avait sombré.

Son mystérieux visiteur du soir pourrait-il l'assister dans cette nouvelle entreprise ? Reviendrait-il la voir dans la serre, une nuit de pleine lune ? Lui apporterait-il les clés qui lui manquaient ?

D'un coup, elle ressentit le poids des ans qui s'était abattu sur elle deux jours plus tôt. Elle s'effondra sur l'un des fauteuils vacants.

Soixante-dix ans. Elle peinait à y croire. Hier encore, elle était Maggie O'Connell, cette petite Irlandaise de Baltimore débarquée à Saint-Malo pour un échange culturel.

– Magg', ça va ? s'inquiéta Jacques.

Mais elle ne répondit rien. Les yeux clos, avachie, elle simula l'une de ses crises de narcolepsie. Ses deux mains refermées sur le pommeau de sa canne. C'était si pratique, parfois, d'être une « vieille dame » !

Épilogue

10 juillet, Saint-Malo,
chez Christophe Guilloux, 23 h 45.

« Salut Christophe ! Je voulais te féliciter en personne pour ton succès dans l'affaire Le Tohic. Grâce à toi, on a sauvé le festival et la saison. Ça méritait bien un coup de fil. Mais j'imagine que tu es encore bien occupé par tout ça. »

Occupé, Christophe Guilloux l'était plus que jamais, en effet. Et plus encore depuis la veille et l'arrestation de Julie, puis celle de Loïc, aux abords du Grand Bé. Si bien qu'il ne découvrit le message de Fabienne Leroy sur sa boîte vocale que le lendemain soir, tard, en rentrant chez lui.

Le ton mielleux de la patronne de l'office de tourisme lui tira un soupir. Très clairement, elle espérait profiter de la circonstance pour avancer ses pions personnels. Pas besoin d'avoir l'image pour sentir à quel point elle minaudait derrière son téléphone.

« Quand ce sera un peu tassé, ce serait sympa qu'on se prenne un verre tous les deux. T'en dis quoi ? Boulot-boulot, hein ! Va pas te faire des films. » Long gloussement pénible. « On pourrait évoquer les moyens de renforcer la concertation entre nos deux services. »

Le commissaire effaça la minute trente de babil inepte, sans même en écouter la fin. Le fait même qu'elle mette leurs statuts respectifs sur un pied d'égalité l'exaspérait au plus haut point. Comment cette distributrice de dépliants touristiques pouvait-elle se comparer à lui, l'homme en charge de la sécurité de quarante-cinq mille âmes, auxquelles s'ajoutaient chaque année plus de deux millions de touristes ?

Tout en retirant sa veste, il se déchaussa dans le même mouvement, avec les pieds. Chaque jour, ce n'était qu'à cet instant, quand il envoyait valdinguer ses souliers à l'autre bout de la pièce impeccable, qu'il se sentait enfin délesté des soucis professionnels de la journée. Mais pas ce soir-là… Parmi les pensées qui le poursuivaient, dominaient justement des histoires de chaussures. Dans les aveux complets de Solène et Julie, récit exhaustif des événements de la nuit du 6 au 7 juillet, celles-ci occupaient une place de choix.

Chaussures crottées dont elles avaient dans un premier temps maculé l'escalier et le sol, l'une après l'autre, Julie puis Solène, la meurtrière et sa complice.

Chaussures ensuite que Loïc, les surprenant dans le hall de Beauregard, avait proposé de détruire – las, il n'avait pas eu le loisir d'en effacer les traces au sol, car toute la nuit il avait craint d'être surpris par Maël ou Fanny.

Autres chaussures, enfin, dont Solène conservait toujours deux paires dans le coffre de sa voiture, au cas où, et que sa fille et elle, désormais pieds nus, avaient enfilées avant de repasser à l'hôtel de l'Univers.

Son verre de scotch ordinaire en main, il s'affala sur son canapé et attrapa l'enveloppe qu'il y avait jetée en entrant dans la pièce. Le rectangle de papier kraft contenait un PV ajouté au dossier par Emma Lobo juste avant qu'il ne quitte le commissariat. Le document provenait de leurs collègues de Saint-Briac-sur-Mer. Il racontait comment, le matin même, à la faveur d'une averse – juillet sur la côte d'Émeraude, rien que de très normal – une patrouille de policiers municipaux avait repéré une très forte odeur de chlore émanant d'une poubelle publique, juste à côté d'un arrêt de bus de la ligne 16. En fouillant à l'intérieur, ils avaient trouvé la source de ce fumet entêtant : deux fioles en plastique. Celles-là mêmes qu'avait chapardées Julie au Club nautique de Lancieux.

« Je les ai jetées dans la rue, avait confessé la jeune nageuse dans sa déposition finale. Je sais plus où… »

La réponse était venue de quelques gouttes de pluie tombées au fond d'une poubelle. Julie s'en était manifestement débarrassée à son retour nocturne à Saint-Briac, sans doute juste *avant* de se réfugier chez sa copine Sarah.

À quoi tenait l'explosion de la vérité, parfois… Ici, une simple réaction chimique.

Guilloux se leva pour recharger son verre et hésita à déposer le PV sur le petit buffet du vestibule. Deux jours plus tôt, c'est à cet endroit précis qu'il avait retrouvé le dossier soi-disant glissé par Emma sous sa porte.

Comment l'enveloppe avait-elle fait pour se téléporter de la sorte ? Mystère. Emma était pourtant catégorique : la porte d'entrée était bien verrouillée ce jour-là et, comme son patron le savait pertinemment, elle ne disposait pas de ses clés. La conclusion allait de soi. Quelqu'un d'autre, quelqu'un capable de forcer sa serrure sans laisser de traces, s'était introduit chez lui.

Était-il espionné ? S'agissait-il de cette fameuse « Breizh Brigade » qui l'informait anonymement, et semblait si bien renseignée ?

Le sentiment désagréable de ne pas être maître en son propre domaine l'envahit. Ce n'était pas juste vexant, c'était grave. Dieu sait ce que des individus malintentionnés pourraient faire si des informations aussi sensibles parvenaient entre leurs mains. La loi était la loi. L'ordre était l'ordre. Et nul n'était censé se substituer aux autorités en la matière. Il se méfiait comme de la peste de ces apprentis détectives qui abordaient la réalité criminelle comme s'il s'agissait d'un jeu de société. Tuer n'était pas un divertissement ; démasquer les meurtriers non plus.

Il empoigna alors son téléphone et rechercha dans son répertoire le contact de Fanny Horvais, son interlocutrice désignée pour tous ses éventuels soucis domestiques. Le SMS qu'il composa à son intention se voulait sans fioritures :

Bonjour, Fanny, je souhaiterais faire procéder au changement de la serrure sur ma porte palière. Pourrais-tu t'en occuper dans les meilleurs délais, s'il te plaît ? Bien entendu, les frais d'installation seront à ma charge. Merci par avance. C. Guilloux.

Ceci fait, il connecta son smartphone au site d'un des géants du e-commerce et tapa les mots suivants dans le champ de recherche : « caméra de surveillance discrète ». Il savait déjà où il fixerait celle-ci, pile en face de l'entrée, là où elle ne pourrait manquer d'éventuels intrus. « Livraison gratuite dès demain », lui indiqua le formulaire de commande au moment de le valider.

Voilà. Le prochain qui se risquerait à « visiter » son appartement serait immortalisé par l'œil électronique. Le modèle choisi était pilotable à distance. Où qu'il soit alors lui-même, il découvrirait le visage de l'indésirable.

Bien entendu, il conserverait pour lui seul le secret de ce petit aménagement. Car Guilloux le savait de longue date : toutes les révélations n'étaient pas bonnes à partager.

Oui, vraiment, certaines d'entre elles méritaient de rester aussi muettes que le granit.

Remerciements

Au moment de boucler ce premier volume de la Breizh Brigade, mes pensées reconnaissantes vont évidemment à Sarah Rigaud et toute l'équipe des Escales, ainsi qu'à Gregory Messina, celui sans qui (il connaît la suite).

Mais elles s'envolent aussi vers Saint-Malo, la ville de mes racines familiales. En particulier vers la plage de Bon-Secours et ses innombrables souvenirs d'enfance.

Elles convoquent de si nombreuses et chères figures, certaines encore de ce monde, d'autres déjà parties, hélas. Cécette, Renée, Constant, Marie-Thérèse et tous les autres.

Je ne vous oublie pas. Vous occupez si souvent mes songes. Malouins de souche ou d'adoption, merci à tous.

J'adresse pour finir une pensée affectueuse toute particulière à Yves-Malo, fier descendant de capitaine corsaire et le plus sûr trait d'union entre cette ville unique et moi.

À suivre…

Les Éditions Points s'engagent pour la protection de l'environnement et une production française responsable

Ce livre a été imprimé en France, sur un papier certifié issu de forêts gérées durablement, chez un imprimeur labellisé Imprim'Vert, marque créée en partenariat avec l'Agence de l'eau, l'ADEME (Agence de l'environnement et de la maîtrise de l'énergie) et l'UNIIC (Union nationale des industries de l'impression et de la communication).

La marque Imprim'Vert apporte trois garanties essentielles :

- La suppression totale de l'utilisation de produits toxiques
- La sécurisation des stockages de produits et de déchets dangereux
- La collecte et le traitement de produits dangereux

RÉALISATION : NORD COMPO À VILLENEUVE-D'ASCQ
IMPRESSION : CPI FRANCE
DÉPÔT LÉGAL : SEPTEMBRE 2024. N° 154268 (3057306)
IMPRIMÉ EN FRANCE

Éditions Points

Collection Points Cosy Mystery

P5926. Les Enquêtes d'Hannah Swensen
Tome 1 : Meurtres et Pépites de chocolat
Joanne Fluke

P5927. Les Enquêtes d'Hannah Swensen
Tome 2 : Meurtres et Charlottes aux fraises
Joanne Fluke

P6500. Sa Majesté mène l'enquête
Tome 1 : Bal tragique à Windsor
S.J. Bennett

P6501. Sa Majesté mène l'enquête
Tome 2 : Bain de minuit à Buckingham
S.J. Bennett

P6502. Sa Majesté mène l'enquête
Tome 3 : Chasse royale à Sandringham
S.J. Bennett

P6503. La Breizh brigade
Tome 1 : Bienvenue chez les Corrigan !
Mo Malø

P6506. Les dames de Marlow enquêtent
Tome 1 : Mort compte triple
Robert Thorogood

P6507. Les Enquêtes d'Hannah Swensen
Tome 3 : Meurtres et Muffins aux myrtilles
Joanne Fluke

P6508. Les Enquêtes d'Hannah Swensen
Tome 4 : Meurtres et Tarte au citron meringuée
Joanne Fluke

P6509. Les Enquêtes d'Hannah Swensen
Tome 5 : Meurtres et Cupcakes au caramel
Joanne Fluke

P6510. Au service secret de Marie-Antoinette
Tome 1 : L'Enquête du Barry
Frédéric Lenormand

P6511. Au service secret de Marie-Antoinette
Tome 2 : Pas de répit pour la reine
Frédéric Lenormand

P6512. Au service de Marie-Antoinette
Tome 3 : La mariée était en rose Bertin
Frédéric Lenormand

P6513. Au service secret de Marie-Antoinette
Tome 4 : La Femme au pistolet d'or
Frédéric Lenormand

P6514. Au service secret de Marie-Antoinette
Tome 5 : La reine se confine !
Frédéric Lenormand

P6515. Au service secret de Marie-Antoinette
Tome 6 : Le coiffeur frise toujours deux fois
Frédéric Lenormand

P6520. Les Dames de Marlow enquêtent
Tome 2 : Il suffira d'un cygne
Robert Thorogood